春潮NOV+

回到分歧的路口

［英］不情愿的照护者 _ 著

万洁 _ 译

The
Reluctant
Carer

Dispatches from the Edge of Life

不情愿
的
照护

中信出版集团｜北京

图书在版编目（CIP）数据

不情愿的照护/(英) 不情愿的照护者著；万洁译. -- 北京：中信出版社，2023.8
书名原文：The Reluctant Carer: Dispatches from the Edge of Life
ISBN 978-7-5217-3498-0

Ⅰ.①不… Ⅱ.①不…②万… Ⅲ.①纪实文学-英国-现代 Ⅳ.①I561.55

中国国家版本馆CIP数据核字(2023)第094322号

The Reluctant Carer by The Reluctant Carer
Copyright © The Reluctant Carer 2022
Published by arrangement with Rachel Mills Literary Ltd & 42 M&T Ltd (42 Management & Talent Limited).
Simplified Chinese translation copyright © 2023 by CITIC Press Corporation
ALL RIGHTS RESERVED
本书仅限中国大陆地区发行销售

不情愿的照护

著　者：［英］不情愿的照护者
译　者：万　洁
出版发行：中信出版集团股份有限公司
　　　　　（北京市朝阳区东三环北路27号嘉铭中心　邮编　100020）
承　印　者：河北鹏润印刷有限公司

开　本：880mm×1230mm　1/32　印　张：12　字　数：162千字
版　次：2023年8月第1版　　　　印　次：2023年8月第1次印刷
京权图字：01-2023-3043
书　号：ISBN 978-7-5217-3498-0
定　价：59.80元

版权所有·侵权必究
如有印刷、装订问题，本公司负责调换。
服务热线：400-600-8099
投稿邮箱：author@citicpub.com

成为父母所需要的人带给我极大的快乐。我可不像民间故事里的孩子，成日累赘似的张嘴等着吃饭，动不动就给大人制造麻烦和难题，气得他们要把我遗弃在森林中。我是父母眼中有地位的孩子。

——托妮·莫里森，《纽约客》

你生活在地球上，这是无药可医的事！

——萨缪尔·贝克特，《终局》

目录
Contents

倒行上山　*i*

第一部分　*001*

2017年11月1日 — 2017年12月8日

每个人都受伤 / 用餐与方向盘 / 沉睡者小队 / 肃静 /
亚马逊会员 / 电话骗子 / 爹地是谁？/
我们少数派 / 翻版阿拉莫 / 身份欺诈 / 黑色星期五 /
园艺用品店里的人间乐事 / 一切终将成为过往 /
树 / 解脱 / 成为贴身男仆 / 书架人生

第二部分　*099*

2017年12月9日 — 2018年1月19日

无望成功的计划 / 参与义务 / 生命重负 / 喝麦芽酒的风险 /
厨房重地 / 赤身裸体者和爸爸 / 甜蜜的情绪 /
朽坏与爆发 / 煎熬暂缓 / 快乐绅士过圣诞 /
一个重量级拳手的安魂曲 / 狼狈的老人 / 压力下的体面 /
手术刀下 / 等候 / 边际收益 / 城市画卷

第三部分　　*191*

2018年1月20日 — 2018年9月5日

回家 / 恐惧的泪 / 重重倒下 / 求仁得仁 / 大妈群体 /
内心世界 / 理想世界 / 阴影与尘埃 / 上楼 /
这才是我们自己 / 儿子照常起床 / 管道又坏了 /
光明的未来 / 通信不畅 / 假期，庆祝 / 继续尖叫 /
复古商店 / 热天午后 / 轻伤员

第四部分　　*293*

2018年9月10日 —

如何死得其所？/ 水下逆流 /
充满同情心的"法外之徒" / 迷失在超市 /
所谓高尚情操 / "如果病情恶化" / 必败的绝望 /
悲伤的故事最好留给冬天 / 使命宣言 /
弗洛伊德与拉金之外 / 承诺和失信 / 夺回掌控 /
苦尽甘来 / 可爱的伤口

倒行上山

忘记是谁打来的电话了,但我记得那通电话的内容。

到底是父亲身上的哪一种病突然发作,让人无法忽视,是心脏、肾,还是被低焦油层层包裹的肺?谁都说不准。其实,明智的选择是先解决他呼吸系统的问题,可我们已经在别的方向上耗费了太多时间,就算现在明智起来也为时已晚。

这类电话迟早会来,才不会管你的"旅途"(这是他们的说法)正行至何处。一个你爱的人,或者应该爱的人,他的倒下就会把你绑架到另一重现实里。

问题在于,你有多心甘情愿接受这件事。

每次母亲、姐姐或哥哥向我详细讲述父亲最近的住院情况时,我都会在我家楼上踱步。我们总是在楼上接重要的电话,因为那里信号好。

"我来想想该怎么办。"说完我挂了电话。

胃部的痉挛其实已经充分说明了我的真实想法——我不想回去。我不想回到父母生活的地方，我度过大部分童年时光的地方，和我目前的住所相隔七十英里[1]的地方。

我昨天刚刚从那儿回来。爸爸八十六岁了，妈妈八十八岁，比父亲身体康健些，但也同样虚弱。他们那里总有活儿需要人帮忙，所以就算只是陪在他们身边也是好的。其实我一次次去看他们，不过是为了再次离开时心里好受些，这样做总好过袖手旁观。说来说去，我还是喜欢那里的。在某种程度上，那里的生活像是童年再现，除了演员的年纪都大了不少，本质上戏码还是一模一样的。而且，这种参与程度可以让我进退自如。

父母过了四十岁才生下我，姐姐比我大十二岁，哥哥比我大九岁。节假日时，别的孩子偶尔会误以为他们是我的祖父母，这一点曾让我颇为烦恼。不过，我还有别的烦心事。自从我意识到活着的代价是死亡后，我就在为他们的死亡和一切死亡做心理准备。第一次意识到这个问题时，我七岁。当时，我就在我现在写这本日记的房间里，看一本关于鸟的故事书。书中有只鸟死了，其他的鸟无法将它复活，也无法接受它的亡故。我慌慌张张地跑下楼，问母亲我们是不是都会死。

"是的，"她告诉我，"但我们还会活很久。"

---

[1] 1英里 ≈ 1.61公里。——编者注（本书注释若无特殊说明，均为译者注。）

这两点都让她说中了。

愿望如石沉大海并不算什么,若祈祷真的灵验,你才该小心。而我祈祷的是,愿他们长命百岁。

爸爸随着商船船队在海上漂了四十载,近些年,我眼看着他的健康跟他们的一艘船一样,缓慢且无可挽回地走着下坡路。他的工作性质,意味着我在成长阶段不怎么能见到他。等到他退休时,我已经离开了家。如今,他频繁陷入危急状态,每每发生状况我便回家探望,与早年的情形构成一种古怪的对称。这就像我们一直都在朝着对方的方向返航。更确切地说,是他埋伏在水下某处,浮浮沉沉……像一颗水雷。

可这通电话不同寻常。我有预感,而且心下明白得很,因为我宁愿自己不明白。尽管我数十年来都在为此事盘算、发愁、反复劝慰自己,我仍然发现,就扛起这副担子而言,四十七岁的我并不比七岁的我更够格。

我下楼告诉妻子此事。

"爸又住院了。我觉得我去与不去也没什么区别,毕竟我刚刚才从他那儿回来。也许我该等等,看情况如何……"

妻子的母亲患癌有四分之一个世纪之久,为了照顾母亲,她曾无数次飞越大西洋。听见我这样说,正在做饭的她转过身,只对我说了一句话:"快去。"

哥哥开车接上我,九十分钟后,我们就到了父母家。

我们在1976年那个充满传奇色彩的夏天搬进这栋房

子，路边的花草被晒得耷拉着脑袋，朋克摇滚在全国掀起热潮。我敢说，当时大家一定都觉得门前那铺着光滑地砖的五级高台阶很不错，就像吸烟和无保护措施的性爱一样。

日久年深，台阶上的地砖裂了。尽管后来加了栏杆，但在雨天或冬天，对踏上这些台阶才能进门的人来说，它们始终是一种可怕的存在，宛若登山者心目中的乔戈里峰[1]和艾格峰[2]。

迄今为止，还没有哪个年迈或滴酒未进的人从这些台阶上摔下来过，可是，那天我拖着行李包进门，感觉就像沿着台阶向上跌落，从一种生活跌进了另一种生活。在一英里之外的医院里，爸爸正挣扎在生死边缘，可真正改变的却是我的世界。死神还没开门，爸爸却早早在门口扎好了帐篷，就像在尚未营业的酒馆外焦急等待的酒蒙子，或是在还没开门的商场外徘徊的购物狂；总而言之，他为接下来要发生的事做好了准备，我却被这件事打了个措手不及。

在那九个月里，爸爸的病情有了一些好转，医生便允许他带着那像回转自助餐一样的并存疾病回家调养了。没过多久，我就离开了自己的家。我的婚姻就像父亲的健康

---

1 乔戈里峰：喀喇昆仑山脉的主峰，又称 K2 峰，海拔 8611 米，是世界第二高峰。
2 艾格峰：位于瑞士因特拉肯正南处，因山势险峻而被视为"欧洲第一险峰"。

状况一样，没有表面上看起来那么稳定，我和妻子已经走到了离婚的边缘。无法回头。

屋漏偏逢连夜雨，我的工作没了，与此同时，转向自由职业的机会也被我平白弄丢了。要想回到事情被搞砸之前的原点，恐怕要花上许多年，还得是运气好才行。于是，我那好歹在恢复中的父亲开始接受一个默默崩溃的儿子的照顾。侍奉在他床前的是一个深陷错误泥潭、缺钱、缺爱、霉运缠身且无家可归的人。随着难挨的日子一天天过去，我发现自己似乎会时不时地被父母的房子和惯常生活所吞没。在他们能做的、不能做的和不该做的事之间，好似有一条条裂隙，而我不停地掉进了这些裂隙中。

渐渐地，我成了一个照护者。我的姐姐和哥哥都有孩子和各自背负的"债"。他们还要上班。而我现在没有孩子，没有工作，没钱，也没什么人需要操心。就这样，我回到了我在二十世纪八十年代末离开的小城和卧室，开始照料站在八十岁尾巴上的两位老人。我自然是关心他们的，可同时也觉得自己像个俘虏。"关心"听起来总好过"失败"。毕竟，除了父母家，我已经无处可去了。

"不关心也得关心！"母亲跟我说过这么一句话，这句劝诫来自一首古老的儿歌。结果一语成谶。

　　他的名字叫"不关心"，
　　肆意妄为无顾忌。

偷完李子偷梨子，

就像乞丐的野孩子。

他的名字叫"不关心"，

再不关心也得关心。

不关心就树上吊，

不关心就锅里煮，

煮熟煮透算拉倒。

第一部分

Part 1

2017 年 11 月 1 日
|
2017 年 12 月 8 日

我们都清楚该如何继续生活。
烧水,沏茶,一切照旧。

每个人都受伤

■ 2017年11月1日

人们问我想要什么,朋友、律师还是酒保。我也不知道。有的日子里,我想要一台时间机器;还有的日子里,我想要一把枪。大多数的清晨,我都不会问自己这种问题。在这个家里,首先要问的永远是:"我们是不是又撑过了一晚?"

只要一丝窸窣、一声咳嗽或呻吟证明我们这个集体活了下来,这个宏大的问题就会化为其他的家庭日常细节和需求——我能抢在你前头进卫生间吗?

爸爸洗澡的速度非常慢,因此我不想让他抢先进卫生间,否则我就只能等上一部电影的时间了。他还能自己走到卫生间,这就已经很可贵了。要知道,之前他并不是每次都能顺利走到那里。就算现在,他也没办法百分之百地确保这一点，可我就是不想排在他后面。非要说回家住让我明白了什么道理的话，那就是它证实了一个终极论断：人可以既感恩，又自私。

我每天的愿望清单上，排在第一位的就是母亲不要在她身体如此不适的情况下还先我一步下楼，开始独自干活儿，因为她已经八十九岁了，最近又患上了带状疱疹。尽管身体衰弱，但她有一种接近自毁的决心和意志，活像疯魔的奥运会选手，只要没人干预，她就非得做家务活儿，而且凡是能做的她都要做。

尽管我在年龄和灵活性上有着相当大的优势，但若想在这场慢速赛跑中取胜，也并非易事。我不想起床面对现实，所以总是等听到有人走动才起身。只有在那种情况下，拖拖拉拉的我才会突然蹿出房门，要么抢先进入卫生间（这会惹恼我爸），要么恰好拦住要下楼忙活的妈妈（这会吓她一跳，让她觉得莫名其妙）。我原本希望人到中年，青春期那种赖在床上、纠结于各种消极后果的状态就会自然消失，可我错了。非要说这两个阶段有什么不同的话，就是现在我那拖延的劲头在气势汹汹地卷土重来后，比青春期时更加严重，看看依然躺在从前那张床上、躺在颓废状态开始之处的我就知道了。一个很有智慧的人告诉过我，人是不会变的，他们只会越活越像自己。现下，我待在这座房子里，发现压根找不到理由驳斥这个观点。

在大家都开启了一天的生活（其实没什么生活可言）

之后,我就会采访两位"主力队员",大致了解一下我们今天都要做些什么。一天的首次交谈永远是围绕睡眠展开的。"你昨晚睡得怎么样?""睡得还好吗?""你感觉怎么样?"这些问题招来的就是他们比赛似的抱怨自己的失眠。"别提了,糟糕透了。""整晚都睡不着。""儿子,我睡得不太好,先是怎么也睡不着……后来没睡多久就又醒了。"鉴于我家的中央供暖系统动静不小,搞得整个房子像张破鼓,不断发出闷响和喘息声,我能从他们那儿得到的最好的答案就是:"昨晚你听见那噪声了吗?"

那噪声一般是锅炉传来的。我家的暖气永远不会在一年中的这个时候关闭。像某些极地区域一样,这栋房子有着它自己的季节。如果开着暖气就算冬天的话,那么我家的冬天差不多有三百六十天之久。讽刺的是,气候变化的部分原因正是人们想保持室内温度不变,希望后人不要忘记这一点。

撇开生态保护不谈,单是看到锅炉挣扎着完成我们下达的命令,就让我对它充满了同情。它明明是个家用设备,却在进行工业劳动,发出的动静也像工厂里才有的。尽管它的命运注定是个悲剧,它还是当啷当啷地为其他正在走下坡路的系统工作着,让我不禁与它同病相怜。这里的管道实在太老旧了,水流经管道时就会接连不断地传来丁零当啷的声音,锅炉附近尤甚。我的房间恰好就在锅炉隔壁,这可真让人开心。

每隔几年，我们就得请人来家里解决这些问题。他们先是收取几百英镑的费用，然后告诉我们，他们也无能为力。所以，在我房间里睡觉就像妄图在妖精的矿井中打盹儿，在"苏格兰飞人"[1]的自行车踏板上小憩，在地狱钟塔里蜷起身子休息。

所以，是的，我听得见锅炉发出的"那噪声"还有其他所有的噪声，就连每一串鼾声和每一次有人上厕所的动静，我都听得清清楚楚，因为夜里大部分时间我也是醒着的。我们无法入眠的问题反倒在白昼来临后自行消失了，大家开始争相利用小块的时间补觉，同时奋力维护着补觉的权利。

夜里会有极为偶然的片刻安静，可这种安静又带来了新问题。现在，我常常被父母的哭号或者他们因支气管上的毛病发出的、即兴歌剧般的呻吟吵醒，这导致我像个初产妇一样，对一丁点的声音都会产生过敏性反应。家中情况变得棘手时，恐怕没人能睡个好觉。为了避免引起不必要的同情，我必须承认，对于这些显然是因为痛苦发出的声音，被它们吵醒和对它们做出实际反应完全是两码事。

只要你忍得了内疚，完全可以躺在床上琢磨一整晚："他们只是在咳嗽还是要死了？"显然我很能忍。有时候，我听见他们喊我的名字，第一反应是希望这事儿没有发生。

---

[1] "苏格兰飞人"：苏格兰自行车世界冠军格拉尔米·欧伯利。

不过，我还是会应声的。

"什么是算法？"今天早晨妈妈问我。她用颤抖的双手拿着报纸，一举一动都带着警惕，这标志着有新词儿闯入了她的生活。

"算法就像一台机器，能猜中你想要什么。"

"我们能买一台吗？"

———

我给爸爸做早餐，与其说这是必要的照顾，倒不如说是为自己行个方便。他干活儿动作太慢，看他独自做饭实在痛苦，但这远远比不上他做饭时承受的痛苦。他身上那些了不得的病不是一眼就能瞧出来的，慢性阻塞性肺疾病、糖尿病、广泛性关节炎、各种风湿性疾病，还有前列腺癌。九个月前我被叫回家，是因为他遭遇了好几次心脏病发作，眼下心脏病的并发症也在折磨着他。

自那以后，他取得了长足的进步，首先是活了下来。经历了几次中途"失败"的临终告别，又在医院里住了一个多月，他终于小心翼翼地告别了悲观的预后和助行架，接受了插尿管的复杂程序，开始享受（如果可以这么说的话）大量的药物和极为有限的独立。

然而，这点有限的独立就是一切。虽说过着居家生活，但他像个领养老金的科学怪人，几乎是活在上个世纪，靠着各种各样的技术、制药公司和亲属，才得以维持如今的生活。近些年来，他只有把我母亲作为附庸吞并，才能实现这些他声称自己所拥有的这项功能。爸爸依赖妈妈。而我的回归和她后来的患病将这个接力棒传到了我手中。我的存在成了他们在这个家待下去的原因，确保了家庭成员间近距离的交流。如果哪天我的命运急转直下，他们恐怕也会与好运作别，甚至可能失去这栋房子。目前貌似还没有这类风险，可是不管我们现在拥有什么，它都势必无法长久。此时此刻，他们注定的死亡似乎和我的心理健康携手私奔了。这日子过得毫无意义，但我们却要继续过下去。

———

爸爸不用住院是件好事，不过我们依然要常常往医院跑，有的时候是医院的人来找我们。除了片区护士、家庭护理师，上门的还有真正的医生。过去的九个月里，我已经被灌了一脑袋医学知识。他们行医与进行护理的过程和说话的套路，就像疾病一样具有传染性。现在的我张口便可说出"导尿管"与"肾功能"这种词。此外，我还熟知"痰"与"蹿稀"的若干种不同说法。要是你想抢劫当地医院，我就是电影里那种能带你摸黑在其中穿梭自如的角色，必要时还能假扮医生。

我和我爸都喜欢看电影。他曾想成为一名演员，在民航业的全盛期到来之前，他受雇的船还载过一些往来美国的大人物。我很早就知道，演员和作家都是可敬的人。不过，要是他们小费给得少或者对人颐指气使，这种黑料就非得被记一辈子不可。我们一起看过电影，然而电影艺术对我最大的影响在于，我成长期间，许多电影都是独自一人看的；眼下，在同一个房间里，爸爸也开始独自看电影了。此外，我喜欢思考电影，拿电影当庇护所，还参与过为数不多的几部电影的制作。我身为人子最引以为傲的时刻就是，有一次，我给他打电话，说我见到了克林特·伊斯特伍德，虽然我与他面对面的时间只有三十秒，但他眯起那双鼎鼎有名的眼睛看向我时，我头一个想到的就是我家老爷子。

那还是多年前他们的老年生活刚刚拉开序幕时的事，如今老年生活已经到了尾声。我搀着爸爸坐到椅子上，端来早餐，然后给妈妈沏好茶。他舀起一勺低胆固醇的蓝莓酸奶，旨在抵消他这辈子摄取的红肉与酒带来的不良影响。

"给我多买几盒纸巾。"他告诉我。

"你要干什么？"我问他，但并不指望他能给我一个答案。

"我们的纸巾用完了。"

在起居室里，我围着他的椅子转了一圈，发现那里确实有个空纸巾盒，但空盒子下面就是五个满满当当的纸巾盒。这样摆放是为了不费力就能够到纸巾。

"你不需要买纸巾，你需要的是高一点的边桌。"我提议。

"不是，不是，才不是！"

他满面怒容地摇着头,就好像他的生活完全依赖眼下这荒唐的布置。据我所知,事情还真是如此。

数月前,市政服务机构的作业疗法[1]小队为我们安装了平行楼梯扶手。我上楼去找妈妈时,中途在扶手处停留了片刻,做了一个引体向上。

我惦记着要健身,可这纯粹是痴心妄想。看来,现在的我和儿时曾经在这段楼梯上跑上跑下的我一样爱做白日梦。

妈妈的房间和往常一样。整洁、温暖,有着浓浓的书卷气。她本人也是如此。过去,我觉得她长得像一英镑纸币上的女王。如今,一英镑的纸币早已不复存在,但她和女王还在[2]。屋里窗帘是拉着的,我进去的时候,她几乎睁不开眼。我从没见过妈妈病得如此严重。几年前,她扭伤了踝关节,骨头像面包棒一样脆。后来,她还经历过一次不太严重的中风。不过,那些挫折显然于她的精气神儿无碍。在我看来,她就是一个常见的老人,即使是最艰难的变化,体现在她身上也只是那颤颤巍巍、幅度缩水的步伐。可现在不一样了。无疑,我美化了她在这方面的表现。她诉说病痛的劲头不输任何一个老年人,只不过在我面前没

---

[1] 作业疗法:一种康复治疗方法,指对由于身体上、精神上、发育上有功能障碍或疾患,以致不同程度地丧失生活自理和劳动能力的患者,进行评价、治疗和训练的过程。
[2] 本书英文版出版时间为2022年7月,当时英国女王伊丽莎白二世尚在世。

怎么抱怨过。关于这一话题，她和我姐姐进行了一次异常失败的交流。我知道姐姐对妈妈的不停抱怨满腹牢骚，但不知怎的，问题最后得到了解决。

至少对我来说，这个问题是解决了。姐姐是我们家第一个离开家、离开家乡的人，也是第一个回来的人。回来之后，她就和父母住在同一条街上，如此过了三十年。她没再去体验大城市的灯红酒绿，而是和父母一起在这里慢慢变老，有过磕磕绊绊，也有过亲密无间。他们之前相互帮扶，如今又都到了求援的阶段。她像守卫城池一样在这里战斗了数十年，生儿育女，而后又经历了离婚风波。作为一名前小学教师，她总能精准地预测到灾难的到来，而世界就像是一个摆脱了父母看护、直往马路中央冲的孩童。如果把她比作士兵，那她也是个患上了战斗疲劳症的士兵，但终究算得上经验丰富。也许对于我们现阶段的人生旅程，我的准备更为充分。在过去三十年里，大多数时候我都自由自在，过着随心所欲的生活。不过，我也惊讶于这竟然让我如此不开心。

我的哥哥是个反复无常的人，在闯祸和搞钱方面有着非凡的天赋。好几次，他开着比别墅都贵的车直直地撞到树上。总之，围绕他的都是这类破事儿。所以说他本身就是个让人操心的、极能折腾的人。他依然在世界上逍遥法外，还没被上天带走。

再说回我妈妈，她善于利用语言和抽象又敏锐的幽默感，以近乎残忍的方式表达她的意见，这种时刻罕见却令人印象深刻。她极少吐槽身边的人或在现实生活中认识的人，能让她"大开杀戒"的往往是报纸或者电视上的人。比如安吉丽娜·朱莉的名字一出现，就会引起她条件反射式的高呼——

"可别再收养孩子了！"

要是屏幕上突然冒出来她瞧不上的人，随之而来的就是此类情景的标配——

"呸！！"

她以此来表达自己的嫌恶。按这个标准来说，她讨厌的人简直可以组成一支军团了。就连亲切的地方天气预报员出现时，也会招来她这样的评价——

"我不想看到他那张脸！"

若是电视上有发型考究的男性出现——

"小白脸！"

这样的例子数不胜数。

过去，我们还算清楚彼此的好恶。近来，她看人的标准已经超出了我的理解范围。上回我们以同等程度讨厌同一个事物，可能还是针对爱司基地乐队1992年的单曲《她想要的只是……》。我讨厌那首歌的理由是它不符合我的品位，她则是因为歌词赞成有意地选择单亲家庭。

现在，她充沛的精力和分明的爱憎都被带状疱疹消磨掉了。其实她的症状已经有所减轻，疱疹只在她右臂上留下几片红肿,但它们造成的疼痛与焦虑远不止这些外部迹象。尽管她对此极力掩饰,但旁人很难视而不见。她原本是一周读一本书、一天看一份报的人,现在竟然不怎么看得下去文字了。尽管她大部分时间都对自己的痛苦闭口不言,但这个现象已经充分说明了问题。

和她以往健康的状态一比较,此情此景尤其令人心焦,部分原因是这让我们俩都措手不及。她今天连茶都不想喝了,这可是很反常的。而我爸还在为自己活了这么大岁数惊讶不已。他从来没打算过活这么久。我猜想,他原本的计划是抽烟、喝酒、久坐不动,就这样早早入土为安,到头来却发现他的身体另有打算。

父亲有两句悲观的口号,"我就没有长寿的命"(他刚过八十岁的时候就常常把这句话挂在嘴边),还有"你马上就不用操心我了",总之,这两句话始终回荡在我耳畔,就像如今已经站稳脚跟的政府未能兑现的选举时的承诺。他的病情急转直下时,我们虽然十分难过,但之前就有心理准备,也熟悉情况,可我们没怎么见识过妈妈被病痛折磨的样子,所以我才为此感到分外揪心。

用餐与方向盘

■ 2017 年 11 月 2 日

今天早晨,爸爸成功地在无人搀扶的情况下从厨房走到了客厅,这让他信心倍增。距他上次因肺炎住院已经六周了,如今他不满足于待在家里的轮椅上,他想外出,竟然还想开车、去饭馆吃午餐、去乡间走走。这是件值得庆祝的事儿,毕竟我们已经好几周没去过别的地方了。

于是,我开始查看日程簿,以免遗漏今天有什么安排。这本小册子放在餐台上,尺寸虽小但至关重要,是我们家的"圣书"。每一年,他们都要将旧日程簿上的部分电话号码和地址誊在新的上面,要么是因为他们觉得这些信息很重要,要么单纯是因为那些联络方式指向的人还在世。父母都出生在英格兰的兰开夏郡,却是在大西洋上相识的。

那时，他们在一艘远洋客轮的事务长办公室里工作。或许在这些日程簿上写写记记能唤起他们对那段引以为傲的岁月的记忆。这套记事系统可能的确深受大家喜爱，但完全不实用。

爸爸的手关节疼痛发僵，原本能写美观的字迹现已大不如前。他写的笔记看上去活像是屈打成招的人写下的供词。妈妈的字娟秀整洁，但晚年变得歪七扭八，比以往任何时候都难认。我的字更糟糕，像是脾气急躁且手骨骨折的人写出来的。有时候我们会给彼此留言，它们只代表一种生命迹象，其意义不在任何人的理解范围内。没错，我们这一家子但求把日子过下去，行事合不合逻辑不是我们要考虑的。

就在我浏览日程的时候，我爸突然发作了，那是一种纯粹出于病态的情绪爆发。

"你知道东西都记在哪儿吧？"他问。

他指的是他去世后我们要通知的人和要做的事。这些东西存在得太久，我一心只想忘掉。它们零零散散地记在各处：这儿写着葬礼上要念的赞美诗，那儿写着银行账户。不管出了什么事，也不管什么时候出了事，那些日程簿都是关键，是整个家庭的罗塞塔石碑，是《亡灵书》[1]。

"知道，我知道你死后我该做些什么。"我合上日程簿，

---

[1] 《亡灵书》：古埃及墓葬文书，是古埃及人下葬时必备的陪葬品之一。

问道:"你开车……真的没问题吗?"

他没说话,只是戴上了平顶鸭舌帽,这意味着不管安全与否,我们马上就要出发了。

"快走吧。"妈妈说。也许她倒是乐得一个人在家。不过,届时会有保洁人员上门打扫,所以这也不能完全算是她的独处时光。不管怎么样,离家时我还是不放心地抬头朝她的窗口望了一眼。

爸爸靠着他肺部残存的那点儿功能把气喘匀之后,便发动了汽车。我再次开始考虑去学开车——我认真考虑这事已经有三十年了。我其实认真考虑过挺多事的,可唯独没想到自己会在年近五十的时候搬回父母家。

———————

上了路,爸爸像换了个人似的。看到他做一件事得心应手、沉浸其中,我非常开心。要知道,之前就算是拆开一封信,他也要气喘吁吁地花上好几分钟。离开小城的路上,我的思绪在童年乘车出行的记忆片段间跳跃着,突然意识到,要是爸爸手握方向盘时突然发病,恐怕我就得把他的脚从油门踏板上拽起来,然后一把夺下车钥匙。这都是我从电影里学到的。

如果我真的在车上遇到紧急事件,那肯定就像只靠听收音机学英语的人一样,被赶鸭子上架,参加难度极高的拼字游戏:玩完了。

爸爸直接把车停在了酒馆正门前。他有残疾人停车证，所以这么做也没什么；可现在不管去哪儿，无论附近有多少空余的残疾人停车位，他都还是会把车停在正门前。他简直是个持蓝证[1]的恶棍：他来了，他饿了，他把车堵在你的大门口。

酒馆老板安排我们坐在烧得正旺的火炉旁。爸爸非常满意。他现在变得像猫科动物一样，有着挑温暖角落歇脚的天分。从今年仲夏开始，我父母就老是嫌屋里不够暖和。我想，就算他们搬到太阳的中心，住进一栋面积更小、设施更现代的房子里，情况可能还是这样。

他狼吞虎咽地吃了一盘扇贝，然后告诉我，他感觉不太妙。接着，他就像中弹了一样，突然瘫倒在地。

我赶紧抓住他，感觉自己挺有医护人员的范儿，但我看上去其实更像是在模仿格斗技巧中的双肩下握颈动作。我冷静得出奇，起码比常人想象这类情况发生时可能会有的反应更冷静。尽管近几年我有过这样的经历——后半夜打急救电话、父亲突然晕厥，我头脑中也有过成百上千次的演练，但一股"训练有素"的悲观情绪还是向我袭来。我不能说当时自己表现得有多英勇，因为我认为自己的反应非常机械，有些紧张，但更接近麻木，内心甚至还有个角落在享受这种戏剧性。毕竟过去的一个月里，生活千篇

---

[1] 在英国，残疾人的停车证是蓝色的。

一律，眼下的突发事件至少让生活起了变化。我无视其他食客的围观，示意酒馆老板叫救护车，然后悲切地冲着老爷子的耳朵喊，问他感觉怎么样，就好像他能听见似的。结果他毫无反应。

我想他也许已经断气了，人就这么走了也不是一件坏事：毕竟他走之前还亲自开车来了酒馆，坐在了挨着火炉的位置，享用了扇贝。我们曾以为他去世之前要经历漫长甚至毫无尊严的衰老，比起那个过程，生命戛然而止当真不是悲剧。

一位急救人员赶到了，我们将三张椅子拼在一起，把父亲抬到上面。他就像一场魔术表演中受邀上台的群众演员：稍后魔术师就会将座位挪开，只剩下他悬停在半空中。不过这些都没有发生，我们见证了一场人间奇迹——当我爸的脚被放在高于心脏的位置后，他苏醒了。

急救人员说："老年人坐在火炉旁，容易血压骤降，所以就晕倒了。"

苏醒后，爸爸大吐特吐，声音惊天动地，吓得整个用餐区的人都僵住了。

"这很常见。"急救人员说道。

"您的午餐我该如何处理？"酒馆老板问。

"我还是把我那份吃完吧。"我对他说。死亡不可避免，可浪费食物也是一桩罪过。

急救人员问我们怎么回家。

"我想他应该是开不了车了,对吧?"塞了一嘴鳏鱼肉的我说。

急救人员点点头。那就叫出租车吧。也许从现在开始,我们外出都要坐出租车了,假如我们还有机会出门的话。

出租车里,我和爸爸并排坐在后座上,他无力地靠在我身上。我把老板送给我们的橘色塑料饼干盒放在他下巴底下,以防他再次呕吐。我不记得我们以前有过一起坐在车后座上的经历。当然了,我们一起坐过救护车,但这回对我们俩来说都是新鲜的体验。他不必非得去医院,对此我们都很高兴,尽管我疑心我们高兴的原因并不相同。

他高兴是因为他讨厌去医院。通常,隐藏在这种"讨厌"背后的其实是恐惧。爸爸这辈子都"在路上",所以现在特别执着于最后能死在家里。他往家中塞满纪念品,就像一位生活在城郊的法老,在为自己布置墓室。至于我,我清楚办入院手续要等多长时间,又没带上任何可看的书报。我单纯是为了不用办那些冗长复杂的手续而高兴。

另外,那家酒馆离我们家特别远,如果需要住院的话,他就得住进一家不熟悉的医院了。这意味着往返家中与医院的路途会更长,去探望他的人会更少,总之不便之处很多。自上次出院后,他还没在家里住多长时间。于是,我伸出胳膊揽住他,就像揽着一个喝醉了的哥们儿,内心没什么情绪起伏,只是纳闷自己竟然表现得如此镇定。我曾经以为的生活就像那家酒馆壁炉里的火一样,已经灰飞烟灭了。随之化为乌有的,似乎还有我对事情感到惊讶的能力。我们是真的冷酷无情,抑或只是在保护自己不受伤害?说到底,冷酷无情到底是什么?会不会就是从创伤中长出来的呢?

出租车司机是个好心人,通常情况下都是如此。他帮我将爸爸抬进屋。爸爸挣扎着要说些什么,于是我替他说了。

"给小费?"

他点点头。我家老爷子是个喜欢拿钱摆平一切的人。我太清楚这点了。既然无法陪在家人身边,那就为家人花钱吧。我递给司机一张五英镑的纸币。爸爸窝进他的椅子里,合上双眼。就这样,法老安全返回金字塔,安静地睡着了。

妈妈平静地听完了爸爸晕倒的经过。这种情况之前也发生过,妈妈称之为"不省人事",或是如行话所说,"失神发作"。通过疾病发作、晕厥、叫救护车等事件,可以看出人类的适应能力有多强,这些事儿渐渐地就都不叫事儿了。现在,妈妈跟急救人员打招呼,平静得就好像对方只是一个邮递员。我们越来越擅长处理这类情况,或许是因为今天我们每个人都忙于处理自己的痛苦,无暇顾及其他。不管怎样,到了饭点,该吃还得吃。

妈妈生病后,竟然开始喜欢我孩提时代吃的东西。有时候是一杯番茄汤,有时候她会大胆些,吃上一条炸鱼柳。

"我都忘了还有这种好吃的!"我提议她尝尝的时候,她说。

我没忘。这东西我从小吃到大。早在它流行之前,我就喜欢做出这种不成熟的营养选择。

要是我告诉她慰藉性食物现在已经成了主流菜肴,不知道她会不会相信。我喜欢给她做这类饭菜,这很公平。除了这件事,我都不知道还能干吗。毕竟,我面前并没有什么广阔天地。我安慰自己,生活无非是正在发生的这些事罢了。你生病时曾有人为你做饭,现在轮到你为那个人做饭了,我感觉这是一件幸事,至少到现在为止是这样。

"这是什么?!"在楼下活动的妈妈手里拿着一样东西,想知道那是什么。

那是卤素灯泡,我告诉她。

"我差点把它放到嘴里吃下去。"

怎么会这样?

"谁叫它在厨房台面上放着呢?"

既然我们的世界如此变幻莫测、充满谬误,能做一些力所能及的好事便是幸运了。不过,要是你不喜欢你的父母,或者他们不喜欢你,再或者你们互相讨厌,甚至他们再也认不出你,我就无法想象了。那样的话,误食灯泡恐怕也算不得什么了。

我家的这副担子并不算重,但即便如此,也让人够受的了。我给妈妈做好汤，去查看了一下爸爸的情况，他还在睡觉（他的确在睡觉，用来接呕吐物的塑料盒子就丢在旁边，里面是空的）。然后，我就像我一向装成的成年人那样，为自己煮了盘意大利面。

今晚，一切都安静得不同寻常。在你的想象中，人的晚年生活可能是另一副光景，但实际上，只要家里的老人醒着，你耳边就难得清静。原本我们一家人举止得体、互敬互爱，但父母步入老年后，家里就变成了自由开火区[1]：骂脏话、打喷嚏、擤鼻涕、咳痰、肠胃胀气导致的打嗝放屁，还有电视那大到不可思议的音量，通通都来了。

曾经，我能在家里听到的顶多就是打哈欠的声音，可现在大家说什么都要用喊的。在过去的九个月里，我听见了比我们的许多次对话时间都要长的"臭屁交响曲"，还见识过以歌剧音量进行的简单交流。他们会拉锯似的喊来喊去，直到有人肯定地回答"没错，今天是星期一（或者星期二）"，直到妈妈把助听器戴上，或者直到有人听错或说错了什么，这种交流才会结束。

"你爸妈老是吵架。"一个邻居跟我说，那是夏天的事儿了。

没有。我解释说，他们只是在说话。要么就是有谁打

---

[1] 自由开火区：士兵可以在没有得到上级直接命令的情况下向敌军直接开火的地区。

电话来着。

这种鸡同鸭讲的吼叫式交流的中心是厨房,因为洗衣、做饭和吃药等活动都在此进行。厨房旁边是一个小小的卫生间,这样一来,事情就更有趣了。尽管这两处空间被双开门隔开,但父亲还是坚持要让两扇门开着(据姐姐说,他是怕自己会像猫王一样死在马桶上)。这意味着,从各方面讲,当然也包括从声音方面,我家的马桶在厨房。

我有许多时光都是在楼下那个小卫生间里度过的。十几岁时,就是在那儿,我第一次看着自己的镜中倒影告别处子之身;不久之后,还是在那儿,我看到自己刚冒出来的胡茬泛起涟漪。

那面见证了我这些青春期里程碑的小镜子也是我父亲钟爱的物件之一。他住院都要带上它,好检视岁月在他头皮和脸上留下的那些有伤体面的痕迹。

"他怎么就非要这个呢?"每次妈妈发现小镜子没了,都会叨叨这么一句。我试过给他别的镜子,但他只想要原来那面。

要是在成员年轻点的家庭中,大家可能会按正常逻辑解决镜子这类问题,可在我们家,像许许多多看起来无伤大雅的问题一样,它会继续存在下去。面对父母长达六十年的婚姻中充斥的令人尴尬的龃龉,每当我考虑是否要干预或者如何插手时,我都会告诉自己,不久后,总有那么一天,这家里会没什么事好吵,也不会有人再吵了。这样一想，我就不纠结了。

与此同时，楼下的卫生间开始为我年轻时的斑斑劣迹向我展开报复。幸运的话，这种报复无非是我爸每隔一小时左右就要进去一趟，排空他的导尿管。但有时候就没那么幸运了，他会因为大小便失禁赶去卫生间处理，那场面就像是农业生产、抗议活动与行为艺术的集合。

那个卫生间很小，转不开身，当有人需要围着刚刚尊严尽失的可怜人忙活时更是如此。时间长了，我们发现最佳的解决方案就是让这个可怜人留在"案发地"，直到第一阶段的清理工作完成之后，再请他移步卫生间。每当我迅速戴上一双丁腈手套时（如果说有什么发明能让所有这一切变得可以忍受，那就是一盒丁腈手套），我都想为这个进入后尴尬文明的家庭说上几句。在这个家里，从离婚、抑郁症到消化的细节，这些隐私我们已经全都没有了。在这个见证过不少隐秘行动的空间里，我们终于坦诚相见了。

沉睡者小队

■ 2017年11月3日

生活总算回到了勉强算是正常的状态,爸爸行动缓慢,妈妈比他利索点儿。

"想吃炒蛋吗?"我向她喊道。

"我不在卫生间!"她回答。显然,今天早晨她没戴助听器。

经过一系列复杂的操作,我们的车也终于开回来了,这多亏了哥哥和他的小舅子安德鲁,后者也是我的好朋友。下午三点左右,车已经安全停到我家车库里了,或许会永远停在那儿。家里的所有人都再次进入了梦乡。

在这里,睡眠永远是珍贵的。过去,爸爸每次从海上回来,都会要求我在家玩的时候别吵,要么就去外面玩,一定要等他倒好时差再说。现在也差不多,白天家里的窗帘也是拉上的,夏日的阳光透过橘色窗帘,为这里增添了一种黄澄澄的、让人联想到消化系统的光泽。

长大后,每当我回到家,走进客厅,开始聊旅途中的见闻或前不久发生的事,都会收到同一句回应——

"不如你回屋睡一觉吧?"

这个建议我一向乐于接受。即便是现在,当我无事可做的时候,他们还总是会催我睡觉,就像这是一种从我幼年时期沿袭下来的风俗。我们家就是这样的,闭上眼睛过日子。因为睁着眼可能会遇上更糟的情况。我并不是在诋毁我们意识清醒时的居家体验,但家里没人醒着的时刻确实给了我一些美好的回忆。

"这事儿对你影响大吗?"多年前爸爸问我,他指的是他常年在海上工作,不在我身边,"我这么做没问题吧?"

我从来不知道他在不在家对我来说有什么区别,便说出了自己的实际感受。那时候,我并不觉得这有什么大不了的。可当时我既没有经历离婚,也没有年纪渐长带来的焦虑。如今,情感上的缺憾和意愿给我带来了困扰。换言之,我对这个问题的答案没那么确定了。另外,我感觉自己还没准备好拿出肯定的态度。某件未竟之事将我的内心塞得满满当当,或许一向如此。说到底,从后视镜中看人生和透过风挡玻璃看人生是两码事。现在躺平睡觉似乎比提问安全得多。镜中事物可能比看上去离我们更近。

所以说，睡觉就是我们这支小队的第一要务。每当父母睡沉了，一种轻松感就会油然而生，那是一种工作圆满完成的感觉。我们睡觉的时候，没人会觉得饿、冷或热，也没人会觉得不适、困惑或恼火。莎士比亚说，睡眠是"大自然温柔的护士"，它的体贴是我永远望尘莫及的。而现在，要想获得睡眠，我们已经要仰仗医生提供药物了。

忘记从什么时候开始，我意识到，医生开始一而再再而三地给爸爸开强力安定药。大概是十五年前，那时他才七十出头。以地形作比的话，那个年龄段就像环境宜人的苏格兰低地，也就是说，我已经不再把七十多岁视为老年阶段了。

我曾一度沉溺于镇静剂，但我后来走出来了。我现在偶感情绪极度抑郁，就会以不易察觉的极微小剂量偷爸爸的药。我这样做只是为了缓解自己这样那样的情绪，可有时候，"这样那样的情绪"就是一个人最重要的东西。那时，医生以轻松的口吻对我的抑郁状态进行了一番描述，最终确诊我为抑郁症患者。可我觉得，"活着"是种不可理喻的状态，对这种状态似乎常常只有一种合理的回应，那就是悲伤，不过也不是一直如此。就算别人不问，我也会问自己："你有什么可难过的？"至少现在我的那些情绪有了实实在在的根据。尽管大部分情绪已经被处方药和消遣性药物清理干净了，但在难熬的一天将尽之时，我还是会从父亲放药的地方搜来一些药吃。不管什么时候，在"由谁来主宰我的生活"这个问题上，我都情愿选择睡魔，而不是律师或者进行更深入的自省。

我偷拿的药片数量极少，只是为了睡个好觉。这是我们之间的无声盟约也未可知。或许他知道真相，只是没有挑明，这倒是合了我的心意。其实我也可以不吃他的药，但他就不行了，每每药瓶即将见底，老爷子就开始焦虑（和大多数人一样，预见的麻烦比正在经历的麻烦更能引起他的恐慌）。

话虽如此，但其实我也一样。我并非每晚都吃这些药，就算吃，我也会把一片药掰成八瓣，可是一想到手头可能会一片药都没有，我就会惊出一身汗来。房间里暖气开得太足，想起离婚我就心痛难忍，也不想听到任何动静，种种因素导致我对这些药的依赖性越来越强。医生给我开了些吃了会让人思维迟钝的药，那类药我可不喜欢吃，也不愿冒险再试。

随着妈妈患病，借睡觉逃避一切问题的想法开始变得不现实。因为疾病的拖累，她晚上睡不好，白天也没办法像往日一样如饥似渴地阅读。虽说马上就要九十岁了，但她每天需要吃的药只有一片阿司匹林，这是件令人骄傲的事。可现在她开始主张吃"爸爸的药"了，这个变化值得我们加倍关注，因为这意味着她一直在忍受非常严重的病痛。很快，家里开始出现大量的"毒品"移交事件，就像上演了一部老掉牙的全员白人版《火线》[1]。

爸爸巴不得看见妈妈卷入这场兵荒马乱，我可没那么开心，尽管嘴上没说什么，内心其实陷入了深深的恐惧，担心我们会"弹尽粮绝"。这两个被暮色笼罩的生命前途未卜，多一片或少一片药会让一切都不同。如果我向医生坦白家里正在发生的事，父母会不会停止心照不宣地过量服药，让我们的"纸牌屋"就此垮塌？老实说，现在家里其实运转得还不错。

夜里，我将爸爸的药片掰成两半，自己留一半，把另一半递给妈妈，顺便就成瘾问题嘱咐了她一番。爸爸似乎热心于让妈妈加入他的药品大军。我想，他很早以前就对如何安抚她无计可施了，可是药片，药片他再熟悉不过了。他甚至会走进她的房间，把药丢在那儿。姐姐结婚之后，她的卧室就让给了妈妈。父母是分房睡的坚定拥护者，自那之后的四十多年里，我就没怎么见过爸爸进妈妈的卧室。

"现在可要小心喽。"我放下药片的同时说道。

她没搭理我，但她的表情似乎在说："我都是半截入土的人了，你就别对我指手画脚了。"

家中的两位主角安然无恙地躺平后，我便回到自己的小窝，开始看《毒枭》。我现在能理解巴勃罗·埃斯科瓦尔

---

[1] 《火线》：美国电视剧，讲述了马里兰州巴尔的摩市警察与犯罪团伙间交锋的故事，反映了黑人社区中毒品和暴力泛滥的现象。

了。不过我也注意到，尽管他手上有成百上千条人命，但他从没往母亲手里递过毒品。我暗暗记下，要将这部剧保存在我们的网飞登录页面上，然后关掉灯，开始品尝湮没的滋味。

■ 2017年11月5日

上午晚些时候，家里接到一通简短的电话。我听见爸爸结结巴巴地说了些安慰的话，便清楚电话的内容了。我平复了一下悲伤的心情，走到爸爸身边。鲍勃，他们的又一个朋友去世了。虽然大家早有心理准备，但还是难免伤心。他们尚在人世的朋友越来越少，在认识的人里，他们已经是最后一对健在的夫妇了。这是一种奇怪的胜利。有时候，我能想象他们的感受，可是像几乎所有朋友都去世这种事，我无法感同身受。爸爸不是个情绪外露的人。我只见他哭过一次，部分责任还在我，这回我可不想再看到他落泪。于是，我说：

"我上楼告诉她去。"

妈妈躺在床上，半睡半醒。我告诉她发生了什么事。她开始跟我讲述他们这位朋友的故事，其实这些故事我以前都听过，但我还是在她身边躺下，听她回忆鲍勃吃饭的种种习惯。

"他是个做事一丝不苟的人。你要是见过他剔鱼骨就知道了,那真是没完没了。他身材倒是苗条,要是能不吃某些食物就更好了……虽然后来他看不见了,但仍是个风趣的家伙。"

关于他,我也有我的独家记忆。我们搬到这里之前,他跟我家是邻居。那是我的幼儿时期,他家的小儿子是我第一个真正的朋友。鲍勃是个优秀的摄影师,他给我拍过一张黑白照片,我一直留到现在。那应该是在1975年,照片上的我笑得灿烂极了。当时我被镜头迷住了,一个孩子能表现得有多开心,我就有多开心。

此时此刻,我似乎比父母都伤心。这种事多到能把他们埋起来,在接受故人过世的消息上,他们可谓经验老到,堪称专业人员。其实,他们认识的许多人都已经走了,最近一段时间,这样的消息反倒比以前少了些。奥马哈海滩[1]的岁月一去不复返,只有掉队的人才能活下来。回到房间,我哭了,甚至不清楚自己为什么哭,毕竟值得一哭的事情太多了。

---

[1] 奥马哈海滩:诺曼底战役中盟军的主要登陆地点之一。

肃静

■ 2017年11月6日

在家里，如果说睡眠最珍贵，那么排名第二的硬通货就是安静了。妈妈已经因为耳聋中了"寂静彩票"的头奖，所以她对此没那么忧心；反倒是我父亲，像个声音的守财奴，强烈地渴望这座无法安宁的房子变得悄然无声。

忙完所有活儿之后，如果我打开电视，就会听到来自他卧室的吼声："电视声儿太大了！"

他说这种话真是奇怪，因为他看电视的时候，你在附近的任何一个镇子都能听见那声响。但我知道，在家讲道理是行不通的。在这里，保持安静不仅是最重要的事情，还是终极目标。我真希望能住在只有自己的家里，能有个地方安放我的安静。

如果爸爸心情不错、陷入沉思，或者没在看震耳欲聋的电影，他会盯着窗外，要么闭起眼睛，叹上一句——

"真安静啊。"

他从小在工业城镇长大，后来在总是发出低沉隆隆声的轮船上工作，再后来，他竟然把家安在了郊区的一条死胡同里。因位置偏僻，周围树木茂盛，这里少有人来。我完全无法理解他的选择。或许，他这样做是为了实现深埋于心的某个梦想。可是，家里的安静就像整洁的环境一样，永远无法保持太久。

除了锅炉的噪声，我们田园牧歌式生活最大的破坏者是前门。那沉重的门环或许更适合比我们家大的地方，比如一座城堡或一口导弹发射井。所以，当敲门声响起，如果起居室里的人没有心理准备，或者正在睡觉，就会觉得那声音堪比加农炮。只要身子骨允许，父母听到敲门声都会立刻响应，就像正在休息的消防员被未知火情唤醒一样。

届时，我要是离门比较近，就会高喊"我去开门"，可是在我张口之前，他们往往就会争执起来。不过现在他们的所谓争执更像是一呼一应的唱诵："是谁？""不知道。""什么声音？""有人敲门！"这情形就像两个登山者在隔着雾气表演二重唱。要是我行动慢了，或者因为不胜其烦决定不搭理这档子事儿，我爸或我妈就会急忙向门口跟跟跄跄地走去。每一次敲门声都可能会引起一次心脏病发作，每一次迈步都可能会导致一次摔跤。

亚马逊会员

■ 2017年11月7日

我蹑手蹑脚地下楼,因为:第一,在这个家里,保持安静是第一要务;第二,他们听不见我的动静,就不会使唤我干这干那。还是个孩子时,我就针对在这座房子里如何行动才能不引人注意,对自己进行过加强训练,但我偶尔还是会发出喘气声或者窸窣声。不幸的是,爸爸的注意力全都集中在探查我的存在上,他发现了我,把我叫到了他的地盘——起居室。那里就像沙特阿拉伯一样热,而在能收看什么电视节目上,规矩比沙特阿拉伯更严苛。

我走进起居室,听候吩咐。去那儿就像是邦德受到了上司M的召见,离开时势必要背上一项任务。

"杰夫·贝索斯,"爸爸钦佩地宣布,"他是世界上最富有的人!"

他坐在椅子上,那似乎是他在今天余下的时光甚至余生中都要待着的地方。他探身向我递来一份报纸。我没接,对他说:"我知道。"说完我立刻开始讨厌自己的行为。

爸爸看我不想了解贝索斯和他的财富,似乎受到了伤害。可我不想去了解的原因是,我开始隐约意识到,贝索斯的财富有不少是从我父亲身上挣来的。

父亲十分倾慕这位企业家,但他自己其实来自一个已经消失的国度——工会工人和养老金的国度。正是这笔养老金使我们的房子能常年保持与邱园[1]棕榈温室差不多的温度,使贝索斯的小卒子源源不断地来到我家门前——说是"我家门前",但其实每天,有时甚至是每个小时,亚马逊快递都可能出现在我家方圆二十米内的任何地方,这取决于快递员的强迫症程度和服务态度。

有的快递很荒唐:打开之后我发现里面只有一瓶柠檬汽水(我:"我平时去商店时你怎么不说要这个?"他:"当时我渴了,就买了。")。还有的快递包装很离谱:里面明明只是一根手杖,单看包装却会以为是一台跑步机。除此之外,我家还会接二连三收到镇痛软膏、药膏和医药广告宣传册,实在让人头疼。源源不断的快递形成了一波波废纸箱大潮。

---

1 邱园:英国皇家植物园。

市政服务机构把回收废品的时间拉长到每两周一次，可这里没有一个正常大小的带轮垃圾箱能装下所有废纸箱。室外情况告急，然而在室内，我父亲还在用裹着橡胶的小棒猛敲三星平板电脑，订购杰夫的宝贝。现在是 2017 年。在我们房子的一侧，垃圾箱里的垃圾都溢出来了，仿佛是 1979 年罢工运动再现。我用一把小刀划开纸箱，将它塞进可回收物垃圾箱，心里咒骂着医疗创新和严重影响我生活的送货上门服务。

我曾利用屋墙练习网球，现在却手执一把刀子在这里宣泄内心的暴力情绪。我将一个又一个被我视为假想敌的纸箱大卸八块，暗暗希望邻居们不要看到这幼稚的一幕。

尽管妈妈说了不少关于亚马逊网上购物商城的笑话，比如"这些都是从南美来的？"，她还是回到了令人讨厌的状态——大部分时间都沉默寡言；爸爸则坐在椅子上搅动风云，让别人为了一些毫无意义的活儿忙得团团转。要想挨过这样的日子，需要一点黑色幽默。不过，若你真想幽上一默，可一定要小心，因为死亡近在眼前。他们的朋友一个接一个过世，每次爸爸出院时，医生们都会把我叫到旁边叮嘱一番。我们一定要摆出蔑视死亡的架势来，但同时也要记住，这么做相当于借酒浇愁。今日若为了一时的情绪宣泄，开些不合时宜的玩笑，改日这些戏谑之语就会将人压垮。我只能咬着嘴唇悄悄发两句牢骚。我想我们都有类似的时刻。

从最初为一大家子采购物资,到只负责他们老两口的吃穿用度,再到现在无力出门购物,妈妈经历了一切,所以她对供养一家人背后的因果关系链有着深刻的认识。在这一点上,爸爸望尘莫及。虽说爸爸到了老糊涂的年纪,可他牢牢掌握了网购技术,迅速将妈妈排挤出局,同时也形成了一条恩怨交织的新纽带,维系着他们的关系。

每当他将那根"戳屏幕专用小棍儿"悬在即将下单的商品上时,我都会有一种感觉——沿着历史的脉络回望,我们共同的祖先举着长矛瞄准猛犸象时,恐怕也是如此。每一次无谓的网购行为都具有一种原始的气质。等他去世了,要是我还有钱,就去趟真正的亚马孙[1]。到时候,我就把这根专用小棍儿扔进河里,方便杰夫·贝索斯从水下伸出一只手,将它收回。

如果妈妈待在楼上,我又不在家,爸爸就得负责应对杰夫·贝索斯的快递大军。这很公平,因为亚马逊送来的大多数东西都是他买的,而且只有他一个人从中受益。当然了,这还得是在他成功订购了想要的东西的情况下。

有时他买的东西实在令人费解,他会否认自己买过。这有可能是因为他的记忆力越来越差了,也有可能是他在戏弄我们,后面这个原因我们更容易接受些。

父亲不是个爱主动干活儿的人,所以当我从商场购物

---

[1] 南美洲的亚马孙地区与亚马逊网站在英文中是同一个词。——编者注

回来，发现他把（多余的）纸箱裁成方形，用胶带贴在了门环与门板之间，我非常惊讶。这就像一个刺客给武器消音一样，目的到底是什么呢？

对此，姐姐凭直觉做出了最阴谋论式的解释。

"这样一来，他就不用站起来应门了。"

我反驳说，他本就不必去亲自应门。如果我们一定要为他的举动找到什么理由的话，那就是这么做有利于实现家里彼此关联的两个神圣目标：睡眠和安静。最后，我们达成一致意见，这两种说法都有理。爸爸不满我们的恶意揣测，坚称这么做是出于无私的目的。

"我这是为了让你们的母亲不被打扰。"

我怀疑，真相就隐藏在上述所有动机之中。要是爸爸觉得亚马逊送来的是一样重要的东西，比如说药品，或者电影光盘（他八成早就有那张盘了，要么就是电影可以在线免费观看），他就会像朝圣者一样，从椅子上站起来，弯着腰，弓着背，奋力地及时赶到门口。我的日常生活中竟然出现了这么疯狂的一幕，不过没关系，我是这么安慰自己的灵魂的：杰夫·贝索斯就是爸爸的理疗医生。至少在真正的理疗医生上门之前，他是。

电话骗子

■ 2017 年 11 月 8 日

固定电话就像一扇微型的门,能将家中神圣的半安静状态破坏殆尽,不过也能带来老爷子渴望的、与衰老相伴而来的"高额奖金"。不管是医生、子女、药剂师还是餐厅(条件允许时),大家都通过电话来联络他。

和开炮似的巨大敲门声不同,电话铃声的响动妈妈完全听不到。因此,爸爸成了这间功能失常的办公室中的默认接线员。若是我出门了或者正在忙别的事情,接电话——应付那些骗子无赖的任务同样也要落到他头上。

针对老年家庭的诈骗电话、推销电话和恶劣的垃圾电话,数量之巨大令人吃惊。我曾在嘈杂忙乱的办公室里工作,就连那儿都比父母家清静。不管你退出了什么联系群组,或者设定了什么联络偏好,这个世界上总有一些地狱般的法外之地,酬不抵劳的年轻人挤满一个个房间,向老人家中打去一通通电话,企图对那里的财富进行重新分配,不管他们以为对方手里有多少钱。

反过来说,这种骚扰电话也会制造一些欢笑甚至同情。好在我父母在这方面还有些智慧,大多数情况下他们能够辨明真伪。因此,他们既没有买下什么昂贵的产品,也没有交出或抵押重要的财产。至少目前还没有。

每当妈妈接起电话时,我其实更同情来电者。她有大把的时间听你徒劳无功地介绍来意。你可能有你的目标、美梦和计划,但这通电话的赢家只有一个,而作为赢家的她甚至都听不见你说了些什么。

同样地,我已经不大可能有自己的生活了,这意味着,对方想在电话里聊多久我都能奉陪。在几通电话中,我甚至把对话提升到了人质谈判的级别。有些打电话的人就像狡猾的毒贩一样难缠,一想到他们推销成功的可能性之小,我就会忍不住心疼他们。

"您还是挂电话吧,不然咱们能聊到地老天荒。"我发现这么说还有点效果。

———

爸爸接了个电话,我能在卫生间(和楼下那间一样,像个"粪便雷达站")里听到他的说话声。他冲着电话即兴编出了一系列不着边际的无礼借口:"不……我做不到,今天不行……我干不了……不了。"他一直在用那套特殊的"虚弱老人腔"(这么说也许有点残酷)说话,最后还粗鲁地挂断了电话。我知道,电话那头的人只可能是谁。我走近老爷子,装作不知道发生了什么。我看过许多警匪片,知道成功破案的关键是让疑犯自证其罪。我以一个温和的问题打开局面——

"谁的电话?"

还没等爸爸回答,我就想起来我无法扮好人的原因了:我扮红脸和扮白脸的样子其实没什么区别。要是我爸不清楚此事,我就太吃惊了,因为他毕竟(此处应有马戏开场的鼓声)和我一模一样。

"是理疗医生,对吧?他想来帮忙,你却告诉他别来。"

"我感觉不舒服。"

鉴于他最近的病情,这么说也不无道理,可是这位理疗医生已经关注父亲的情况好几个月了。虽然父亲的实际健康状况不太好,他还是选择对这位理疗医生避而不见。"他压根儿就不想好起来。"姐姐要是知道一定会这么说。当我也觉得是这么回事时,我的内心突然发生了变化。我发现自己胸中腾起一场无比盛大的怒火,它定是一早就燃起来了。

看着他绕过楼梯平台,慢吞吞地逃走,我说道:"瞎扯。你行动不便是因为你压根不想动弹,一有人想来帮你,你就把人家拒之门外。"

他像走投无路的动物一样折腾出一些动静,听上去还是一只小型动物。这说明他被我说中了。

他沉默以对,我由此推断出这个裹着浴巾黯然神伤的八十七岁老头儿的确有罪。我将他放归社会(即他自己的卧室),给理疗医生回了电话。

"您好,又是您啊。"他说。

他知道我们家的电话,也认得出我的声音。我跟他承诺过,我这边会取得一定进展。不过对他来说,老年人固执己见很常见。"国民医疗服务体系(NHS)为您服务",他的声音透着一种听天由命的平静。

单冲他还敢接我家的电话,我就佩服他。

虽说回避体能活动是父亲的典型行为,我还是为他道了个歉:"他状态不好。"

虽然他浪费了一个无辜者的时间,还因为自身行动不便加重了我们的负担,但这都不是他的本意。但话说回来,不管他本意如何,他的行为导致的结果就是如此。

"等你们定下几个方便的日期,我再安排一下。"理疗医生说。可问题是,爸爸能配合吗?

姐姐的法子一如既往地比我的更具对抗性,就像是一场埋伏或空袭。她是一名普拉提教练,有许多上了年纪的学员跟着她锻炼。在她看来,老年人静坐不动是件令人讨厌的事。姐姐在劝说爸爸时,会加入一些弗洛伊德式的糟糕成见，这样一来她与爸爸在客厅的唇枪舌剑就演变成了唐·金[1]会大肆推广的那类争霸赛。披肩女大闹起居室，电视机前的大乱斗。

姐姐的大招是响亮而快速地反复吼出情绪饱满、内容凄惨的短句，样子像极了美国农产品拍卖商或者雷鬼风格的说唱歌手。"用进废退！""会萎缩！""注意髋部！""会失禁！""会卧床不起！""会死掉！"这大量短句虽然听起来令人胆战心惊，但并不会引起多少敬畏。面对这架势，你只能出口成章地反击或者赶紧逃跑（而爸爸哪样都做不到），这很让人遗憾，因为除去迅速的反应和高超的语言技巧，她说的话往往都是对的。

老爷子只能坐在原地，一言不发。他一定会闭上双眼、把头扭到一边，通过这种方式让事态升级。从表面上看，这样做似乎代表着认输了，其实不然，真正的结果是那个发起进攻的发言者在精神上被挫骨扬灰。遇上这样的对手，你只会受内伤。

要是我把理疗医生的事告诉她，她肯定会出离愤怒。所以我必须给老爷子加油鼓劲儿，让他行动起来。惩罚他的冲动平息后，我便去找他，可他已经上床歇息了，还闭上了眼睛。或许，他以为卧室的温度一定能把我劝退，可我铁了心要冲破任何阻拦。就算热得要穿人字拖，我也要

---

[1] 唐·金：美国职业拳击推广人。

去把该说的话说了。

"你想想,不用住院多好。你再想想,那些理疗医生帮了你多少次。"

他点点头。我们都知道自己表现得不可理喻,但我还是继续说了下去——

"我们不可能什么事都替你做。他们会派一个人上门服务,教你如何再次使用四肢……"

"我知道,我知道……"

当我们越过彼此的防线,随之而来的是令人高兴的体验,尽管我常常面临被我们总是不能好好沟通的遗憾所淹没的风险。每当他接受我的劝诫,我都忍不住为我们只能说那些话而哭泣。他其实没有恶意,但他还是为自己的行为感到不好意思。我也一样。

虽说他的外表完全符合年纪,可不知怎的,我就是无法把他视作"老年人"。他就是我的父亲,永远是我的父亲。这个形象可以模糊掉我眼前的真实情况。但随即我意识到,从某些方面来说,那抽象的父亲形象已经远远超越了他这个具体的人。不管在哪儿工作,他都会从那里寄明信片给我。有时候,我还是觉得文字比人更亲近,不过我们现在日日相对。我在他屋里吸了口气,闻见了我们所有人都会在自己房间制造出的奇妙气味。过去,他外出工作时,我会特意进来吸几口气,感受他的存在,可照料他人有个讽刺之处——若你在情感上与他亲近,对他的痛苦就没那么敏感了。有时候，我们会亲近到无法安慰彼此。我注意到，他卧室的暖气漏了，水滴到了地毯上。于是我上前去拧阀门。

"别碰！"爸爸说，"那东西没问题。"

爸爸咳嗽着向窗外望去。就算到了这个年纪，呼吸也本该毫不费力，只可惜慢阻肺让他落下了总是喘不过气的毛病。每次吃饭，他都像是在登山。有时候，他站起身都会觉得头晕目眩，几乎要摔倒。摔跤是他最害怕的事情，因为他知道那意味着什么。按他的逻辑，有人上门带他进行锻炼就等于有危险。想要说服他把这类活动视为康复的机会，恐怕无异于强行推销。有时候我实在劝不动了，就想，如果我比现在大四十岁，会有什么感受？恐怕他此时伤心烦恼的严重程度是我无论如何也无法理解的。

父亲是奶奶唯一的孩子，她在父亲还不记事时就去世了。我想，这对他的影响可能远远超过了身体上的痛苦，或许已经在内心深处扎了根，在他的一言一行中打下了烙印。而我的母亲尚在人世，我可以日日与她相对。看到他为了填补生命中的这处缺口如此行事，我得做一番心理斗争，才能避免轻易指摘他的所作所为。毕竟，是他给了我他自己都未曾拥有的——母亲、兄姊、空间和更好的教育。我不能站在这儿，用傲慢的特权高高在上地打击他。不过，这并不影响我继续劝他。我坐到他身边，和他抱了抱。

"我能吃块饼干吗？"他问。我们片刻的共情和永恒的顿悟立刻像脆饼干一样碎成了渣。

糟糕的饮食习惯自然也是导致他健康每况愈下、行动能力逐渐丧失的原因之一。先承认自己有某个可悲的坏习惯，紧接着就要犯另一个老毛病，这是我爸的典型行为。我们像从扭打中脱开身的两个战士一样松开彼此。我们清楚自身的弱点，也尝试过克服这些弱点。尽管内心仍然有一些挣扎，我还是又给这位境况不佳的糖尿病患者拿了一块饼干。劝诫这种事尽力就好，反正劝诫者最后都是要妥协的。我从来没养过狗，也没养过孩子，不过我已经意识到了，在这两种修罗场中，也免不了要重复这样的循环——训斥一番，再给块饼干。不管怎么样，我还是和理疗医生约好了上门的时间，并且偷吃了一块饼干。

爹地是谁？

■ 2017年11月9日

你不能只劝别人多活动，自己却一动不动。倒不是说我喜欢一动不动，毕竟对我来说，躺平和摆烂的冲动与逃出这栋房子（如果有可能的话）的冲动一样强烈。在家里人人都平安无事的情况下，我就想逃走。也不是要逃去什么特别的地方，只要不在这里待着就行。

我会去市区逛逛，有时步行，有时是骑从姐姐那儿借来的旧自行车，它像表演到一半手里的东西就稀里哗啦地往下掉的小丑一样，常常掉链子，把我扔在半路上。还有的时候，我会坐巴士。

那栋我从小住到大的房子一成不变到了让人觉得恐怖的地步，市中心却经过重新规划和建设，以涅槃之姿让我几乎认不出了。炮火的洗礼和仓促的重建导致这座城市演变为一个奇形怪状的混合体，既有中世纪遗留下来的古韵，也有快速过时的现代错误。这地方像极了一位老者，为了显得精神焕发而不假思索地换上了一身华服，只可惜整个世界的注意力都转移到了别处。要与这种程度的破败做抗争，只靠一家苹果直营店是远远不够的。

当然，这一切的关键还得是人。要填补街面上种种变化带来的空白，我只能靠自己的回忆，但我运气好，在这儿还有不少盟友。若是找不到别人倾吐心声，恐怕我的生活会变成一件不堪重负的差事。白天我的朋友们都很忙，于是，为了换换环境，我向图书馆走去。十几岁的时候，我曾满怀抱负来这里搞创作，只是那些抱负之中并没有眼下的狼狈生活。

这座市立图书馆其实也是一所市民咨询处。除了那些单纯为了取暖而来的人，这里还吸引了大量不知该做些什么、不知该向谁倾诉的人。他们往往正在无家可归、横遭解雇、被驱逐出境和精神疾病带来的痛苦中挣扎。虽然这里并不安静，可就像医院一样，它能赐予你一种难得的氛围。只消在这儿泡上个把小时，你的自怨自艾就不治而愈了。

前不久，我申请做这里的图书馆管理员，但被拒绝了。我原本为此很恼火，但现在我明白了，在这里工作可不是博览群书就能胜任。我像一颗被引爆的炸弹一样，迫不及待地取出笔记本电脑，打开邮箱。里面没有一封工作邮件，而是满满的离婚事宜。邮箱就像一位久未谋面的朋友,显然很清楚我是什么人,都做过些什么事。后来,有人触发了火警,我便搭乘巴士回家了。

一进家门,我就听见起居室传来困惑的叫喊声。这栋房子像一款手机应用软件:走进大门后,你既可以左划,也可以右划;向左划意味着可以先躲进厨房定定神,向右划意味着直面现实。这次,我选择了右划……

最让我吃惊的不是妈妈下床了,而是爸爸所处的位置和他平时在客厅中落座的地方正好是房子相距最远的两端。我感觉,自从二十世纪九十年代末,我就没见他在房间的这头出现过。还有一点十分引人注目,他竟然双手撑地,跪在地板上,俨然在向电视机行大礼。他喃喃地反复说着一句话:

"我不知道……我不知道……"

近来,我们常常听到人们讨论父权制如何如何,可在我们家,父权制早就化成了灰,我的主要责任是把它扫出去。

有那么一瞬间,我以为老爷子那常常成为讨论焦点且受到重重保护的心智终于分崩离析了。眼前这一幕如此古怪,尽管我不迷信,此时却不禁想,他是不是被什么玩意儿上身了。大多数时候,要想让他离开那把椅子,恐怕得动用某种超自然的力量才行。

妈妈一脸绝望,随后,她开始用一种特别的嘶嘶声说话——她认为这样讲话就能让她说的那个人听不到:

"他正在给管电视的人打电话。"

原来如此。他那样蜷着身子是想一边修理电视的卫星接收器,一边让电话听筒贴在耳朵上。

我接过电话,同时将他搀了起来。电话那头的人正在努力劝说他购买一款扩展服务套餐。我告诉对方,刚才接听电话的老人已经换成了他的儿子,也就是我。

"还是让你爹地听电话吧。"服务中心的男人说道。

我愣住了。我爸从来没被谁叫过"爹地",我们现在也没打算这样称呼他。

就在我将他送回座椅时,我琢磨明白了眼下的情况。就是在这类让人摸不着头脑的危急时刻,我才会灵光乍现。妈妈耳背,所以对她来说,看电视最重要的是要有字幕,不然,电视的音量就会大到震碎天空中鸟儿的程度。

实际上,他们看电视的时候总是特别吵,吵到我觉得他们应该穿上醒目的衣服,让所有生物大老远看见他们就绕着走。言归正传,电视字幕突然没了,老爷子因此不得不给服务供应商打电话,让他们把字幕弄回来。不知怎的,这个诉求不但没得到满足,还被对方当成了多从他身上赚点钱的机会。

我按了几个按钮,把字幕找了回来。这活儿我以前干过,以后还会继续干。这是老年人护理工作的一部分。就这样,我成了他们的短期记忆存储工具,或者说,我变成了一块移动硬盘。与此同时:

"爹地去哪儿了?"

"您可别再说'爹地'了。"我请求他。

"爹地想要办理扩展套餐。"服务中心的人坚持道。

"我真是个白痴。"爸爸可怜巴巴地说。

我向他发誓,他不是白痴,但他似乎不太相信。

"声音开大点!"妈妈高喊,尽管电视已经有字幕了。现在放的是广告。

"爹地去哪儿啦?!"

电话那头的销售员很有上进心,他使出了浑身解数。

"爹地再也不想跟您说话了。"我说。

爹地点点头。这种被认可的时刻就是我回家住时追求的目标之一。听着电视里老掉牙的对话,我挂断了电话。

老人们的活动遭到我如此干预后,他们的眼角眉梢便会流露出深深的窘迫与无助。但在这栋房子里,我们都清楚该如何继续生活。烧水,沏茶,一切照旧。

———

喝茶的小小仪式为我们带来了一些慰藉。三个马克杯意味着我们仨都挺过来了,都有胃口和尚且好用的手指。三个马克杯说明一切都好。从水沸时气泡顶上来的第一声"咕噜",到烧水壶开关自动弹起时的"咔嗒",这两个声音之间的时光成了家中安稳平静的神圣时刻。

给他们端茶的时候,我会试着留下来与他们分享那一刻，而不是放下茶就躲去另一个房间。不过，这得取决于电视上播的是什么节目。有时候，那里的燥热和噪声会形成一堵墙，令人望而生畏，你只能不情愿地退下，就好像从熊熊烈火中逃出来的消防员。市中心冷得够呛，所以我十分满意这儿的温度，在这里落了座。

他们正在看的电视霸占了屋子的一角。四十多年前我们刚搬进来的时候，电视还是个会带来些微耻感的东西，至少对我妈的志向而言是如此。这是一台带来欢笑与音乐的设备，可它同时也代表着道德沦丧与社会末日。那时候，我们给电视配备了一个木质电视柜，拉上柜子上的百叶窗，就看不见屏幕了。可它很明显仍是一台电视机，你不会想将它完全遮盖起来，只要表现出你没有成为它的奴隶就可以了。我家如此警惕电视机，并非因为电视上的节目有多过火。只是，如果我明智的母亲不像海关稽查员一样，对妄图进入我家的科技产品进行严格监督，我爸爸就会买下市面上几乎所有的新发明。在认识的人里，我们家是最后买录像机的，也是唯一买了压裤机[1]的。

如今这类限制都没了，可以任意妄为，只要是能买到的，他们可以统统买回家。从离子净化器到电灯开关定时器，它们像异教徒般整整齐齐地匍匐在角落里那台巨大的

---

[1] 压裤机：一种专门用来熨平裤子的家用电器，曾在二十世纪六十年代风靡英国中产阶级，同时也成了人们讽刺消费主义的一个切入点。

松下电视机脚下，俨然一座科技产品的巨石阵。爸爸无法出门逛商场倒是有个好处，那就是他可能不知道现在还能买到更大的屏幕。事实上，劝他不要买回音壁[1]就已经很难了，毕竟家中现有电器的耗电量能让一套混声雷鬼音响系统显得像个小玩意儿。

命中注定，也是性格使然，总之这个房间现在成了老爷子的世界。这是他最后的竞技场。他要坐在这儿，进行最后的抵抗。他将和深受他信任、只可惜耳朵不太好使的老伴儿全力以赴，认真面对这个对他们来说似乎注定难以理解的世界。从二十世纪二十年代末至今，他们已经度过了相当长的一段岁月，所以隔不了多久，屏幕上就会出现让他们震惊的事情。不过，你很少能猜对那是什么事。

今晚遇到一个老问题。他们收看到了"错误"的本地新闻和天气预报。不知是电视信号还是定位出了问题，新闻快讯里讲的是他们不认识的城市。屏幕上，新闻主播（"他是谁?!"）坐在一幅照片旁，照片上是一座我们从未走过的大桥（"这是哪儿?"）。这就好像他们被实实在在地传送到了某个令人讨厌到想骂街的次元。我手上有大把的时间，所以进行了一番图片搜索，最终确认，的确是邻县的新闻跳台了。这下可好，气愤让他们本就紧蹙的眉头皱上加皱了。

1　回音壁：一种将多个声道的音箱功能整合在一个箱体内的长条状音箱。

关于错误的新闻，我得说两句。看到国际大事和地中海难民，我们还可以处理由此引发的认知失调，面对冲突不断的世界，我们完全清楚该什么时候叹气。可是看到高速公路上的普通人，我们会作何反应？去他们的吧。去他们的交通状况、体育成绩和六月新娘[1]。只要新闻发生地与我们的距离不远也不近，就算是最惨的悲剧也只能招来不耐烦。

"快滚吧。"他们一起冲着屏幕嘟囔道，就好像电视是一座歌舞杂耍戏院或者一个专横的情人。

但只要《加冕街》[2]开播，他们和电视之前的恩怨就一笔勾销了。这是他们之间的特殊仪式，连续剧一开始，爸爸就会召唤多半还在别屋"晃悠"的妈妈，不但会反复高喊她的名字，还会大叫"开始了！"直到她好好地坐回沙发上才罢休。听上去就像在招呼一条狗或者一只红隼。这是他的选择。其实他知道如何让电视剧暂停或者把它录下来，但这不是重点。重点是，这是一个仪式。打个比方，就算宫殿中没有权贵居住，士兵们还是要在殿外列队巡逻。到最后，每个人都会变成自己生活中的游客，总想看看那些熟悉的风景是否还在。

还有一部剧的回归让我们既欢喜又踏实，那就是《战

---

[1] 在英国，六月被视为举行婚礼特别吉利的月份。
[2] 《加冕街》：世界上最长寿的肥皂剧，从 1960 年拍摄至今，主要讲述了英国曼彻斯特工人阶级的喜怒哀乐。

地神探》。尽管特工的窃窃私语从我家音响传出来,跟纽伦堡审判中的演讲一样洪亮,但我不在意。在这件事上,我选择放宽心。在过去的十五年里,电视上似乎每天都在播这部剧。"《战地神探》比一场真正的战争还要长"[1],这是关于此剧我们都爱开的一个玩笑。我们一旦有个共同的哏,就会一提再提,充分利用。这是爱的密码,也是一种纪念。

---

[1] 《战地神探》的原剧名直译为《福依尔的战争》。——编者注

我们少数派

■ 2017 年 11 月 11 日

若是十一月过得再慢些,我都会以为时间开始倒流了。不过,谁都不可能忽略阵亡将士纪念日[1],因为这一天的到来意味着接下来的动静只大不小。代表默哀结束的礼炮声尚未沉寂,爸爸就开始收看追悼活动和之前的各种纪录片视频,同时配以专门为此准备的电视音量和肃穆神情。

我把隔壁的房间——我们几乎不怎么在那儿用餐的"餐厅"改成了办公室,不过我也不怎么在那儿办公。我安排自己坐在华丽但坐着难受的餐椅上,绞尽脑汁地写一封

---

1 阵亡将士纪念日:每年十一月的第二个星期天,其目的是缅怀在第一次世界大战和第二次世界大战中英勇作战的英国和英联邦士兵。

电子邮件，可是隔壁白厅[1]和佛兰德斯[2]传来的声音震耳欲聋，让我什么也写不出来。严重威胁我们这代人幸福的不过是种种生活不便，不像我们的先辈，面临的是死在泥泞战场枪林弹雨中的命运。就这一点而言，我们理应感到快乐。和那些在前线（不管是英国参加的哪一场战争的前线）写家书的人相比，我如今的年纪是他们去世时的两倍有余，对此我深怀感激，毕竟麻木我神经的不是榴弹炮和氯气，而是重金属和迷幻音乐。可我还是……

电视的声音把一个银茶叶罐震得嗡嗡响，那个茶叶罐中装的是一封感谢信，来自曾在我曾祖母房子里暂住过的部队。这个上午，人们如此大张旗鼓地祭奠将士们的英灵，想必这些英灵也被扰得坐立难安。于是，我端起电脑，溜回了卧室。

关于越战的纪录片取代《毒枭》，成了我逃避现实的首选武器。其实二者展现了同一幅画面——因为一些荒唐的理由，或者没有理由，年轻人纷纷被派去送死。痴迷于和你压根没关系的冲突，同时想象要是自己参与其中会做出什么事，这有点怪，或许只有男性才会思考这种问题。也不知爸爸（"二战"时他年纪尚小，无法参军）是否在想，要是能出去打仗，人生会不会更精彩？就像我在想，要是大家都不去打仗，人们会不会过得更好？

---

[1] 白厅：英国伦敦市内连接议会大厦和唐宁街的街道，中心位置矗立着和平纪念碑，每年阵亡将士纪念日这里都会举行庄严的纪念仪式。
[2] 佛兰德斯：第一次世界大战时期法国北部和比利时西南部交界处的一个重要军事阵地。

翻版阿拉莫[1]

■ 2017年11月12日

反正爸爸也没法子开车出去,所以由我出门买报纸。现在买报纸成了父母每天的"战役",同时也是诸多显然没必要的差事之一,好在这件事能让他们动起来并且保持理智。

那家曾送报上门的报刊店也曾是一间邮局,现在被一家连锁超市取代了,可超市中没有提供老一辈人喜欢的任何一种服务。寄信、派发报纸、送信,通通都没有。有多少被遗忘的家庭在靠着这些生活?继商业街都不想跟老年人扯上关系之后,这件事是对他们的又一记暴击。附近的

---

1 阿拉莫:美国得克萨斯州圣安东尼奥附近的一座要塞。1836年的2至3月,这里爆发了悲壮的"阿拉莫之战",二百名得克萨斯民兵在面对超过三千人的墨西哥军队时,战到了最后一刻。

街道不断改头换面,现在已极少有哪家店看上去像是欢迎顾客光临的样子。那些被遗弃的门面传达出的信息只有一条:回家去吧,别出来折腾了。要么上网,要么去死。

逃离了"翻版阿拉莫",我开始往山上走。这总归是件好事。我呼吸着清冷又新鲜的空气,小心翼翼地踏过常年爬满青苔的背阴路面。父母现在都无法爬到这儿了。四十年来,我都不记得看到过我爸爬山,他其实更喜欢开车。妈妈的行动能力越强,他就越不怎么动弹。她加入了当地一个漫步者团体,他则闭门不出。现在,他的双腿似乎接收到了他的暗示,遂了他的心愿。我祈祷自己不要像他那样。上坡路越来越陡,我庆幸自己的体力还算跟得上。我的肌腱经受着考验,大腿像被火烧一样酸痛。

路过朋友们早就搬空的房子,路过茂盛的绿色杜鹃花丛,我瞥见花丛中掩映着的一辆辆黄色共享单车,它们被人丢弃在那里。最近的能买到报纸的地方是紧挨高速公路的那座加油站。我儿时去那里上过厕所,当时只是觉得这么做挺新鲜的。后来,他们把厕所拆掉了。这件事使我父亲大为恼火。倒不是因为他这些日子脾气大了,而是因为他看到人们决定拆除厕所,从而对这个世界的状态有了一些不好的看法。我相信他可能是发现了什么。

在加油站的前院中,一个个储油罐装满了油,等待着即将驶上漫漫长路的旅人。我从报刊架上拿起一张报纸,走进店里。柜台后的那个男人总是笑容可掬,显得踏实可靠。我一直认为自己身上有种挥之不去的忧郁,但他的笑容总能穿透我的忧郁。我开始对这类东西有所依赖了。要是他不在,我就会大失所望。那是一种缺失感。我来这儿一趟难道不是为了买报纸吗?

回到家,我发现姐姐来了,她也带来了一份报纸。这种事时常发生。我记得爸爸住院的时候,我们这支照料他的小队就买过五份一模一样的报纸。是我们让印刷报纸用的新闻纸迟迟没有退出历史的舞台。报纸只是问题的一部分,等地球这颗行星化为火海、冻成冰坨或者陷入饥荒,想必我们家可以骄傲地宣布自己是幕后推手之一。

论起对世界森林的威胁,我家应该和采伐阔叶林、生产棕榈油和露天采矿的产业不相上下。父母对各类纸的需求源源不断。我家消耗量最大的要数暖气和热水,仅次于此的便是面巾纸和厨房用纸。

父亲的双手受到了痛风与关节炎的双重折磨,医生也无法确诊这算是怎样一种疾病。这种病不但夺走了他的灵活,还让他承受着绵绵不断的痛苦。于是,用餐时段就成了各种灾难的狂欢节。为了减少洗衣的频次,也为了保留一点尊严(事实上这一招和很多类似的操作一样,谈不上能为人挽留多少尊严),父亲穿上了由若干张厨房用纸拼凑而成的"胸甲"。这些厨房用纸要么掖在他的上衣里,要么围在他的下巴底下。他会像进行一系列航前检查一样,在开始吃饭前让"胸甲"就位,这可是不容忽略的步骤。

不过,有一点他常常忽略,那就是基本的礼貌或者语法结构。每当他痛苦而缓慢地在餐桌尽头落座时,若是"胸甲"还没有为他准备好,他就会用大叫的方式来应对这个危急情况——

"厨房用纸!"

就好像他在帮谁接生似的。我相当确定,妈妈生完我后,他的生活中就没再出现过这种事。

先是蹦出一个名词,后面可能还会跟着你的名字,这种索要东西的方式无益于构建一个和谐幸福的家庭。如果一个人的健康状况已经害得别人几乎全天候地围着他转,却在沟通琐事时选择用一种他在拯救世界的态度来对话,全然忘了自己才是那个给世界添乱的人,这实在让人火大。让我们出现隔阂的永远都是那些鸡零狗碎的琐事。每当这种时刻——这种时刻常常出现,我就会想起契诃夫一部戏剧中的台词,讲的是傻瓜是如何在一场危机中自得其乐的。让人筋疲力尽的其实是日复一日的生活。有时候,我觉得自己被困在了一部循环上演的戏里,而那部戏就是为了证明这一点而专门编排出来的。要是能想法子收门票钱就好了。当同样的事一而再再而三地上演,姐姐就会抱怨:"土拨鼠之日！"[1]不过，有时我们都忘了那部电影想讲的道理并非同样的日子会过上千千万万遍，而是我们可以在千篇一律的生活中做出改变。

"巴布卡西什！"妈妈在她的房间里高喊。

她在努力记住怎么说"西什可巴布（中东烤肉）"，到现在为止已经试着记了好几天。她要求我别提醒她，所以我什么都没说。她把这当成某种智力自测，时不时就要检验一下。

"不对。"我说。

"凯斯沙巴伯？"

"不对。"

"那我说的是什么意思？"

"算了。你就当那是一支伊斯兰摇滚乐队的名字吧。"

"我不想吃西什可巴布。"爸爸说。

"我也没做啊。"

这已经不是我第一次意识到，在母亲过一天算一天的生活中，我住在家里的这段时间其实只是给她放了一个短假。没有什么比为一个反应迟钝的人做饭更能考验人耐心的极限了。坐在她餐桌旁的总是一些来去匆匆、心不在焉的食客，而我必须也把自己算在其中。当他们必须花几个

---

[1] 《土拨鼠之日》：一部奇幻电影，讲述了一名气象播报员的人生被困在了同一天之中，无法继续，只得不停重复。

小时或几天的时间做一些困难或普通的事情时，我感觉自己就像一档电视节目中的名人。只是我不用着急赶回去过另一种生活。我不是在乔装打扮、体验生活，也没有捷径可以让我去演其他报酬丰厚的童话剧。就是这么回事。

除了要在就餐期间为他备好纸围嘴儿，以免饭菜溅到身上，忍受他的种种抱怨，我们还要在他周围散乱地放上大量的面巾纸，必须让他一伸手就能够到，无论何时，无论何地。爸爸总是不停地流鼻涕，单看这个症状，医生无法确诊是什么病。想必一个人到了一定年纪，或者健康水平下降到一定程度后，就不得不接受这类小毛病了。他意识到这一点时，表现得很沮丧。在我照料他期间，为他抹去这湿漉漉的烦恼是重复率较高的一件差事，但从某种程度上说，这也是个让人备感宽慰的简单任务。这个举动表明了"有我在""我在关心你"的态度，根据我实际说出口的话，八成听不出这个意思，我想我的肢体语言也一样不能。

尽管身边有如此多的纸，爸爸还是会在更多地方囤积更多的面巾纸，多到我都数不过来。他这么做倒也有个好处，万一他是那种容易（的确有可能）走失的老人，你就可以靠这个来掌握他的行踪，你会发现纸巾像难看的双层裙裾一样从他身上滚落，宛若一场处处留痕的大型灾难。

"别忘了买面巾纸！"只要看到我像是要出门购物的样子，他就会大喊。

"摩加迪沙[1]？"妈妈再一次听岔了，可偏偏这种情况下她还要热情洋溢地大声重复一遍，就好像她正处在智力问答比赛的最后一轮，其实从某个角度说，我们的确到了最后关卡。要是闯关成功的奖品是前往索马里那备受战火摧残的首都旅游，我会欣然接受。给我订单程机票就好。

家里到处都是面巾纸，害得我都患上了雪盲症。现在我甚至对它们视而不见了。姐姐来得不那么勤，但是每次来都精神饱满。这样的好处是，她能敏锐察觉到这些不合常理的地方，然后以动物掠食的速度扑过去，同时发出愤怒的吼叫。面对垃圾，她有如猛禽。所有脏乱差在她面前都无所遁形。她能在五分钟内把这地方收拾得比我和任何清洁工打扫得都干净。

至于厕纸，除非确切地知道父母用它做什么，否则我真不知道他们是怎么用的。就像厨房用纸和面巾纸一样，他们也常常明确表示对厕纸用完的担忧。目前来看，每个厕所至少要有三卷厕纸，这似乎是我家暂行的最低标准。

除了大量用纸，我家还出现了不小的食物浪费："不喜欢吃。""不想冒险尝试。""这玩意儿到底当初是谁买回来的？"再加上来自亚马逊的包装、暖气燃料，这栋房子每星期造的孽恐怕能让与其等重的北极冰消融。可话又说回来了，我们这个"经济体"真了不起。

---

1 摩加迪沙：索马里的首都，发音与"面巾纸（box of tissues）"很像。

在消耗方面，这是他们晚年生活最后的冲刺阶段。活动能力如此有限的人却能消耗掉这么多东西，这种事可不常见。由此我想到，也许世界就是如此运转的。一种无形的灰色经济让我们其余的人为之忙得团团转。我们就像富有爱心的农奴，在为一个没什么用处的过时体系服务。

■ 2017 年 11 月 13 日

妈妈说疼痛加剧了，我打电话将此事告诉了医生。他们说研究之后会给我回电。情况不太对劲，这是她患上带状疱疹的第二个月，病情怎么反倒恶化了？该怎么办？

爸爸的药一如既往是家里最管用的，他却不怎么吃，于是我把他的部分止疼药换给了妈妈。可是，她觉得这样很难记清楚自己在吃什么药。以前她遇事从未这样犹豫不决、糊里糊涂。她现在连做填字游戏都有点困难，此前这一向是她非常喜欢的活动，也是她思维敏捷的证明。

我把药片放在她床头。

"那些药是止疼的，这些药你疼得厉害时再吃。"

她似乎没听明白，而且已经难受到了无暇装明白的程度。我说："感觉糟糕就大声喊我。"

"夜里怎么办？"

"好吧，我再嘱咐一遍。这是特效药，从爸爸那儿拿来的。"

她从床上坐起来,我发现她正在看一张电脑合成照片,是十年前他们结婚五十周年纪念日时拍的。照片是他们刚刚去世的那个朋友在电脑上制作的,当时他还能看见东西。照片上,每一位出席者的脸都围绕在父母的周围。

妈妈的手指挨个儿拂过朋友们的脸庞。

"死了,死了,死了,死了,死了……"

就这样,她念叨了一阵子。她的情绪其实算不上哀伤,但似乎对相框不太满意。

"我不喜欢这个。"她宣布,"这相框看上去像是你会从商店里挑的款式。"

■ 2017 年 11 月 18 日

姐姐来了,带了些康普兰牌营养奶粉。妈妈最近没什么胃口,这东西能帮她撑下去。这些粉色燃料[1]。

我们聊起爸爸现在不开车了,他还应不应该再尝试一下呢?姐姐一向是个有长远规划的人,她花了很长时间考虑父母会如何,以及在什么时候放弃开车。所以说,两周前爸爸在酒馆骤然倒下其实是件"幸事",从此他便可以放

1　指草莓味的康普兰牌营养奶粉。——编者注

下那个念想了,她猜测。

我上网查了查。网上建议晕倒的人应该至少休息两周再驾车上路。这个信息我没说。不管他做什么决定,鉴于妈妈现在的状况,家里没人着急去别的地方。姐姐似乎对我们现在没有车很满意。与她感情颇深的婆婆就是在一场车祸中丧生的。对她这种有操不完心的人而言,"老年人开车"简直是量身定做的心理负担。

我也很无奈自己变成了一个总是操心的人。一开始,面对现实的困境,我有过一些内心挣扎,时而也用关注当下、保持乐观的想法来宽慰自己。但最近几个月的经历将这些小心思全部抹杀了,只给我留下了结结实实的悲哀。我感觉像是有人把我的勇气换成了一只可笑的花园地精[1]。如今我不仅不开心,还感到害怕。我感觉自己快无路可走了。到这个节骨眼儿上,认知中没有什么东西能帮到我。至于人,恐怕也没有谁能帮我。我需要局外人给我一些新的思考。我给一个朋友打去了电话,因为他在一段心理治疗中有过不错的体验,我问他,给他做咨询的人是否也能给我推荐一位咨询师。

1　花园地精:经常放置在花园里的装饰物。

身份欺诈

■ 2017年11月20日

  我抽了一天的时间去伦敦见那位咨询师。回到生活过的城市感觉有点怪。我爱这座城市，可它没了我也繁华如旧。这里铺天盖地的广告给我留下了深刻印象，随后我意识到，不是伦敦的广告多，是我的家乡广告稀少。情况并不总是这样，但它的确加剧了我被遗忘的感觉——连资本主义都不再需要我了。光是走进咨询师的大楼就能让人松一口气。走出家门、去别的地方就是有这样的效果。光是解释去年的事就花了我差不多一个小时。这位咨询师说，身份认同是这场危机的本质。

  "你走出了婚姻，丢掉了工作，现在你像照顾孩子一样照顾着你的父母。"

显然是这样，但我之前从未如此清晰地看到这一切。没白来。我问她我是否能每两周来一次，她同意了，还为了能让我负担得起咨询费给我打了折。我算是找了件正经事干，也找了个靠谱的人倾诉。

回去的路上，我在车站给家里打了电话，想看看他们是否安好。

"谁呀？"妈妈说。

"我！"

"哦，你在家吗？"

"不在！我要是在家，你就能在家里看见我了。我在外面。"

"哦。"

■ 2017年11月23日

我本来希望步行去参加鲍勃的葬礼。鉴于父母现在都出不了门，这种场合只能由我代表他们出席，可哥哥恰好来了，再加上外面下雨，我就坐他的车去了。

这本是件平常事，可他最近换了新车——一辆俗不可耐的跑车，稍稍加速就会发出开战一样的尖啸声，于是情况变了。这辆车和灵车形成了鲜明反差。尽管他把车停在了火葬场的角落，还是有不少人注意到了。棺材运到的时候,一个男人正在和我哥哥聊汽车油耗。我自然觉得尴尬,可转念想到逝者有工程学背景,便赶紧宽慰自己,开这种车参加葬礼也说得过去。

葬礼过后,雨停了。哥哥驾车绝尘而去,我则决定留下来和这家人喝上一杯。于是,时隔三十多年,我再一次见到了自己幼年的好友。他看着没怎么变。我当初也算是头脑灵光的孩子,但他真的有着能在科学领域钻研的脑子,像是和他父亲从一个模子里刻出来的。他跟我解释了一下他现在的工作,我大概能听明白。接着,我们聊起了天文学,这我就跟不上趟儿了,但我尽力不让他看出来。

"很简单。"在解释一件在我听来挺复杂的事时,他这样说道。

我还是个孩子时就喜欢他家这一点——他们懂我们不知道的东西。现在他爸爸甚至去了我们两个都不知道的世界。

步行回家的路上,我想,也不知道下次去殡仪馆是什么时候。我刚进家门就想起来,我把雨衣落在那儿了。原来下次就是马上。

等我回到殡仪馆,发现那里空无一人。真奇怪,通常那地方的车会排成长队,上面坐着泪水涟涟的人,一场丧事接一场丧事等着办。可这回我什么都没看见。或许死亡这事突然断了档。最后,终于有人引我进去,给我看了好几十件深色雨衣,可没有一件是我的。

"您在电话里说这里有我的雨衣。"

"我可没说。"那个男人否认道,"我说的是我们这里有黑色雨衣。"

千万记住,下次再有附近的人去世,可一定要小心这些迂腐死板、喜欢把人搞糊涂的家伙。还有,要是你需要一件黑色雨衣,但是手头吃紧,现在你应该知道可以去哪儿搞一件了。

———

下午,家庭护理师来了,因为我给诊所打的那通电话,她给妈妈带来了利多卡因贴片,这东西可以直接贴在她感觉疼痛的地方,也就是她前臂像被咬伤一样的红肿上。

护理师十分了解我父母的情况。

"您母亲看上去有点糊涂。"

我乐于跟她辩一辩,可这是明摆着的事儿,所以我只是耸了耸肩。

"我下次来给她采点血,做个检查。"

她的意思是检查一下妈妈有没有痴呆症、阿尔茨海默病之类的,不过我们没有把话说白,生怕一语成谶。

贴片立即见效了。迟来的奇迹。我们竟然这一个多月都不知道还有这种贴片的存在,对此我很生气,但还是要表示感激,我妈的感激之情就溢于言表。疼痛消失后她立刻活跃了起来。她又开始下楼忙活了。

黑色星期五

■ 2017 年 11 月 24 日

"我买了台真空吸尘器。"

爸爸在报纸上看到了一款无线吸尘器的广告,说打电话订购可以比市场价便宜一百英镑。(据我所知)他这辈子都没用过什么真空吸尘器,但这并不妨碍他拿起电话订一台。

"该死!"妈妈说,"打扫的事儿他懂什么啊?我看他是失心疯了。"

他不是失心疯,而是损失了几百英镑。这就需要有人来干预一下了。姐姐有车,恐怕得由她去退货了。我在电话里讲了发生的事,她恼火极了。我猜父亲的本意是想帮忙。尽管有些活儿他不干,但他想买一样东西让干这些活儿的人轻松些。在他的认知里,这是一种善举。在我家,那些颜色明快的包装盒里闪闪发亮的新物件儿一直代表着"我爱你",即便买家本人永远不会碰里面的东西。

再者说,即便有人毕生的梦想就是坐在椅子上无所事事,当他只能坐在椅子上时,你也不能指望他真的什么事都不做。买东西让人激动,我还依稀记得自己这么做时的感受。真应该为老人们成立一个假的电话购物中心,就算他们打电话订购了什么商品,那东西也不会寄到,更不会收费,就像大人给刚会走路的孩子准备的模拟玩具商店一样。这么说是因为,大多数时候,买的东西还没到,他就已经忘记自己买过什么了。

姐姐发来信息。她将这件事称为"戴森门事件"。现在什么事儿都是"××门"了——"拉屎门""药片门""饼干门",没完没了。如果她把什么事称为"××门",同时还在信息中使用大量的表情,那我就明白,她已经在这件事上妥协了。这种事会占据你很多时间。事件发生,对事件做出回应,对其他人对事件的回应做出回应,案结事了。看来,我成了父母的公关。

接下来,我和姐姐开始讨论不同真空吸尘器的优点。

"无线款比较方便拿起来把人打死。"我提出。

"有线款还能把人勒死呢。"姐姐反击道。

"不管怎么样,"我回应,"事后都要打扫犯罪现场。"

园艺用品店里的人间乐事

■ 2017 年 11 月 27 日

妈妈提议出门逛逛。她似乎还是有点糊涂，但我不会拒绝外出。

她把逛街的目标设在了园艺用品店。

"我想买圣诞卡片，"她宣布，"还要买椰子壳，挂起来给鸟儿做巢。"

我都不记得上次听她聊起未来是什么时候了。为了出门，她花了一个半小时做准备。

她已经一个月或者更长时间没在公共场合露过面了，因此，她必须先找到过去常用的化妆品和常穿的衣服，再从里面做挑选，最后才能化好妆、换上衣服。而且上次她出门还是另一个季节。所以说，这次简单的出行理应提升到国事活动的地位。不过,在打车之前,我们得先为留在家中的那位考虑一下。

爸爸为即将独自在家深感焦虑,情绪时好时坏。上次我们看到他坐立不安时,还以为他犯了偏执症,最后才发现,那是心脏病发作的前兆。就是他二月份的那次心脏病发作把我从伦敦叫回了家。关键问题是,在旁人看来,毫无缘由的焦虑和有正当理由的恐慌是一样的。

说到上次爸爸住院,我又想起了妈妈独自在家时那令人忧心的情形。但总之,那次入院之后,我们就采取了大家都认为妥当的措施。其中最主要的就是用上了"紧急呼叫"系统:一个可以戴在老人身上的急救按钮,按下它,呼叫中心就会通过专用的麦克风和扬声器联系老人,询问他们是否安好。如果呼叫者身体不适,无法接听,或者距离太远,呼叫中心的工作人员将联系应急服务人员。使用该系统每月只需花费几英镑。这似乎是一个极好的创新。然而,在我家可没有这么简单的事儿。

为了设置好这个系统,我得查看它的使用范围。如果父母不一起出门的话,他们在家中能走到的最远的地方就是花园的尽头。于是,我来到后院栅栏处进行测试,可瞬间就被一段记忆吞没了。二十世纪七十年代,这里还有一棵树——当时还没被砍掉,我偶尔会收拾好一包行李,站在树后,扬言自己要离家出走。我会等着搜救队来找我,左等不来,右等不来,最后肚子饿了,只好乖乖回家,就像之前和之后那一代代中二的孩子一样。那是四十年前的事了。原来，在我八岁时有过逃离这个家的好机会。

我把紧急呼叫系统安装好九个月之后，爸爸去哪儿都不愿和他的急救按钮分开，这也是他的典型行为之一。他小心翼翼戴着它的样子，就好像那是他的护身法宝，尽管他连该怎么用那东西都很难想起来。要是我让他测试一下系统好不好用，他会像讲电话似的直接对着按钮说话，寻求救援。妈妈则正相反，她总会忘记戴按钮，戴上的时候又会不小心触发它。她有个开罐头瓶的"小技巧"（对老年人的手指来说，打开任何包装都是一场令人抓狂的战斗），用一把木头勺子撬起盖子上的拉环。结果勺子碰到了按钮，触发了警报，而她又不一定能听见呼叫中心的人说话。然后她就会拖着脚在厨房里打转，寻找警报声的来源；这时候，在另一个房间的爸爸会尝试着用高声喊叫来指引她。此情此景，活脱脱是《水晶迷宫》[1]的残酷再现。不知怎么，这明明是个安全机制，却会导致救护车白来一趟，或者引起人员受伤，继而真的需要叫救护车。

前去园艺用品店的行动迫在眉睫，我赶紧针对父亲做了一套"航前检查"。急救按钮、固定电话、手机、吸入器、治疗心绞痛的速效喷雾、一包又一包的面巾纸，还有饼干，这些他坐在椅子上全都能够到。这俨然是统御在他

---

[1] 《水晶迷宫》：英国的一档益智节目，由主持人带领六名参赛者，勇闯迷宫。

肘下的一个帝国。

"我们出去一个小时就回来。"

他轻轻耸了耸肩,我把这理解为"任何事情都可能发生"。我曾在这种时候说过,"如果你需要二十四小时的照顾……",意图把事情制度化,先发制人,以防他指责我遗弃他,但我们今天没讲到这一步。

一边是要看到爸爸的焦虑,一边是要让妈妈免于受其影响,要想在二者之间取得平衡,需要我不停地做出艰难的判断,只有这样,我才能照顾好他们的健康,甚至于处理好他们的关系。他们两位从彼此身上得到的,远非那种"以住所换服务"的原始基本标准可以衡量,至于具体得到了什么,我们有时很难看出。但他们之间的关系不仅仅是亲近,而是一种与他人无关的爱。

清楚地知道楼上睡着一个耳朵不好使的八十九岁老太太,不管这件事能带给他怎样的安心,于他而言都是真实的。现在她可以下床了,他势必会担心她不在家自己该怎么办。知道自己不是一个人在家也是一种安慰,就算连发生核战争都吵不醒陪伴你的那个人也无所谓。

"你有我的手机号。"为了表达得更清楚,我把手机亮给他看了看。

他皱起眉头,神情警惕,目光越过手机,朝花园尽头扫去。看他那样子,就好像树上藏着一众敌人,等老太太出了门,他们就会从树上跳下来,将船用气压计、坏掉的收音机、洛瑞画作的复制品以及他们生活中浮光掠影般的物件儿占为己有。我不是说这里不会有坏事发生。我只是觉得,如果灾难非要降临到我们头上,它根本没必要等待时机。

我叫了辆出租车,领着妈妈下了台阶。就连呼吸一口户外的空气都让她激动不已。我没去过园艺用品店,所以我搀着她的胳膊,由她领着我逛了一圈。一切都缓慢得令人痛苦,却又让我产生了一种奇怪的愉悦。被人依赖着,而不是被迫屈从于谁,大概就是这种感觉吧。我们还能再要求什么呢?

来这里逛的都是老年人,不过妈妈应该是年纪最大的。那些七十多岁、刚过八十的老人紧紧抓着他们的植物,纷纷给我们让路。如果你是带着狗或者婴儿出来的,人们对你的态度会好很多;要是你带着年纪这么大的人逛街,他们也同样会对你很友好。这提振了我对人类的信心,甚至增强了我的自信。等我们终于来到收银台前,我感觉十分自豪。

妈妈在店外摆了个造型,不用任何人搀扶,独自站在那里,面带胜利的微笑。我给她照了张相,把照片发给了哥哥和姐姐。不过,这像是那种为竞选活动准备的照片,说是虚假宣传也不为过。我们一回到家,她就失去了全部活力。疼痛又回来了。贴片只能暂时缓解症状,而且必须严格定量使用。我在网上查到,带状疱疹遗留的神经痛可以持续数年之久,这对某些人来说意味着余生都要与此为伴。很难判断这个消息对家里的人来说意味着什么,但我什么也没说。

妈妈又回到了床上。之前她还会谈起未来要做什么,现在她口中只剩下助眠药和止疼药的问题了,熟悉又令人心焦。我把当鸟巢的椰子壳挂到了窗外,然后将窗帘拉开,好让她能看到。这时,我发现她已经虚弱到坐不起来了,还让我把窗帘拉上。她今晚就是这样了,最多同往常一样摇摇晃晃地去趟卫生间。总体来说,今天是很好的一天。

一切终将成为过往

■ 2017 年 11 月 28 日

姐姐送来了即食餐和药,还替我接下了照顾父母的苦差事,我则前往伦敦,去寻找生活、工作与健全的精神状态。家中完全不用开火做饭。等我回到家的时候,发现厨房进行了规模相当大的修整。

毕竟三十年过去了,在最后那几年里,我们得靠着选择性失明和创新才能继续在这里做饭,这里的炉灶一直默默忍受着一切。在那污渍斑斑的灶台面板上,调节火力大小的旋转钮像旅鼠一样朝着附近的垃圾桶一头扎了进去。这栋房子里每个渐渐失灵的地方或者家用电器都充满了回忆和隐喻,但终有一天,我们不得不彻底终结某样东西的悲惨处境,继续过日子。现在,一块时髦、光滑的黑色玻璃面板取代了它那有缺陷的"前任"，衬得整栋房子都像是新石器时代的古老建筑。灶台的电子计时器清一色显示着零，这些数字不断闪烁，吸引着我的注意力，妈妈则在房间那头狐疑地眯起眼睛，向这边瞟来。

我知道，妈妈眯着眼睛看东西只是出于情绪问题，而不是真有视力问题，因为爸爸有个典型行为，就是紧紧抓住一个提议不放，小题大做，非要兴师动众地雇别人来解决问题。具体来说，他这回的提议就是改善厨房的照明条件。多年来，厨房的操作台面上笼罩的都是闺房中那种昏暗的光线，现在，它已经升级成了一盏令人炫目的LED灯，这种灯更适合在牙医诊所、监狱操场或者剥夺犯人睡眠的行刑室里出现。

"这里变得像一家讨厌的外卖餐馆。"妈妈说。她其实十分爱吃高胆固醇的油炸食品，但她不想感觉"自己在一家炸鱼薯条店里工作"。

因为爸妈患上了黄斑变性（我的眼睛也一天不如一天），家里的灰尘污渍多了起来。如果你伸手去拿某样理应干净的东西，拿到手却发现它脏兮兮的，你会很难隐藏自己的恼怒。马克杯里硬得像水泥的麦芽饮料，微波炉中忘记取出来的盛着牛奶的杯子，还有被撒得到处都是的面包屑。我不确定这盏新买来的、堪比太阳的灯能否管用。但既然爸爸已经安排好了，那就不能说它不管用。就这样，在一年中白昼最短的那天到来之际，他给家里买来了光明。

那天晚上狂风骤雨。滂沱的雨水像鞭子一样抽打着房子，发出吱吱嘎嘎的声音。屋内安稳得很，有了外面的背景相衬托感觉好极了，让人觉得这里是一颗荒凉的星球，但周围并非一片寂静，我们能听到自己脆弱的声响。

树

■ 2017 年 11 月 29 日

屋后一棵高大的树被昨夜的大风刮倒了,现在它四仰八叉地躺在花园里。三位修树工已经带着链锯将它团团围住。我在旧到没型的运动服外面套上一件大衣,这套衣服已经成了我的默认制服。过去,尽管我在家的时候是个懒蛋,但如果觉得出门会碰见谁的话,我就会在着装方面相当讲究。现在,犯懒不只是我在家的状态,甚至可以说像癌细胞一样扩散了。如果说家里会出现什么脏兮兮、乱糟糟的情况,那一般是在上午。我已经学会到了中午才淋浴或者换上"得体"的衣服。所以我穿着昨天的衣服躲到了门外。

小时候,我觉得什么职业都挺有意思。现在,作为一个失业的成年人，我依然这么觉得，甚至可以说这感觉比小时候还强烈。童年时期和失业状态带给我的感觉是一样的：我只是想带些工具过去参与一下。这三位修树工和蔼可亲、技术纯熟，是个团结的团队。他们穿着酷酷的霓虹外套，带来了闪闪发亮的攀爬设备。他们没穿破旧的运动装，胸前没有粥留下的污渍，不用面对导尿管漏尿的麻烦，似乎也没经历过错误的人生选择，我可以自由地将美好愿望投射在他们身上，想象他们的生活有多理想，尽管我其实对他们的生活一无所知。直到我被自己的悲伤灌满，满到一定程度，我才会停止这种幻想。我不怎么使用社交媒体，所以我依赖现实世界解决这种自找的痛苦。

爸爸一直妄想与大自然决一雌雄，这里所说的"大自然"指的是外面的一棵橡树。在仲夏的尾巴上，那棵橡树的树冠总会在午后将全部树影投到天井的露台里，遮住其中一片区域。截至现在，他想找人把树修剪一番或者干脆砍掉已经有许多年了。

从我卧室的床上可以看到橡树上部的枝杈，童年时代起，我就通过这些枝杈的变化观察着季节的更替。数十年来，我在橡树后面躲猫猫，冲着它的树根撒过尿，屡次往上爬，又屡次失败，还有一回差点把它烧成灰烬。现如今，它像是一条刻度线、一个参照物、一个标志，昭示在我们之上有着更古老的形态、系统与生命。如果爸爸真要对它做些什么，恐怕我除了在体力上优于他外，在其他任何方面都无法与他对抗。生活中并不缺少让我感到愤怒或能让我发泄怒火的事物，但如果有朝一日，我回家发现这棵橡树——这鲜活的地标被修剪得空余残枝或者干脆被伐倒了，我不知自己会作何感受。

好在这棵树得到了当地保护令的庇佑。爸爸砍伐树木的企图被市政服务厅挫败了，于是他做了在任何受到挑战或不快的情况下都会做的事——给看上去"对路"的人塞钱，让他们代表他解决问题。这样一来就没人会质疑他。三位靠谱的修树工就是这样认识他的。

"他还在里面吗？"其中一位边问边朝我们的房子扬了扬下巴。

的确还在。

"他还活着呢？真让人吃惊。"他补充了一句，话里没有半点恶意。

他不仅活着，还像亚哈船长[1]一样，一直在琢磨该如何干掉这棵折磨他病体的树，而树却时时透过窗户向他致意。现在他的身体太虚弱了，没法儿出门冲着树投下的阴影大发脾气。如果他能活到明年夏天，那么这一切将会再次上演。

很可惜，外面的这些活动没有引起屋里人的一丁点兴趣。不久之前，要是遇上今天的情形，妈妈准会端着几杯

---

[1] 亚哈船长：《白鲸记》中的人物，执意要杀死曾伤害过他的白鲸。

茶下楼来到花园里。现在,她又回床上躺着了,等待着新药起作用。我告诉爸爸,有拿着电锯的人上门。我以为会在老爷子眼里看到像海盗抢来的金子般的光芒,结果发现他好像并不在意。时过境迁,人的变化真大啊。

解脱

■ 2017年12月2日

  日子本身其实很短：黑暗来临，我便沉溺于不悦；阳光之下，我又变得满怀歉意。在这种给我带来极大影响的暂时的情绪转换中，我感觉时间的流动似乎十分缓慢，缓慢到现实世界变成了科幻小说，我们变成了一艘孤身游弋在太空中的飞船上的船员。我们好像处在假死的状态中，大多数时间都在睡觉，所在的飞船则离太阳越来越远。其实也没什么大事发生，可这段经历占据的时间实在太长了。

  朋友克里斯开车送我去了伦敦，我们没有互送圣诞卡片，而是做了我们这代人会做的其他事情。我们站在一个巨大的房间中，听一支乐队演绎震耳欲聋的音乐。过去，我们还会伴着这种音乐喝酒、跳舞。这多少挽救了我的心情。知道自己还能把别人列入某些活动的邀请名单中，知道自己还有在伦敦安顿朋友的能耐，我很高兴。可是，返回途中，我坐在车里，车行驶在空荡荡的高速公路上，我再次感觉自己像个孩子。那是种令人十分不适的感觉。我失去了对命运之轮的掌控，而它掉转方向，向我碾压过来。

■ 2017 年 12 月 3 日

昨夜的狂欢留给我的只有耳鸣和一张后台通行证。带着这些馈赠，我剪下利多卡因贴片，贴在妈妈身上。每过一天，她能干的事就多一点。她在逐步收复失地的同时，也很担心这缓解疼痛的宝贝会用完。

"贴片还有多少？"她问。

"够你用的。"

"今天是周几？"

她问这个，是怕碰上药店和医院不开门的日子。

"不用操心这个。"我回答，因为我其实也过得稀里糊涂，已经不记日子了。

在我家，即使你没在找药，也会在各种地方发现药。有时候，我会带着几分好奇打开橱柜、抽屉或者信封，想

知道自己离家几十年了，这些地方还装着什么。结果绝大多数情况下答案都是：不管我的记忆如何，里面的那些东西都已经不在了，取而代之的是各式各样的药。

一个四十八岁的男人想知道他的沐浴玩具是否还在，结果打开抽屉一看，发现里面装满了过期的草本通便丸。你可能会想，这有什么关系呢？可它就是关系重大。不知这些药花了国家医疗服务体系多少钱，这是个问题。我们家像受了诅咒一样，到处都是药，这本身就很让人困扰。而我又觉得这些药诱惑了我，总让我有为了寻开心吞下几粒试试的冲动。总之，这事儿搅乱了我的脑子。

■ 2017年12月5日

终于，我的良知战胜了那些蠢念头，我开始正视家中药品泛滥的问题并清点每一个房间和橱柜中的药。就像终于揭开了我抠抓很久的一块疤，这结果让我既惊骇又着迷。事实是，我们住的这栋房子就像一个处方药藏匿库。药品数量惊人。

药物过剩的根源在我父亲。那些堆成高山矮丘的药大多数都是在他真正病倒之前开的，就好像他一直在为现在的非常时期做准备。他每次病情加重，药剂师就会送来一份新的药。因为有新药源源不断地送到家中，爸爸以前买的药就没吃完过。我和市中心的药剂师们已经熟到了能直呼其名的程度，每次见到踏上门前台阶的送药人，我也都会像对待老朋友一样招呼他们。

起初我意识到父母订购的药可以免费送上门的时候，觉得这棒极了。可老爷子的记性有多差，疑心病就有多重。我给他订好药后，他会亲自再订一次，过会儿还会亲自再订一次。这就像疑病症患者的户户送[1]一样。

旧药无法再被回收利用，父亲在出现新症状、患上新疾病且久治不愈方面的能力却在不断提升，创意也层出不穷。这样的能力和创意只要不是用于死亡，放在任何一个行业中，获得的成就都能进博物馆展览。于是，我决定承担起改变此事的责任（就好像我还有什么其他事要做似的）。

面对问题，老爷子有时候会以沉默作答，那种沉默比直接说"不"威力更大。如果我问他，我们能不能把"这个"扔掉，他就会沉默以对。"这个"可以是任何东西，就连从他身上掉下来的旧纸巾都算。

"咱不需要这东西，对吧？"我手里拿着一张舒洁面巾纸，伸直了胳膊问道。

他耸耸肩。扔掉旧面巾纸总好过什么也不扔，耸肩这个反应总比沉默强。

要是我请示他能否扔掉什么药，他就会相当直白地陷

---

[1] 户户送：英国线上外卖公司。

入沉默。这样一来,我只好不再问了。

扔掉的有:抗生素、镇痛药和抗凝剂,这只是冰山一角。我还花时间上网查询了这些药,看看它们是否有什么特殊之处,比如说有致命或者致幻的效果。结果哪样药都没有这些作用。它们的命运要么是被扔进垃圾桶,要么是退回给药剂师,要么是交到姐姐的一个朋友手中,他掌握着一个"地下系统",可以将药品送往更需要它们的国家。最后,我们手头终于只剩下了医生目前开的药。

这一切都做完之后,有那么一会儿,我松了口气,可心中有种强烈的感觉啃噬着我——我忽略了一件事,这里还藏着别的药。喜欢七十年代老电影的人应该会想起《法国贩毒网》中吉恩·哈克曼饰演的波沛·道尔侦探,他认为有辆车里装满了毒品,他那种笃定的感觉与我现在的情况类似。

如果说我们能从这些电影中学到什么可怕真相的话,那就是我们的直觉永远不会出错。于是,在波沛精神的指引下,我来到了父亲的衣柜前。的确,我在里面找到了药品的纳尼亚王国[1]。只见替马西泮阿斯兰[2]蹲坐在几件运动夹克后面,这里俨然一座处方药的微型母矿,能让欧文·威尔士[3]笔下的人物忙活好几个月了。

---

[1] 纳尼亚王国:英国作家C.S.刘易斯创作的系列儿童奇幻小说《纳尼亚传奇》中的世界,主人公们可以通过一扇隐藏在衣柜中的大门前往这里。
[2] 阿斯兰:《纳尼亚传奇》中的狮王。
[3] 欧文·威尔士:英国小说家,代表作有《猜火车》与《酸臭之屋》。

我感觉自己的行为越界了，毕竟这是他的私人藏药。我对此有所行动，完全是出于自己和他人对我们掌握这些药的不适。因此，作为一个还算孝顺的儿子和一流的阴谋家，我从里面拿走了一板崭新的安定药，然后就收工了。剩下的就留给他吧。同时，我还在那儿发现了他藏的一瓶百加得酒。可据我所知，他不喝百加得。然后我开始渐渐明白：老爷子可能有一个秘密计划。

成为贴身男仆

■ 2017年12月6日

下山往家走的路上,我注意到我家的车正停在房子外面的车道上。这是怎么回事?原来是哥哥搞的鬼。在我们的生活里,凡是与车有关的惊喜或惊吓,大多是他造成的。他陪同爸爸在附近开车转了一圈,居然就认为爸爸适合再次驾车上路了。

这就是哥哥的行事风格——突然出现,果断行动。有时候,他的加入让人觉得有如神助,还有的时候,他会完全忽略我对眼下情形中日常细节的观察与判断,这种情况下,他的加入就像捅了我一刀,还拿刀在我体内转了几下。现在的情况属于后者。

当一个家庭的成员,像我们一样,为了最后一项任务再次集结,很少有事情是能按计划进行的。就像一些误入歧途的盗匪片,其中有很多关于方法的争论、动机的冲突和螺旋式推进的次要情节,所有这些都因前面某种等级制度的崩坏而变得复杂。当每件事都要重复好几次时,牛顿第三运动定律的效力就被放大了,每个行动都会招来无穷无尽的反应。没有人真正为之负责。有时我觉得自己是那个说了算的人物,有时则只是故事旁白。当涉及爸爸开车之争时,我倾向于回避。

从小到大,哥哥房间的墙上总是贴着各种车的海报,从踏板摩托车到跑车,不一而足,全是带引擎的。我则爱上了自行车,从没进化到汽车领域。爸爸向往离开椅子、走出家门、开车上路。他精神可嘉,但这么做明智吗?哥哥相信这是明智之举。他主张,神经系统用得越勤,越不容易萎缩。

"除了开车,他还能把神经系统用在什么上面?"

这倒是也说得通,可我还是担心他会成为马路杀手,殃及路上的陌生人,就像我担心这个老家伙的大脑皮质还能发挥多少作用一样。

爸爸正在思考明天开车去哪儿,随后他问道:

"晚餐吃什么?"

我给姐姐发了条信息,告诉她爸爸开车一事的最新进展。我知道,这会引发一场媲美沃伦委员会[1]的演讲。我把

---

[1] 沃伦委员会:有关肯尼迪被刺事件的总统委员会,通过举行听证会等调查方式,交出了一份长达888页的报告,还公布了26卷证据性材料,包括500多份证词以及超过3000份物证。

羊排放在烤架下，准备度过一个漫长的夜晚。

烤羊排其实是我的战略选择。我的目的是抢占先机，利用羊排的香味儿把母亲从楼上引下来。我不吃红肉，因此，为了避免一天要做多顿饭，鱼肉成了家里所有人互相妥协的选择。但是，如果你真想得到一些回应，想看到餐桌旁大家目光中的欢喜与期盼，那就得牺牲掉某种长蹄子的动物了。在这个前提下，我的禁食原则和个人选择就要靠边站了。从广义上讲，父母的一餐一饭其实都可以视为死囚上刑场前的最后一餐，所以，他们多多少少可以吃些爱吃的东西。

我喜欢做饭。生活中少有这类时刻——我可以确定地说自己没有在浪费时间。妈妈真的上钩了，她下楼来参加了我们的家庭聚餐，此举算是给我带来了双倍的回报。只可惜，她说她不喜欢今天的菜，破坏了这个小小的胜利。

"是我没胃口。"说这话之前，她刚咽下满满一口食物，说完立刻又塞了一口。

我表面上波澜不惊，心中却飞速掠过一丝怨恨。可过后我又反思，即使到了晚年，妈妈也不习惯给出小气的评价或流露出敷衍的态度。看到她机械地进食，我明白她现在有多虚弱。我把父母带去客厅看《加冕街》，然后打开厨房的收音机，调到第三广播电台，伴着德国歌剧刷起了锅。玛格丽特·撒切尔去世后，厨房的洗碗机就罢工了，这要么是在致哀，要么是在对洗碗这件事表示抗拒。

■ 2017年12月7日

　　时隔一个多月，我们再次坐进了车里。爸爸开车去的第一个地方竟然是为了给车谋福利的，这充分证明了他对座驾是真爱。和往常一样，可以起到充分安慰效果，但开车技能为零的我坐在副驾驶上，同爸爸一起去了加油站。我给车加满油，付了钱，再次见到了柜台后面那位永远笑容满面的朋友。接下来，爸爸想去洗车，便开车去了市中心，来到一个我从未去过的地方，一家人工洗车行。这家洗车行就在足球场的原址旁边。我们坐在车里，工人们则在清洗和擦拭车的外壳。趁着外面的人忙活，我们聊了一会儿。

　　"上次来都是几年前的事了，"他说，"他们的活儿干得不赖。"

　　我再次意识到，我旁边坐着的是一个有着自己的习惯和日程安排的人类，而不是路上突然颠了我一下的小土包，尽管有时候我确实有后面这种感觉。我很感激哥哥的提议，让我们拥有了这个联络父子感情的片刻，虽然大多数时间里我俩都一言不发。如果我们能从现在开始全身心地了解彼此，那这一切都值得了。

书架人生

■ 2017年12月8日

"我需要一本新书。"妈妈宣布。

爸爸今天有点呼吸困难,没办法开车。于是,在做完和以往一样漫长的出门准备之后,我和妈妈叫了一辆出租车,向图书馆出发了。她就是在这里教会我读书的。她本来对这座建筑非常熟悉,可现在都记不清这里的布局了。她挣扎了一番,摆脱我搀扶她的胳膊,步履蹒跚却又目的明确地向前走去。

看她奋力在书架间寻找想看的书很是痛苦,让人想到了英雄迟暮。一名图书管理员走近我们,问她喜欢看什么书。她大声回答——

"别太深奥就行!"

我们日常对话的音量让这个地方为之一顿，开局就让人难以承受。于是，管理员指引她往肤浅的书扎堆的地方走去。

我发现了健康与人生指南类书籍的架子，便开始寻找可能对我们的困境有帮助的书。可是占据这几排书架的，大多是讲其他人生阶段——迎来新生儿和失去亲人的书。这时，满载而归的妈妈出现了，她挑了一堆历史小说和谍战小说。我试着用新装的数字系统扫描借书，但没成功。我正要向工作人员寻求帮助，却发现妈妈拿起书一本接一本地扫了起来。我突然悟到了一个道理，进步和退步从来都不是线性的。

只可惜，这场显而易见的胜利并没有持续多久。我们回到家之后，她注视这摞书的神情凄凉而惶惑。

"我不明白我拿这些书干什么。"

家庭护理师上门的时候我正在外面购物，不过她快离开时我恰好到家了。据她说，妈妈"出色"地通过了她的简易精神状态检查和简易智力状态检查。这是个令人高兴的好消息。妈妈虽然没说什么，但是在地板上重重地跺了几下脚，好像是在庆祝胜利一样，然后就回床上休息了。护理师按照之前说好的，给妈妈采了血，以便做进一步的检查。

尽管妈妈得到了积极的评估结果，但我还是有必要亲自做个见证，因为在这儿基本不存在信息留存这种事。谁来拜访过、他们是否真的来过,还有每次拜访的目的,这些都在记忆的最底层,而且字号越来越小。我变成了一个疑神疑鬼的侦探。要是我没亲眼看到一件事,我就不确定它是否发生过;而在妈妈的神志是否清醒这件事上,为了早日结案,我需要确凿的证据。

第二部分

2017 年 12 月 9 日
—
2018 年 1 月 19 日

爸爸再次开口——
"我想死。"

无望成功的计划

■ 2017年12月9日

我们每天都会有许多虚伪的举动，比如，我会偶尔偷吃父亲的助眠药，又真心希望妈妈不要像我一样有睡眠困扰。她现在病情好转，可以下床走动了，便开始着意证明自己在卧床状态下承受了怎样的精神压力。现在距离她首次因带状疱疹一病不起已经过去两个月了。

"我夜里在想什么，都没法儿跟你说。"她的语气一反常态，带着一丝悲切。见此情景，我打定主意要立刻为她做点什么。是整体治疗还是采用天然疗法？

"另外，我还得了……女人的毛病。"

她冲着大腿扬了扬下巴。这就不是我能管的事儿了，而且最好真是如此。绿色有机治疗法等等再说吧。于是，我帮她挂了个号。

今天早晨，爸爸自信地认为我家的车是最好的，连呼吸都畅快了许多。就这样，他的注意力转移到了自己的形象上，进而决定去理发。在我看来，他的发型从1973年起就没变过。同样，我似乎也困在了十五岁左右的精神状态里。做完了决定，剩下的就是该怎么行动了。显然，爸爸的头发如果太长会引发剧变、撕裂时空，所以我们最好赶快把这事解决掉。

妈妈一直是个好胜心很强的人，她提出要和我们一起去。我们组了个进城理发三人团。爸爸开车，我坐副驾，妈妈则坐在我们俩后面。

和我们一样，市中心也再不是以前的样子了。这是一条受到了重创的商业街，车流拥挤，停车的位置又和店铺隔得很远……总之，这些原因和一些别的问题浇灭了父母逛商场的热情。之前一直为爸爸理发的师傅去世之后，他就换了个地方理发，从那家理发店一直沿路往前走，便能到达旧城区，但就像之前说的，他们已经不想去那里购物了。

一路上，妈妈都不同寻常地保持沉默，一脸忧愁，就连爸爸去理发时，她都没下车。于是，等我带爸爸进了理发店的门，便回到车上和她一起等。理发完毕，他利用那张蓝色的残疾人停车证把车停在了商业街上，我抓紧时间冲进一家药房，为妈妈买助眠草药和甘菊茶。药房里排着很长的队,顾客们各有各的笨拙与懒惰,我烦躁地想,要是能弄到可以像嗑药一样吸食的甘菊茶就好了,能让我冷静冷静。

他们坐在车里,完全没在意身后堵着一条长长的车队。我刚把一条腿迈进车里,爸爸说:

"能给我买副手套吗?"

鉴于车里热得把狗留在那儿都会担心它的安全,我想问他,他又不出门,怎么会需要手套,但立刻想到我们现在其实已经出了门,恰好推翻了这个问题的前提。爸爸指着马路对面不知怎么竟然还挺热闹的百货商场。我只好一边避免直视那些因我们而堵在附近的车,一边让他把车开到对面,停稳便下车跑进了商场。

难怪他们喜欢这里。这座商场的装潢简直是按照上世纪的规矩来的,吸引了相当一部分认可这种环境的顾客,还有服务员。在电子商务时代,这就是零售业死在情人怀里的方式。这是为旧的购物习惯开设的临终关怀医院,一座文化意义上的养老院。

为了显得摩登一点,男装部做出了勇敢但徒劳的尝试,他们在那里立起了吉姆·莫里森[1]的硕大人形硬纸板。要我说,这里还是放吉姆·卡拉汉[2]更合适。虽说有吉姆·莫里

---

1 吉姆·莫里森:美国创作歌手和诗人,大门乐队的主唱。
2 吉姆·卡拉汉即伦纳德·詹姆斯·卡拉汉:英国政治家,1976年至1979年出任英国首相。

森，这里似乎并不卖皮裤、迷幻药或者"蜥蜴王"[1]的其他标志性物件，我只能将此事归因为命运三女神对我的进一步折磨。我少年时代是大门乐队的乐迷，所以在我和一众半条腿踏进棺材里的人排队买手套时，乐队主唱的出现成了一种指责。他还很年轻的时候就因为吸毒过量死在浴缸中了。我错过了"英年早逝"那班车，并非因为缺少尝试。另外，我还很想念泡澡的感觉。如今我们只能洗淋浴，尊严也所剩无几了。尽管此时是大白天，我身处繁华商场，岁数也才到中年，可我就是突然觉得自己老了，身心俱疲。我顺便也给自己拿了副手套。老爷子一定是在谋划什么大事。外面真冷。

我回到停车的地方，只想赶紧上车，缓解我们给市中心主干道造成的拥堵，可这时我想起来，我还应该买个日记本。妈妈提到过，她想找个本子做来年规划，这让我很是振奋。我可不想让她失望。我飞奔到报刊店里，找到一本父母喜欢的那种可以在一页上进行一周规划的记事本。其他车主被堵了这么久，都气急败坏的。我回到车边时一直用本子遮着脸，就好像刚从法院出来的嫌疑人。

"快开车！"我对爸爸说。他闻言轻轻踩了下去，好像是这世界上年纪最大的从犯。

---

[1] 蜥蜴王：吉姆·莫里森的绰号。

在回家的单行道上走到一半时,爸爸问我:

"你见过那匹马吗?"

我完全不知道他是什么意思。随后,他提醒了我。附近的公园里新添了一座雕塑,用来纪念第一次世界大战中战马做出的贡献。我清楚在这类人群面前质疑军事纪念行为的下场,所以没答话;他也没有再就这个话题继续说下去。

在我的生活中,往昔记忆的闪回多过对未来的憧憬,我再次被推进回忆的旋涡。我想起自己还是孩子时随家人一起乘车出行的经历,那时候后座的我需要下车小便,他们却总是对我的恳求充耳不闻。现在我虽坐在前排,也丝毫不能减少童年时期残留下来的被绑架的感觉。至少在我年幼的时候,我们三人有着一样的膀胱,所以最后我们总会停车去上厕所。可现在爸爸插上了导尿管,停车撒尿的需求永远都得由我来提了。

我们抵达公园时正下着雨,他们两个都不愿下车。于是,我被派去替他们瞻仰那座雕塑。我沿着河畔小径艰难跋涉,终于来到了他们告诉我的位置。这时,一种黏腻的懊悔心情如浪潮般注入我心中本就充沛的伤感情绪中,让我觉得自己几乎要栽倒在地上。

我懊悔一切。懊悔我还活着。我甚至能感觉到口中懊悔的味道,像金属一样,那是清楚知道无人可责怪的苦涩。

我只知道两件事，我拥有过比现在更快乐的时光，以及父母已经无望恢复到完全健康的状态了。孩提时代的我，曾沿着同一条小径狂奔；成年的我，曾和妻子一道来此游览，当时我们都还年轻，日子过得很幸福。然后就到了现在。陪伴我的是自己一手造成的孤独寂寞，然后就是等待我的死亡。我像是被诸多损失团团围住，动弹不得，这其中有我已经体验的，还有我即将面对的。

然后，我看到了，一匹马的金属雕塑，与真马等大。和握着它缰绳的那个缠绷带的青铜士兵一样，这匹马也精疲力竭。他们都耷拉着脑袋。我怎么能拿自己那点渺小的感伤和这座雕塑代表的巨大悲怆相提并论呢？可我突然想到（也许这就是纪念的使命），在光荣的牺牲和我身后车中那艰难活着的两位老人之间，还有着做些事情的空间。生活不是电影，我没办法倒回去重来，没办法改写剧本，也不存在什么导演剪辑。振作起来吧。

我转身往停车的地方走去，擦掉脸上的泪水和雨水，上了车。那一刻，我不在乎我们要去向何方，也不在乎我们将如何抵达那个地方。

参与义务

■ 2017 年 12 月 10 日

我们跟医生讲了妈妈的情绪和睡眠问题,医生说验血结果证实了她的诊断——妈妈并没有患上痴呆症。她不假思索地开了米氮平片,这种药"用于治疗伴有焦虑或入睡困难的抑郁症"。听上去挺对症的。医生嘱咐说,这药可能得连续吃上一个月才见效,所以妈妈得坚持服用。我们对此表示完全接受,毕竟我们在做的就是"坚持"。

妈妈尽力配合,终于算是恢复了正常。我也回归了跑腿办差和偶尔溜去伦敦做心理治疗的日子,可回到家后我常常发现,我的离开意味着妈妈得承担伺候老爷子的任务。

因为他这辈子都在海上漂,所以对于该如何照顾自己基本上没概念。我想并没有相互温暖、传递热情的现成模板能让我家的氛围变得欢乐一些。作为婚姻的逃兵，我对那些指责男性是生活白痴的言论加倍敏感。我有我的问题，这一点毋庸置疑，也不足为奇，可家庭生活中，我爸有时候在自理能力上的欠缺无人能及。

我会尽我所能为他辩解。姐姐真心是个值得珍视的人，她对爸爸的不满像潮水般有起有落；至于母亲，她对爸爸的鄙视爆发时更像是个狙击手。关于父亲，有一点我太清楚了，他天性狡黠，这让我很难站在他的立场上说话。家里的情况就像一场看不见的叠叠乐游戏[1]，若是加上我的这点为难，再摞上他那些看似简单的要求：要纸巾、吃饼干、拿遥控器……一个本就倾斜的耐心之塔很容易轰然倒塌。

"要喝茶吗？"我问。

"不，我不喝。"他说。

不一会儿我就会看到妈妈端着一杯茶，步履蹒跚地向他走去。

"我刚才不是问过你要不要喝茶吗？！"

"你问的时候我还不想喝。"

"我在这儿，你有事就找我，别麻烦她。"

"我没看见你。"

"你说什么？"妈妈问。我硬掰开她的手，拿过马克

---

[1] 该游戏需要玩家将长条积木交错堆叠成塔状，再由玩家轮流将下方的积木抽出，堆叠到塔的最上层；积木塔倒塌即为游戏结束，最后移动积木的玩家为输。——编者注

杯,递给爸爸。

"这是你老爸的茶。"

"不说我也知道这是谁的茶!"

"你喊什么啊?"

看到她像勃鲁盖尔油画中的农民一样,屈从于爸爸刚刚提出的这个没什么必要的要求,我心里就充满了怨恨。不管我为那棵橡树和可能降临在它身上的惨事感到多愤怒、多无措,都远远不及我在妈妈被爸爸使唤这件事上的感受。

有一次,我有件重要的事要问我爸的意见,结果他无比肯定地给我来了一句——

"有时候,有些事,你就是无能为力。"

我想,可能是早年丧母的经历将这种念头深深刻在了他的世界观中。我不是说他错了,只是发现自己对这种观点的接受度没那么高,特别是在与父母相关的事上,尤其是当他的需求越摆越高,晃晃悠悠,就要压倒在她身上时。

我又烧了一壶水,一只鸟突然重重撞在窗户上。一只鹡鸰,我猜是雄鸟。它一次次从灌木丛中飞起,袭击它自己在玻璃窗上的倒影。其实我的部分责任就是确保母亲不会因为本能的条件反射把自己毁掉,这种条件反射指的就是奋力满足父亲那像玻璃窗一样无可指摘的期待。我们和那只鸟,都是有着固定生活轨迹的生物。至少那只鸟对它的生活轨迹有把握。我看着明年的空白日记本,开始考虑自己下一步该怎么做。

2017年12月11日

待在这里本就让人觉得疲惫，雪上加霜的还有高低起伏的情绪和偶尔被突然触动的紧绷神经。压力、操劳和担忧成了我头上的三座大山。眼下我过着那种感觉自己被掏空了的日子，就好像我的灵魂上安了一个打开的水龙头。淌出来的情绪把地毯都泡了，像极了爸爸房间的暖气。人若是踏进了窘境，恐怕就得付上一笔精神损失费。

为了喘口气，我会骑车去朋友克里斯的家里找他。到那儿只需要骑上十分钟，这么短的路程手不握把就能骑到，前提是你的大部分身体零件还能保持十三岁的状态。说起来，我和他的确从十三岁起就一直是好朋友了。他每天去伦敦上班，而有的晚上，我发现自己会像他家的孩子一样等待他回家。能和一个如此熟悉我、却与我没有血缘关系的人谈天说地，我获得的宽慰是不可估量的。从某种意义上，对他倾诉像是在认罪。另外，他家里有年轻人，所以待在那里不像待在烤比萨炉般的家里那么难挨。我们会一起在他家或者别的地方喝酒，发发牢骚，然后摆出一副无所谓的样子。可有时候，聊着聊着就不小心聊出了真相。

"听起来就像照料孩子一样啊。"克里斯的爱人说。凭着直觉，人们会有这种善良却老套的观点，可对于这个说法，我有个阴暗的绝妙回应：

"如果你每次说完晚安，离开孩子们的房间时，都暗暗希望他们能毫无痛苦地突然死掉,那才能说是一样的。"

事实就是这样。

理想的情况是爸爸先走,而整个过程不用耗太久。这只是出于实际的考虑。因为妈妈没有他还能独自过活,起码能坚持一段时间,但反过来就行不通了。这个过程越长,情况就越糟糕,或许我的状况也会变得更糟。我们的生活就像一艘漏水的救生艇,人越多,沉得越快。反正在我看来是这样。

在心理学和伦理学上,这叫"电车难题",指的是一个人可以通过改变失控电车的前进方向来救一群人,可这样做就意味着他会害死另一个人。这个难题没有"正确"答案,但是正如维基百科里说的,"根据对道德义务的某些解释,只要身处这种情况并能够影响其结果,就构成了一种参与义务"。我脑子里仿佛上演了一出《哈姆雷特》的前传。此时没有鬼魂,也没有谋杀,大家都还活着,只不过命不久矣。

"我会尽力去做,"我坦言,"但我会忍不住希望这件事快点结束。"

克里斯家的厨房陷入了安静,不是因为震惊,而是因为认同。就连那些尚未面对这种困境的人都对我感同身受。得到了拥抱和倾听之后,我便骑车回家了,心上压着如此令人困扰的爱带来的愧疚与矛盾。我的双手始终扶在车把上。回家的方向,全是上坡路。

姐姐发来消息:

"关于圣诞礼物有什么想法吗?"

"尊严机构[1]的代金券。"

"送给谁?!"

---

[1] 尊严机构:一家位于瑞士的机构。专门帮助罹患绝症和严重身心理疾病的人,在合格医师和护士的协助下安乐死。

生命重负

■ 2017 年 12 月 12 日

早晨,我有种无路可逃的感觉,因为今天是杂货店送货日。不知怎的,我觉得哪怕离家万里,依然被困其中。

姐姐已经严令禁止妈妈外出采购了,可依然拦不住老太太去超市。她才不管你让不让呢。姐姐(我很放心由她来唱白脸)希望妈妈出门时能拿上一根拐杖,她为这事儿恳求过,也唠叨过。

"老年人才用那玩意儿呢。"妈妈会反驳一句,然后摇摇晃晃地径自往商店走去。

"万一她摔一跤……"姐姐常常这么起头,而且一说起来就没完没了。就算你有什么正经理由让她停下,她也不会听你的。

"就等着摔断髋骨，在床上躺着直到失智，最后死掉吧！"这是她最爱反复念叨的悲观结论。

一如既往，她这串老套的丧气话的确有道理，可做起来太难了。我又不能把老人绑在椅子上。

冲突之下，在网上杂货店购物的工作落到了著名电子商务专家——我父亲身上。这仿佛是一款古怪又昂贵的宾果游戏，他经常为了玩好游戏对着平板电脑一顿猛戳，我们则在一边等着看结果。基于多年的实践，父母不由自主地对探讨他们实际上需要买什么、想买什么有抵触情绪。她，列好购物清单却不给他看。他，事先不跟她商量就下单，然后干脆忘掉自己都买了什么，又重新下单。爸爸不愧从小就住在商店楼上，现在为了帮那些店支撑下去真是不遗余力。

接下来发生的事让人抓狂。家里花出去大笔的钱，却换来一团混乱和持续的浪费。不过，这种生活也有个妙处，或者能让人获得解脱感，它让你不得不面对自己的局限性。许多事我都可以为爸爸做，可跟他一起在网上购物还是超出了我的承受范围。我宁愿干点体力活儿。从某种程度上说，在网上杂货店下单的行为就像位于新旧时代分界线之上的天平，看它左右摇摆对我来说实在太刺激了。我应付不来。要是不赶紧离开父亲的下单现场，我准会像动画片里的小人儿似的，尖叫着跑出地平线。有时，压垮你的最后一根稻草无处不在。

有些父子关系是建立在共同完成一件事情的体验之上的，比如一起修车，或者一起解开缠绕的渔网。尽管我的成长阶段正逢人们以捕杀鱼类为乐并使用含铅汽油的鼎盛时代，但这类记忆我通通没有。和后来的年轻人一样，在我和爸爸的互动中，已经听不到发动机的轰鸣声了，取而代之的是网络时代键盘和鼠标的敲击声与安静。只有一件事同以往一样，那就是偶尔飙出的脏话。你要是想知道自己有多爱一个人，那就试试给他修一次电脑吧。

"你的密码是多少？"

"不知道。"

"用户名呢？"

"不知道。"

一想到要和爸爸电子邮件服务商的线上技术支持人员打交道，我就想自杀和杀人，因为他们提供的基础信息实在少得可怜。不过，这事儿倒是不存在什么"电车难题"。只要父亲不知怎的登出了他浏览的网站，他的网络冒险之旅就结束了。

杂货会突然出现在这种稳定的不稳定状态中。这其实算是"亚马逊问题"的副产品，只不过这一次事关我们真正需要的东西。要是没有我在家监督，下面两件事至少会发生一件。

要么母亲会一边费劲地将包装一一拆开，一边狠狠训斥父亲，为了他已经买的和尚未买的东西，也为了他因此花出去的钱；要么姐姐会上门亲自拆开这些货品的包装，同时在心中默默地、无休止地抨击我们全家，她还会特意为我留下点狠话，等下次有机会一股脑倒给我。为了避免承受没完没了的坏情绪，我决定在货品送上我家门口的时候就把它们统统拦下，不管是食物、酒水、纸巾还是别的什么。

在有关食品的"角斗场"中，我通过观察学到了照料老年人的一条基本定律：功能障碍不算障碍。

他们平日里就是会做错事或者犯糊涂。如果你能像我一样，在此特定范围内接受这一点，那事情就好办了。如果你非要拿起武器跟他们对着干（姐姐好像就有这个意思），那你人性中善良的一面就会在战斗中湮灭。天知道，我的善良本来就不太够用。

这就是"关心"最大的危险之一。尽管"关心"建立在爱的基础上，但它可能会吞噬我们，从而掩盖这份爱，甚至为这份爱添上一副狰狞的面孔。如果不加以防范，那么你下半辈子都会生活在危机模式中。肾上腺素将控制你，而且很快你就会对这种感觉习以为常了。还有，这在很大程度上是现代社会造成的。你有这样的表现并非想针对谁。这年头，科技造成的混乱比比皆是。

因此，我不觉得开箱检查送来的东西有什么麻烦的。

有时候，那里面压根没有水果或蔬菜，而是巧克力、贝类或一瓶优质麦芽威士忌。我们会先挑拣一番，把挑出来的东西拿回家，妈妈得带状疱疹前也能这么做。虽说这么买东西挺浪费钱的，但还好我们有钱可浪费。可让我发脾气的是真正的浪费。

和处理上述快递相比，肉食才是我更介意的。我对肉食有偏见，所以我并不吃肉，但我能接受别人吃肉。可那些被屠杀、买下然后扔到这里的动物都能装满挪亚方舟了，只不过这艘挪亚方舟上装的净是火腿、牛舌和培根。

我扔掉了大量过期牛舌，这么做的时候，我问妈妈，为什么爸爸要买这玩意儿？"你爸想吃牛舌三明治。"妈妈像是在为爸爸辩护。她显然对这种讨人厌的小吃暗含的情色意义不以为然。

父母成长于大萧条时期，见识过定量配给制度，因此现在开始补偿自己了。也许他们将此视为加长版的庆祝派对和超市购物竞赛，以为自己活了大半辈子，可以想吃什么就吃什么，多荒唐都可以。我把送来的东西都从包装袋里拿出来后，厨房的桌子看起来就不怎么像一个家的中心了，更像是摇滚乐队巡回演出时的后台。只不过，我们这儿能嗑的药更多，威士忌也更好喝。

喝麦芽酒的风险

■ 2017 年 12 月 13 日

继肉食和药品之后,酒精也成了麻烦。我们这一家子不仅没能避免对酒精上瘾,还深陷其中,只不过这对于我父母来说不算什么大事。可现在不同了,对我们这个小集体中为照顾他付出最多的两个女人而言,爸爸不断购买苏格兰威士忌的行为成了她们焦虑的导火索,甚至导致她们产生了某种升华的愤怒。这些情绪也传染了我。尤其是看到在爸爸患上的诸多严重疾病中,近来最突出、最让他痛苦的是痛风,我就更加焦虑和愤怒了。

和癌症、心脏病、肾病、衰老带来的其他问题不同,患上痛风基本上可以说是老爷子自作自受,从这方面看,痛风倒是有点像慢阻肺和糖尿病。如果连吃饭喝水都需要别人伺候，却不断把威士忌、红酒和海鲜买回家，那么这就像是往帮助你治疗肺癌的人脸上喷烟，还要求对方给你再点一根。不过，好在他七十岁之后就戒烟了。从一方面来说，爸爸喝酒是针对他当时的身体状况做出的一种富有魅力的抗争，但还是遭到了谴责。爸爸刚买的那瓶酒看起来迷人极了。经过那金色液体的折射，就连厨房那盏新换的油炸食品店式 LED 灯的灯光，看着都像天堂的征兆。晚餐结束后，锅碗瓢盆都收拾好了，我把酒打开，坐在厨房的餐桌旁，为自己斟上一杯，边喝边思考着这酒的价格。

年复一年，尿酸盐会沉积在痛风患者的关节处，析出结晶，结成团块。这些堆积物叫痛风石。具体到爸爸身上，痛风石可以说长遍了他的双脚，像一个个多余且骇人的脚趾，搞得他的脚看上去像疙疙瘩瘩的生姜根。

"你看见咱爸的脚了吗？"几年前，哥哥问我。

我点点头，就像刚刚被一个战友问到是否参加了某场惨绝人寰的战役。多年来，爸爸一直以为自己得的是拇囊炎，所以并不在意，可今年夏天在医院里，真相终于浮出了水面。或者说，拇囊炎的荒诞说法不攻自破，爸爸所说的话的可信度也遭到了无情地灭杀，恐怕从此以后很难恢复如初了。

风湿病专家来的时候，我就守在他的床侧。两位医生掀开父亲的被单一看，全都大惊失色。

大家沉默了片刻，顾问医生[1]开始向下属询问具体情况，后者却只会耸肩、摇头和咽口水，说不出所以然来。有那么一瞬间，我竟然为父亲感到骄傲。

当人们从震惊中恢复过来，顾问医生给出了意见。

"结节。"他的声音中带着一丝疑惑，似乎在暗示什么，"不过不是咱们常见的结节。"他高声补充了一句，"这叫痛风石。"

"不疼吗？"

老爷子摇摇头。

"也许我们应该……"下属医生结结巴巴地开了口。

"找其他医生看看。"顾问医生肯定了他的想法。

于是，下属医生从若干角度给父亲的双脚拍了照片。

"终于做了回大明星。"我说。

我不记得当时爸爸是否开怀大笑了，但愿笑过吧，因为一场风暴就要如期而至。医生们离开了，他们这个上午应该过得很充实。

我能理解爸爸对自己的迁就，因为我也一样，生来就有自欺欺人的本事。他秉持的理念就是："想吃什么吃什么，可能没等吃出事儿来，你就死掉了。"多年来，妈妈和姐姐总是指责他故意加快自己衰老的进程，我却一直为他辩解，不过偶尔也会用一些书面证据支持他，比如塞在

---

[1] 相当于中国的主任医师。

沙发一侧的糖尿病患者食谱和相关的严厉警告宣传单。所以，从某种角度说，在这次掩饰真相的行动中，我是爸爸的同谋。

今年早些时候，在风湿病专家揭示真相之前，爸爸病危入院，我们曾在病床前握着他的手与他道别。当时，我和哥哥会用塑料瓶把苏格兰威士忌带进爸爸的病房。被限制活动且独自承受病痛数星期之后，他终于喝到了一口威士忌，脸上立刻呈现出幸福的表情，我见过他最开心的样子也不过如此。对此，医生护士都没有过问。顾问医生看到老爷子竟然挺了过来，大为惊奇，还说喝点酒也没什么。后来，爸爸恢复得差不多，便出院回家了。不过，"回家"是在别人的帮助下做到的。与其说是去医院接他回家，更像是去维修店取一件修好的东西。

在医院里把威士忌送到一个人的嘴边是一回事，毕竟喝出问题来有人兜底；在家面对诸多被包装成要求的请求，而我不得不一一满足时，喂他喝酒就是另一回事了。自从我搬回父母家住，父亲结束最近一次长期住院之后，在劫后余生的数月里，我逐渐在他喝苏格兰威士忌这件事儿上妥协了。有那么几个星期，一直是他喝一瓶，我喝一瓶。不过，我们就像两个古怪的运动员一样，年轻的必须指导年老的那个恢复日常生活，哪怕小心翼翼地诱之以酒也在所不惜。没错，我告诉他——等你能站起来给自己倒上一杯，才说明你的身体恢复到可以喝威士忌的状态了，不过，在咱们努力尝试的过程中,我始终会站在你身边。

于是,那些日子里,苏格兰威士忌就成了诱惑老爷子从椅子上站起身的琥珀色胡萝卜。

"你一定能行。"我对他说,然后他就会欠起身。

一开始他还得用助行架,后来只拄一根拐杖就能行走了。世上确实有奇迹。现在,大概每晚五点半,他都会在无人搀扶的情况下站起来,缓步走到厨房,给自己倒一杯威士忌。那杯威士忌可不止一指深,里面兑了少量的水。

这个会遭到痛斥的习惯似乎成了健康的标志。一开始是喝威士忌,后来他能烧水沏茶了,再后来他竟然能自己做三明治了。形势一天胜过一天。

可酒瓶子还是会给父亲惹来一顿骂。每当他喝完一瓶酒,把酒瓶子扔在厨房地砖上的那声"当啷"都会无视母亲的耳背状况,直接传到她耳朵里,激起她灵魂中属于老年人的那种愤怒。如果她出去卖废品(这又是一件我们无法完全阻拦她去干的活儿),回来之后她一定会因为那些空酒瓶喋喋不休。

这里到处是烂摊子,没人能收拾明白,尽管受到刺激的大脑会命令我们管一管。生理健康、心理健康,还有这个老年夫妻联盟需要人费心的方方面面,要想把这些都料理妥当,你就等着把自己逼疯吧。因此,在这种情况下,我允许自己对喝酒网开一面,同时也要尽可能拦下由此招来的惊恐。如果说我在这件事上欠考虑了,那就拜托需要我考虑的问题暂且不要出现。

我又给自己倒了一杯。妈妈踱着小步挪回厨房,注意到窗帘是拉开的。"可别让外人看了笑话。"她伸手奋力去拽卷帘绳。

"我得把帘子拉下来,"她宣布,"不然让人家看到咱们这么会找乐子就不好了。"

厨房重地

■ 2017 年 12 月 14 日

妈妈说米氮平片没什么效果。我让她坚持吃,等等就会有效果,就好像我真知道是怎么回事似的。近来,她又开始关注家庭生活了,多次尝试收回她以前的地盘——厨房,再次确立她在这个家的地位。我不仅不会碍她的事,还会撤得远远的。

如果她能做顿简单的饭,那我就解脱了。我还不知道自己要拿这段闲暇时间做些什么,不过,眼下只要想想自己有"幕间休息"的机会就很知足了。今天早晨,她从许多把已经钝了的旧刀中挑了一把,开始切菜,我高兴坏了——既为她高兴,也为自己高兴。我在厨房里几乎待不下去,怕多看一眼这个奇迹就会把它吓飞。

当时，我人在楼上，但汤的香味儿飘上来找到了我。我意识到，她在向我证明她常讲的一个道理——如果你经常做饭的话，偶尔由别人做一回，你会觉得那饭菜的香味儿格外迷人。天哪，冥冥之中我仿佛听到了这句话回响在耳边。

她回来了。

不过，新烤炉不太听话，我不久前才勉强搞懂怎么使用。我给妈妈介绍新烤炉的使用方法时，她连连摇头，后来干脆把说明书放进了抽屉，那里早就塞满各种家里已经没有了的电器的产品说明书。

后来，我走进厨房，发现妈妈已经试用过烤箱了，可她说做出来的东西不能吃。

"你做了什么啊？"我问。

"我倒到花园里了。"

她甚至不肯倒进垃圾桶里，这充分说明了事情的严重性。现在只剩下带着焦痕的烤盘和空气中的惋惜。

"我要是给自己做了那玩意儿吃，一准儿跟自己离婚。"她果断地说。

■ 2017年12月15日

今天早晨，我发现她在洗衣机旁哭泣，因为她不记得怎么启动这台机器了。放洗衣机的地方挺冷的，是从厨房扩建出去的附属建筑，摇摇晃晃不太牢靠的样子，有个玻璃顶，我们管它叫"阳光房"，不过到了冬天，实际情况和它的名字一点儿都不沾边儿。于是，我先带她回到屋里。坐下之后，她继续呜咽。

"我真没用。"

她掩面而泣。从近四十年前她母亲去世之后，我还从未见过（或者说她从未向我展示过）她这么沮丧。

我们试过劝说妈妈不要再操持家务，可她不做家务就不知道自己是谁了。至少在我家，一位能安安静静、尽职尽责接受照顾和所有帮助的"安全"的老人不过是幻想，是我们愿望的投射。如果看见母亲费力地去做什么事，我们就会上前帮她干了。可她寻求的其实是比熨斗、购物和车钥匙更基本的东西。

要如何让一个如此脆弱、同时又如此坚定的人做自己呢？

这是出现在我们面前的一道难解谜题。面对衰老，我的父母有着迥然不同，甚至截然相反的态度。妈妈是坚定的反击派，尽管在我看来，她的积极行动未免有强迫症之嫌。然而，要干好一个活儿，或者说只是单纯地活着，她就势必会再次碰上有伤尊严的事、摔跤或者致命的麻烦。

老爷子则没等敌人来犯,就把城外的吊桥升起来了。他就喜欢坐在椅子上待着,好像什么都不做,就可以提高什么倒霉事儿都不会发生的概率。可若是他什么都不肯做,那事情就得由别人来代劳了。于是,妈妈就成了那个被家务套牢的人。

他俩简直就是被物理学家和哲学家称为"无法阻挡力量悖论"的活生生的例证。这固然是个无解的难题,但我知道答案。我清清楚楚地知道,势不可当的力量遇上岿然不动的物体会发生什么。他们会结婚,生下我们。

■ 2017 年 12 月 16 日

不管目前的生活带给我们怎样的困扰,妈妈总会一如既往地讲述她那些锅的故事。

"1957 年,在纽约买的。"我伸手去拿一口炖锅时她说。在一起买的那套锅里,这口是唯一用到现在的。

"比你年纪都大呢。"她提醒我。

尽管我听过关于我家锅的所有故事,但再听一遍(有时候)会让人觉得安心。那些锅能让父母回忆起他们在大西洋两岸之间奔波的辉煌日子,两个来自北方的年轻人在蒸汽轮船上闯出了一片天地,那是我出生很久之前的事了。

那些锅也在提醒我，他们不是从一开始就像现在这么老的，他们也有年轻的时候。

此外，她还喜欢随心所欲地布置她的人生博物馆，如果把她厨房里所有的工具比作一顶王冠，那么王冠上最璀璨的珠宝当属那台建伍牌搅拌机。虽然近期没有使用过，但它依然傲立在一个特别显眼的位置，就好像随时准备归队、投入行动一样。搅拌机也是五十年代的老物件，是时隔多年留存至今的幸运儿。只可惜，现在它对妈妈来说太沉了，不过它仍然是厨房中的奠基石，也是我许多回忆的源泉。我还记得从这台搅拌机盆里诞生的风味、烘焙前面团散发的香气。透过这张记忆的网，我看着她在厨房的一件件小事上取得胜利。不过，那台烤箱还是会收获妈妈嫌恶的眼神。

赤身裸体者和爸爸

■ 2017 年 12 月 17 日

我正在下楼,妈妈突然从卫生间冒出来,手里拿着几把牙刷,问了个紧迫的问题。

"这里面有没有你的?"

隔着楼梯扶手,我瞥到,或者说刚好能看清,她什么都没穿。这可是件新鲜事——新鲜的是她赤身裸体,而不是赤身裸体这件事本身。因为,几个月前,爸爸率先做了这种事。

对妈妈而言,这是个新举动,或者说是与"新"正相反的举动。牙刷的问题并不紧急。如果这对她来说都属于紧急事件,那么也许就说明我们碰上麻烦了。几十年谨慎的穿衣习惯竟然因为对口腔卫生的担心毁于一旦。这说明她的精神状态怎么样呢？

虽然不想承认，但我的确从中看出一件事，那就是妈妈的健康状况恶化了，而且我的父母变得越来越像。尽管我也担心自己会失去一个盟友——其实这不算什么，但真正让我忧心的是，衰老似乎会逐渐抹除个体之间的差异。

"这些牙刷是你的，还是我的？"她又问了一遍。

■ 2017 年 12 月 18 日

他们两个正在逐渐变成一个人，他们的朋友则在逐一告别人世。近来，每天早晨都会有数量可观的圣诞卡扔在门口的地垫上。其中好些卡片都是孝顺的子女为他们手脚不太灵便的父母代笔的。不过，我们家还没发展到那个阶段。妈妈还能写字，把卡片寄出去才是我的活儿。我们把收到的卡片围着壁炉放了一圈，欣赏着这一幕。

这些圣诞卡起到的作用和厨房里的老物件差不多。它们可以告诉父母他们是谁、谁在关心着他们、他们曾一起去过哪里。也不知我们这代人的屏幕和智能助理能否带来同样的慰藉。

"Siri，我是谁？我都去过哪儿？"

一张卡片推着妈妈踏上了回忆的小径，不过，这可不是一次休闲漫步。在闪闪发亮的知更鸟和《圣经》中的列王背面,她读到了来自老朋友的诉苦。那张圣诞卡是我们家一个老邻居寄来的,她说她丈夫现在病得厉害,开不了车了。妈妈转述给我听的时候,竟然一反常态地露出了微笑。

"他嘲笑过我。"围绕眼下卧病在床的那个男人,她展开回忆,"他笑我用自动挡汽车学开车。那是1968年的事了。"

她的目光从卡片上移开,望向远处,迟到了半个世纪的"正义"在她眼中载歌载舞。

"结果现在他哪儿都去不成了。"

这可真是君子报仇,五十年不晚。

"学开车和养育孩子是我这辈子做过最棒的两件事。"她宣布。

虽然我有点被她能记仇这么久吓到了,但依然为她感到骄傲。此外,我意识到一件事,为此还有几分伤感,那就是她最引以为傲的两项成就——孩子和驾车的技能,我都没有。

"他们的女儿是个遛狗的!"她看完了卡片,激动地补充了一句。

"那怎么了?"我反问道。遛狗员还是我曾经默默计划要从事的职业呢!我的意思是,做这个有什么不好的呢?

"一个遛狗的!"

我回到楼上,躺了下来。此时是上午十一点。

甜蜜的情绪

■ 2017年12月19日

我决定正式开始为圣诞节做准备，把家里布置起来。妈妈和爸爸似乎不想为此费神，但我爬上了阁楼，那里应该放着不少能制造节日气氛的好东西。

圣诞彩条没找到，我却先碰上了阁楼中最能勾起人痛苦回忆的闲置品。在这里，我们家族中失败的婚姻一览无遗——我和我姐的婚礼照片全都在这儿。尽管两场婚礼时隔三十五年，举办地点间隔一千英里，婚礼的照片竟然还是因为离婚跑到这儿来团聚了，一边团聚，一边积灰。

原先，这些喜气洋洋的照片作为永久的装饰挂在厨房里；现在，它们却被扔在了安放憾事的房椽下面，像是从万神殿一下子被贬到了人间，落差太大了。这个出乎意料的发现啃噬着我的内心,让我刚才布置家里的兴致突然变得可笑起来。我把刚找到的一个微笑雪人留在了阁楼上,因为它幸福快乐的样子现在看起来特别欠揍。

楼下,爸爸的痛风更严重了。他没明说,只是每次落脚的时候都龇牙咧嘴,总是想方设法减少活动。我检查了一下他的脚。他穿的袜子是当初在医院里买的,红色,有松紧,带防滑的胶底。可是,父亲有多依赖、多需要这双(可以当鞋穿的)红袜子,母亲就有多讨厌它。

"我一看见你穿这双袜子,"她会抱怨,"就知道咱们哪儿都去不成了。"

我脱去他的袜子,努力回忆上次见到的情况有多糟糕。很难讲。我在网上好好查过,在谷歌上搜索了"痛风"。痛风石本身其实不成问题。我的大脑可能并不想细看它们,可他的身体似乎并不介意。爸爸走路时新出现的疼痛不一定是它们导致的。

天知道爸爸身上有多少毛病。给他看过病的几位顾问医生把他的大量病症说成是"难解的谜题""经平衡与协调后形成的局面",或者干脆是"多种疾病的拼盘"。总之,也许是他身上其他地方的疼痛或问题影响到了脚,通过让他脚疼来彰显其存在。

不管是怎么回事,反正爸爸觉得脚疼。他连拖鞋都穿不上,更不用说通常外出穿的鞋了。尽管他的妻子有多恨这双袜子,他就有多爱它,它还是无法免除爸爸脚部的痛苦。那么，我们可以求援的就只有一个地方了。于是，我们又回到了我们的圣河及供应商——亚马逊的怀抱。

他负责戳屏幕，我负责应门。鞋子一双接一双地寄到，我们努力将它们套在爸爸的脚上。试穿失败后，再由姐姐来退货。就这样，这个过程反反复复延续下去。渐渐地，我在心灵层面为自己实行了大赦，不再因为常常需要起身去开门而气恼。真是痛在他脚，忙在我脚。

网上购物不再受限之后，爸爸就在平板电脑前放飞了自我，更多古怪且无用的东西向我家涌来。他就像一个神经错乱的圣诞老人。三根巨大的、免税店尺寸的瑞士三角牌巧克力分三次送上门来。可我们家太热了，它们像恶作剧商店里卖的那种魔杖似的，刚到没多久就变得软趴趴了。

"我以为我买的是常规大小的，而且只买了一根。"他解释道。

我们的房子肿胀起来，化身为糖尿病患者的噩梦，就像他的双脚一样。橱柜里塞的饼干和巧克力多得都要破门而出了，不知情的人一定会以为那是某个小男孩藏的零食。我实在忍不住问他，撇开大小不谈，我们到底有什么必要非得买三角牌巧克力呢？

"我是想换个东西买买。"他坦白道。

奇怪的是，突然间，这句话让我心头掠过一丝说不清道不明的爱意。

———

　　后来，咱们这位童话剧里的"痛风灰姑娘"又迎来了捧着拖鞋上门的"追求者"。每次从快递包装中取出的拖鞋都要比上一次的大一些。终于，我们收到一双带魔术贴的拖鞋，大小足够爸爸把脚放进去。他总算能穿上它们活动了，尽管活动不了多长时间，但他仿佛获得了新生。现在，他的痛风石出现了一种半红半黄的色调，看起来颇为凶险。

　　"这个情况咱们多多留意一下吧。"我说。我们都对这句废话表示了同意。在回避问题上，我爸和我还真是一对好师徒。

　　回到厨房，倒上一大杯苏格兰威士忌，再倒出一大堆饼干，我开始跟爸爸讲痛风要注意的问题，虽然我觉得这些其实已经不重要了，什么都不重要了。

■ 2017年12月20日

　　几天前，我嫂子从马莎百货给爸爸带了一道高级菜肴——扇贝。我觉得自己平日里已经很像狱卒了（我和我的犯人承受着同样的禁足之苦），所以那次并没有阻拦他吃外来的食物。可是，从那之后，老爷子却迷上了扇贝。

　　"你想喝杯茶吗？"

"我能来份扇贝吗?"

"咱们今天做点什么?"

"你能去给我买份扇贝吗?"

我告诉他,我们平常逛的商店里没有卖那种扇贝的(这是实话),结果他为了吃扇贝从网上下了好几单。今天,我们收到了好几个快递,全是扇贝,多到冰箱都差点塞不下了。妈妈生气了。

"一袋就够了!"

我不喜欢吃扇贝,也不知道该怎么烹制。我不喜欢它们的样子。最后,妈妈带着几分嫌恶将冷冻的扇贝匆匆弄熟了事。吃完那顿饭,无脊椎动物都堵到了我的嗓子眼儿。然后,我离开餐桌,跑去伦敦做了心理治疗,还去看望了一个老朋友和他早产了七周的孩子。

他的女儿比我的手大不了多少,双眼紧闭,身体规律地一呼一吸,蜷缩成还在子宫里的样子,或许是她希望自己真的还在子宫里。我懂这种感觉。她爸爸和我曾经一起在夜店工作,但离开那儿之后我们各自有了新际遇。他家多了个早早登门的"新客",我家却有两个迟迟不肯离去的"熟客"。有人进入你的生活,就得有人离开,不知道是不是这么个道理。

朽坏与爆发

■ 2017 年 12 月 21 日

回家之前,我还去参加了一场圣诞派对。在派对上,与我共事过多年的人们问了我一些难以回答的问题,比如后来我去哪儿了。我回答了他们,还把我在克里斯家和其他地方反复讲过的家庭趣事提炼成段子复述了一遍。一个好朋友把我拉到一边,说——

"这些故事很不错,应该把它们写下来。"

"我已经在写了,写了一些。"我告诉他,"反正我也没别的事可做。"

"多写点。整理好,然后找出版社的人看看。"

2017年12月22日

除了写作，我还会把读书当作庇护所。没怎么费劲，我就发现自己掌握了亚契人的相关知识。他们是靠打猎和采集维生的巴拉圭原住民，有杀掉部落中病弱或衰老成员的传统。在我看过的有关书籍里，他们似乎动辄诉诸暴力。没能达到一定标准的孩子也要被"送走"。不过，等你熟悉了土著人的智慧，就会知道这是他们惯常的解决方案。我不禁反观自身，心下琢磨，不知道我们究竟让自己背上了怎样的负担，也不知道整个世界跟过去相比算不算是真有进步。

尽管有地毯，我家与巴拉圭热带雨林相似的温度还是加深了我对亚契人的共情。趁还没沦落到裹着缠腰布大开杀戒的地步，我得再次走出家门，去外面透透气。

网上杂货店送货的日子又到了。到时候，面对那过分丰富的大堆物资，就让他们自己吵去吧，我不想掺和了。就算他们只买了火腿和厕纸，他们也能活下去。我告诉自己，这就像是我开了几罐猫罐头，如果猫儿不喜欢吃，就让它们自行转身离开，去冲下一户人家喵喵叫，或者干脆同类相食。我已经不关心了。

就在我马上要出门，再去伦敦潇洒一夜的时候，一支箭从丛林中飞出来射中了我——

"出事了。"

这是一支毒箭，上面的毒会让人在临死前陷入疯狂。

"我的脚出事了。"

一出事就准是爸爸的脚。他右脚上有个硕大的痛风石，黄中带紫，常常散发出腥气，这次就是它破裂了。只见一道脓水从他脚趾上的一个洞里汩汩流出，其中掺杂着几团像白垩似的东西，按说应该是尿酸的结晶。我理应带爸爸去看医生，可他不想动。

因此，我压制住内心那个部落原住民，开始打电话。我首先打给了几位医生，然后是我本想与之一醉方休的朋友。我联系好了全科医生上门看诊，但还要再等上好几个小时。于是，我接着看书去了。虽然爸爸被他体内流出来的东西吓蒙了，但他似乎没什么痛苦。

上门的是一位穿巴伯尔牌夹克的帅气男医生。我太开心了，因为终于有个既不是老年人也不是血亲的人跟我说话了。不过，高兴了没多久，一个令人不快的真相就揭晓了，他比我年轻。那一刻，我坠入了人生低谷，因为世界上所有生物，甚至包括某些静物，做出的选择都比我好。

"巴伯尔"医生非常礼貌，有种能令人放下戒备的亲和力。他注意到了爸爸从海上带回来的纪念品，便和爸爸聊起了大海。气氛十分欢乐，直到他按下爸爸的脚指头，老爷子往后一缩——我从未见过他动作这么快，紧接着爸爸就感受到了击穿天花板的疼痛。我的同情心爆发了。

"感染了。"医生推断。我耐心地点点头，就好像我才是这房间里的权威人士。

他从伤口中挤出一连串不详的物质，做了消毒，然后将其包扎好。我从旁辅助。我们一边做事，一边聊天。其间我还甩出了这些日子学会的几个术语，比如"痛风石"和"清创术"。

"你接受过医疗训练？"他问。我之前就有被插了一刀的感觉，现在他开始转动刀柄了。

"没有。"我说，"眼下我还没找到工作。"

"是吗？可你看上去非常清楚咱们在做什么。"

"是的……"

我想起了《现代启示录》中的一个角色，有人问他是否知道一处无政府丛林前哨基地听命于谁，他只是低声咆哮，表示肯定，然后就消失在了无尽的黑暗中。这时，一张处方递过来，打断了我在脑海中回放的电影——口服抗生素。

"最好快点给他吃上。"医生说，"如果他有拉肚子的症状，及时告诉我们。"

听他的意思，爸爸的情况似乎不太乐观。不管怎样，他要走了，我不禁变得有些激动。我想求他帮忙，把我捎去药店买药，但又有点担心我会突然崩溃，向他寻求庇护，拒绝下车。也许，我可以趁他跟爸爸说话的时候，偷偷藏进他的后备厢。到最后，这些事我都没做，而是自己骑车去了药店。骑到一半，自行车坏了。

煎熬暂缓

■ 2017 年 12 月 23 日

回到家，我翻出了一截旧塑料套管。上次家中某人双脚不能沾水，但又想淋浴的时候，我们就用了这个工具。

"太麻烦了，我不用。"我把它拿给爸爸看的时候，他说。

哥哥和他最小的女儿来访，让家中失落的氛围暂时活跃了起来。妈妈甚至因此鼓起勇气，同意去拜访住在附近的她年纪最大的一个朋友艾达，即鲍勃的遗孀。因为这算是她的一次进步，再加上我觉得自己要是再待在家里一定会疯掉，我决定陪妈妈一起去。毕竟，她要去的地方离家才不到半英里。

看到妈妈和老邻居聊天的感觉很棒。在老年生活中，孩子和专业医护人员或许能有些帮助，但谁都没有老朋友的作用大。我拍了一张她们交谈的照片,发给了艾达的儿子,也是我小时候的一个朋友。这些照片有助于平常不在老人身边的子女彼此热络起来:我们会互相交换它们。单单是看到值得拍下来的画面就很令人欣慰了。

"人老了之后,"艾达说,"兴趣广泛很重要。"

"小区狗吠很重要?"妈妈重复了一遍,没有一点故意打岔的意思。看我们笑得前仰后合,她连忙开始鼓捣助听器。不过,她看到我们笑成这样也很开心。

"我说成什么了?"她故意问道。

"小区狗吠!"我们把答案喊了一遍又一遍,直到她完全搞清楚我们在笑什么。

我都不记得上次这么多人一起开怀大笑是什么时候了。这感觉就像美好的旧日时光又回来了。

■ 2017 年 12 月 24 日

明天的计划是由哥哥开车接我们去他家吃午餐。父母对此十分期待,但同时表现得坚忍而郑重,就像是要去执行一项可能会牺牲的任务。我们好似一支等待黎明破晓的空军中队,清楚自己即将面对怎样的风险、肩负怎样的责任。

我觉得压力太大了,便决定找一个可靠的喘息机会——和安德鲁与他的狗一起来一次悠长的散步。我觉得自己是个失败者，生活一塌糊涂，而且深深感到自己不配和其他生物一起存在于这个世界。我觉得路上的每一条狗、每一个行人都比我日子过得好，头脑也比我澄澈。也就是说，我怀疑我们一定程度上都是在自欺欺人。诚然，我们在生活中会遇上不同的机会，但选择呢？我甚至不确定我们是否真的有过选择。

我路过一座花园，瞧见花园中央有几个孩子正在唱圣诞颂歌，一只雕鸮大摇大摆地从他们面前经过，却被一条老迈而固执的杰克罗素梗盯上了，于是受到了后者孜孜不倦的攻击。不知道这件事反映出了我的什么性格，反正当我看到这一幕时，刚才头脑里那些充满宿命论意味的恐惧全都烟消云散了。

后来，我们一起看了时长149分钟的德语完整版《从海底出击》，我的心情更加轻松了。虽说经历过战争年代的是我父母，但我觉得我也能明白U形潜水艇中那臭气熏天、空间逼仄且时刻有性命之虞的生活。就这样，我醉醺醺地走回了家，一路上还在想，要是我现在去参军，会不会被人嫌弃年纪太大了？

快乐绅士过圣诞

■ 2017 年 12 月 25 日

一觉醒来,我头一个想法就是,我宁愿去执行一项海上任务,也不想和家人一起过节。为什么会这样?过去我挺喜欢圣诞节的,可今天我感觉自己像是被迫在薄脆饼干工厂干活儿的工人。我年轻的时候,正是一次次的出海让爸爸无法在圣诞节与家人团聚,虽然这段回忆与当下形成了诱人的反差,但对此心向往之也实在不太公平,因为我也把自己的日子过得一团糟。因此,我给自己安排了一个秘密任务:好好撑过今天,不许掉泪,也不许打人。

这是个属于奇迹的时刻,因此我的愿望成真了,爸妈去哥哥家吃了一顿成功的午餐,然后回到了家中,我也没做出什么精神失常的举动。虽然我们在哥哥家没有待太久,但整个用餐仪式十分圆满,三代人共聚了一两个小时。爸妈就像某个被遗忘的国度的君主,拖着步子走上阳台,向下方的人群挥手致意。看到他们手中依然握有权力,你只会觉得吃惊。原本想"闹革命"的我一时间竟软了下来,暂且满足于微笑着向他们挥手。

我侄子送了妈妈一张电热毯。妈妈欣然接受了礼物,老爷子却对此多有责备,这给我们都上了一课,人与人之间竟然可以有如此势不两立的世界观,

"铺着这个睡觉会着火的。"他认为。

我有一千个理由反驳他,但终究还是没有开口。回家后,我把电热毯归置好,发现大家都已经睡了。于是,我灌了几口威士忌,也和他们一样进入了梦乡。

■ 2017 年 12 月 26 日

就在我将要走进空闲的卫生间时,爸爸把我叫进了他的卧室。我注意到,他的五斗橱上放着几样东西,其中有他准备用在自己葬礼上的赞美诗,还有一张便笺,上面说他不想把器官捐献用于科学事业了,他还抄录了莎士比亚笔下关于英格兰的文字:"这个大自然为自己营造,用以防止疾病传染和战争蹂躏的堡垒……"

然而,大自然有它自己的计划,伤口感染的情况并不遂

人愿。爸爸脚指头上的敷料已经掉了，露出了可怕的伤口。

我尽力帮他把伤口清理了一下，将敷料再次固定好。我想，反正片区护士明天就上门服务了，没必要在节礼日[1]麻烦别人。同往常一样，爸爸的肠道喜欢自行其是，之前那名医生关于"拉肚子"的预言很快就成真了。现在抗生素不能吃了，至于要不要洗澡，这件事也不用再争了。

我穿上塑料腿套，推着他进了沐浴间。洗澡水洒下来的时候，他紧紧抓住扶手。我看了看镜中的自己，满意地发现我是这个房间中最年轻的那个，只可惜在向着错误的方向生长。在我青春期时，这间屋子用的是日光灯灯管，因此我那张爆满了青春痘的脸在这儿可以看得一清二楚。如果你在那种灯光下看起来都还算顺眼，那么你在别的地方一定好看极了。至少理论上如此。

"水温怎么样？"我问他。

"挺好的。"他说。

无论如何，此刻都算是今天的高光时刻了。我一向会利用小事上的胜利为自己加油鼓劲，但如今，就连"洗澡水温合适"这么小的胜利我都要暗自庆祝了。不过胜利就是胜利，蕴含的力量是一样的。

后来，爸爸不想下楼了，他拖着疲惫的身子回到了床上，这我完全理解。妈妈也没怎么下床。于是，我把烤面

---

[1] 节礼日：圣诞节后的第一个工作日，在英国为假日。

包片端到他们各自的卧室里,然后独自在起居室开着窗户看起了电视,自在极了。最后,妈妈还是下床活动了,爸爸这一天则只有三样活动,上厕所、睡觉和吃饭。我晚上另有计划。之前推迟的夜生活重新提上了日程。

————————

我和克里斯去了我们一个共同朋友开的酒吧,今晚那里要举办"灵魂乐之夜"。对于我们这些可以称为"撒切尔的孩子"的人来说,这恐怕已经成为节礼日一项可靠的固定活动了。

酒吧关门之后,我们和其他中年浪子组了个团,一起朝一家由电影院改成的、令人作呕的夜店杀去。

"你难道不知道我是谁吗?"我冲夜店保镖脱口喊出。

最后他们还是放我们进去了。

我也不清楚我喝的是什么,总之杯子里的酒随着音乐的节奏剧烈抖动着。总之,明天我一定会耳鸣。塑料杯、不加冰的饮料和大脑边缘系统的搏动,这一切抹去了所有过去、近况和回忆。

然后,我感觉手机在振动。我打了个激灵,一下子回到了现实世界。此时已是凌晨两点,手机上显示的是父母家的号码。电话那头一定没什么好事,留在这儿没办法听清手机里面说什么。不管是什么事,我现在唯一可以做的就是马上回家,或者直接去医院。

如果他们在医院，那说明已经有专业人士照顾了，所以，我应该选择回家。在肾上腺素的作用下，我像被兜头浇了盆凉水，瞬间清醒过来。我和大家道了别，指指手机，用口型示意他们"家里有事"。

我没来得及回电就上了一辆出租车，告诉司机把我送回家。在车上，我开始为有可能发生的一切做心理建设。

我能行的。

我们能行的。

人类可以克服一切困难。

我反复默念这些，到最后连自己都差点信了。出租车驶上下山的路时，我看到了我们家的房子，但我惊讶地发现，那里一盏灯都没亮。

我以为，或许甚至可以说我希望，那里会停着一辆救护车。也许爸妈中有一个已经去了，也许他们俩都在救护车上。这时，爸爸那盏特别的阅读台灯亮了，就是商家会在报纸上刊登大幅单页优惠广告、专门吸引老年人购买的那种台灯。灯光刺眼到你只有眯起眼睛才敢直视那栋房子，仿佛那里有一扇星际之门、一道传送门、一条时间裂隙。好在这盏台灯能让爸爸好好看报纸，尽管给他端茶送水时我甚至需要戴上电焊防护面罩。要是这盏灯早点亮起来，说不定我在市中心就看见了。黑暗中，只有爸爸"信号灯"的光芒划破苍穹。

我赶紧进门喊了声："有人吗？"不管发生了什么，妈妈肯定都听不见我的喊声。于是，我循着爸爸的灯光径直跑上楼，冲进他的卧室。

"出什么事了？"

"我只是……"他面露疑惑，手中握着电话，显然他就是用这个拨打了我的手机，"想知道你去哪儿了。"

要说明白接下来的事，我得先补充两句。希望我的话不像是在批评我爸，但在我的记忆中，成年之后，他从未因为想知道我在哪儿或者我过得如何给我打过电话。倒不是说他从未关心过这些，事实恰好相反。

"我担心你会遇上抢劫的。"他补充了一句。

确实遇上了。我暗暗想道，我被你抢劫了。

我相信他这句话字面上传达出来的意思，但坦白讲，如果我果真遭到了抢劫，在我与他之间，他会担心谁的安危多一些呢？最关键的是，我回来了，我回到了这个我心心念念想要逃离的地方。在我看来，他无缘无故一个电话就把我叫了回来，这跟绑架没什么区别。此时此刻，我站在他的房间里，想到这个，又想到这一路上都压抑着内心的恐慌，再加上廉价酒精饮料的催化，一切都化为了怒火，喷涌而出。

■ 2017 年 12 月 27 日

我不知道我说了什么，也不知道我吼得有多大声，但当我头疼欲裂地醒来时，我清楚地记得爸爸害怕的样子。我知道自己犯浑时会让场面变得多么糟糕。我人生中有过许多这样的早晨。我满怀愧疚地走下楼,发现妈妈正在那儿忙活,发出阵阵窸窣声。她阴沉着脸。只有家中的氛围变得别扭时,你才会意识到还有"气氛"这种存在。

我努力解释了几句自己昨天的感受,但她只是一个劲儿地摇头,这比她听不见还要糟糕。她明摆着是受够了,我想,既是受够了我,也是受够了他,更是受够了我们。总之,她受够了一切。

"我生下来可不是为了受这种折磨的。"她最悲观失望的时候就会这么说。

我听不得她说这种话,每次听到我都会赶紧想办法解决问题。我很少觉得(也不敢想)导致问题的会是我。

接着,我又上楼去看爸爸。此时的我肚子疼、脑袋疼、心脏疼,全身上下没有不疼的地方。也许我们能借此机会好好聊一聊。他躺在床上,故意不看我。

"对不起。"我说。

我凑近了,想抱他一下,他没有拒绝。结果"抱一下"变成了一个结结实实、长长久久的拥抱。他身体僵硬地任由我抱着。我们之间隔着的似乎不只是被单。他似乎不能或者不愿回应我的拥抱。然后,他说话了。

"我喘不上来气了。"他说。

是啊,你喘不上来气了,不是吗?我放开他。他指着一盒他喜欢用的成人尿不湿。

"这些是吸水型的,"他解释说,"我想要保护型的。"

哥们儿,咱俩都想要啊。那就回到保护中来吧。

一个重量级拳手的安魂曲

■ 2017 年 12 月 28 日

现在,爸爸拖着被感染的脚走路不利索,只能在我的搀扶下一瘸一拐地去卫生间,再一瘸一拐地回到床上,还好这段路程不长。此外,我还要负责给他做饭,把饭端到他的卧室去。这阵子,妈妈下楼的次数多了起来,可她已经不是我认识的那个女人了,而是一个弱化版的妈妈。她一开口说话就是问自己刚才干了什么。现在的她不能看书,也没法子集中精力或者放松,所以她总是坐立不安、闷闷不乐。不管一个人身处生命中的哪个阶段,遇上这些并存的情况都会觉得难挨。他们俩总是一个觉得屋里太热,另一个觉得屋里太冷。而且,他们会频繁地叫我,尤其是爸爸,导致我现在一听到自己的名字就哆嗦。这座房子令人窒息，里面的管道系统也频频呻吟，仿佛它也承受着无尽的痛苦。

只要走出家门，我就会做些事情调节心情。比如遛狗，或去克里斯家，看看他那活力四射的小儿子。这让我觉得很治愈，同时又莫名酸楚。有时候，年轻的生命就是会扰乱思绪，让你为自己年轻时未曾做的事情感到遗憾。

■ 2017年12月29日

今年早些时候，朋友格兰特的母亲因癌症去世了，如今他才开始慢慢清理他们住的地方。今天，他开他母亲的车接我去了他家，给我做了一顿极美味的饭。格兰特在意大利生活过一段时间，所以厨艺精湛。撇开意大利面不谈，从他做的事中流露出一种天然的伤感。他是在告别自己度过了童年的房子，那也是我们都熟悉的房子。

我开始思考经历过丧亲之痛的人。我见过有些人选择直面痛苦，现实生活的重负让他们不得不如此。在这个世界上，他们才是解决问题的人，但解决完问题，遗留的悲伤还是要慢慢消化。一个朋友和我聊过她的经历，她离开童年的家之前，将每一扇门、每一处橱柜和空间中的声音都录了下来。我感觉到时候我也会做这样的事。我不是那种能和过去一刀两断的人。我需要一样纪念品。

在格兰特的启发下，我决定试着给妈妈做顿意大利面。但是，我犯了个错误，恰好在她耳朵不好使的时候问她想吃哪种面。

"什么？"她问。

"扁面条。"我回答。

"什么？"

"扁面条。"

"什么？"

"扁面条！"

"什么？"

"扁！面！条！"

"什么？"

到这个份儿上，我开始用一包三文鱼肉拍自己的脸，就像在搞什么行为艺术。

扁面条！（啪）扁面条！（啪）扁面条！

"哎呀，你冷静一下。"妈妈说。

■ 2017 年 12 月 30 日

爸爸的整个脚都红了。我给诊所打电话，他们派来一名医生，我带着她上楼去看老爷子。她把敷料从他的脚趾上拿掉，立刻变得满面愁容。我则顿时骄傲起来。知道自己不是被什么平庸小病搞得人仰马翻，感觉好极了。

"去趟医院，你觉得怎么样？"她问他。

这时，一股新的情绪涌上心头，将刚才的骄傲压了下去。要是他进了医院，我们还能放松一点，把注意力更多地放到妈妈身上，或者可以什么都不做。在他开口之前的那个瞬间，涌上我心头的是，希望。

"不，"他说，"不去医院。"他看起来十分恐惧。

我的希望凋零了。我知道这意味着什么。

我们努力劝了他半晌，他一句话都听不进去。医生只能放弃。最后的结果是请片区护士每三天来一趟，为爸爸检查伤口。我提出了敷料不牢固的问题。太多东西从里面流出来了，我不得不反复清理，重新放上敷料。

"你愿意一直做这件事吗？"

我做了个意思尽可能接近"不愿意"的肯定手势。

她给爸爸换了种效果更强的抗生素。这对他的肠道，以及我对他肠道"产物"的清理工作来说，都是个坏消息。

"我还能喝上一杯苏格兰威士忌。"他夸张地宣称。

她皱起眉头。

"他平时喝多少酒？"

我再次做了个矛盾的手势。

"你现在吃着挺多药的，"她说，"喝酒可不好。"

接着发生了一件惊人的事。医生当时正坐在爸爸的床沿上，爸爸从床上撑起身子，开始如拳击手一般左右晃动身体，开玩笑似的向她挥着拳头，好像他是个正在求大人帮忙的孩子。

"让我喝一杯吧！"他说话的口气令人同情，而且不知怎的，样子显得既做作，又真诚。

"让我喝一杯吧，喝一杯……"

我从未见过他像今天这样，爱闹腾，而且有着丰富的肢体语言，我意识到，这会成为我未来日子里挥之不去的一幕，它将像有毒的泥浆一样沉淀在我脑海深处。小时候我希望有一个这样的爸爸，他却从没给我留下类似的印象。

还有，他从不考虑他的顽固会给我们其余人带来怎样的影响……这一点让我震惊。我觉得自己受到了侮辱，心里空荡荡、孤零零的，难过极了。我甚至不记得医生后来说了什么，我也不关心了。我这辈子都盼着能从一个向来缺席我生活的男人身上找到榜样的力量，可到头来，我们却变成了现在的样子，我也只能接受现状。我的心理咨询师说，幼年的住所会深埋于记忆中，甚至比语言和意识记忆埋得都深。不管我曾经埋藏了什么，当初的废墟都在今天从记忆深处冒了出来。

我们现在这个状态，用专业用语来形容的话，应该就是"近端分离"吧。虽说我们在身体上从未有过比较亲密的接触，但我也从未觉得我们像现在这般遥远。最后，我还是选择将自己的感受存档，继续生活。

"你对旧时的 LSD[1] 有什么看法?"我们吃晚餐的时候,妈妈问。

她指的是钱,以前用的英镑、先令和便士,但我忍不住哈哈大笑。今夜,迷幻药或许比现金更能帮上忙,可那样一来,家里需要的医生就更多了。

你以为你战胜了某种恐惧,但生活永远不会这么轻易放过你。我曾以为不管爸爸足部的脓疮中会冒出什么东西,我都能帮他清理,可今晚涌出的脓水挑战了我的极限。

最后,我挤出了他的毒,咽下了自己的苦。

---

[1] LSD 即 £sd:1971 年英格兰银行实行新货币进位制之前的旧英镑体系,与迷幻药的缩写"LSD"相同。

狼狈的老人

■ 2017 年 12 月 31 日

我在噩梦中听到了恸哭声。哭声连绵不绝,将我吵醒了,我这才意识到这不是梦,是现实。那是爸爸的声音,从卫生间传出来的。他没有叫谁的名字,也不是在喊人帮忙,只是在单纯痛苦地哭泣。

我把卫生间的门推开一条小缝,刚好能看见门后是他的两条腿。他一定是摔倒了,现在正躺在地上,身体抵住了门。我把门将将推开了几厘米,可他朝我的方向蠕动了几下,不仅没起什么效果,反倒很快把门给关上了。他说过,眼下这种情况便是他害怕的事情之一。我之前想过把合页反过来装,好让门能朝外打开,可我不知道具体怎么操作,后来就不了了之了。于是,就有了我们今天的困境。

"你能挪动吗?"

他用询问的语气叫了我的名字。我再次推开门,差点就挤进去了,却又因为他的哭号退了回来。我知道,这时候应该拨打急救电话。只要医护人员来了,我们就有机会把他送进医院,让他在那儿好好治病,我们也好休息一下,可是我没打这通电话,而是置大家的利益于不顾——尤其没有顾及我自己的利益,同时也不管他的低声抗议,通过门缝挤进了卫生间。

里面俨然一个犯罪现场。他躺在浅蓝色的瓷砖地上,围着马桶的底座像胎儿一样蜷着身子,双腿之间缠着导尿管和连接夜用引流袋的长软管,其中一条腿还在流血。那条软管应该就是导致他这次摔跤的元凶。

"我在哪儿?"他问。

我想把他抬起来,但没成功。

"你得跟我一起使劲才行。"我说,"用点力。"

他这才开始一点一点地撑起自己的身体。这点助力已经足够我将他搀起,安排他坐到马桶上了。

"发生了什么事?"

"我想你是摔倒了。咱们要不要给医院打电话?"

"不。不要叫医生。"

我清洗了他腿上的伤口,帮他包扎了一下。他似乎一点也不疼,同时神志也不太清醒。过了几分钟,在我的帮助下,他回到了卧室。

整个上午，他都想不起发生了什么事。此外，他脚上的敷料还是固定不住，不断往下掉。尽管如此，他依然提出要喝杯茶。生活哪怕暴露出了最狼狈的模样，还是要继续。

不一会儿，我们又回到卫生间，开始挤脓疮。这回，我克服了恶心的感受，因为我把所有的注意力都放到了提高敷料的牢固性上，每次剪绷带都加倍认真。我告诉自己，撇开有伤尊严和种种不便不谈，我们过得并没有那么糟糕。这是一个很好的三十分钟的仪式。在某一刻，他会为一切道歉。

"对不起。"他说。

"没关系。"我回答。我相信，这两句话都是发自真心的。

然而，我不小心把太多消毒剂洒在了他卧室的地毯上，把自己熏得泪水直流，那气味怎么都清理不掉。不知怎的，爸爸倒是对那气味免疫，我想打开窗户散散这消毒剂的蒸汽，被他阻止了。只好任那股恶臭在屋中飘荡。

比较而言，妈妈就容易照顾多了。尽管她和以前不能比，但至少她能自理，能行使她那脆弱的自主权。他们从来不说要去哪儿走走，提出这种建议的只有我。

下午过半，夕阳西沉，我出门散步。往回走的时候，我看到了焰火。我回想着自己参加过的所有新年派对，注视着那些注定与我无缘的派对烟花在空中绽放。

我得离开这儿。

我给克里斯去了个电话。他的伴侣是助产士,上夜班。等他家最小的孩子睡着,他就可以陪我了。我赶去他家,跟他喝了几杯。午夜时分,他在沙发上睡着了。我看了看他,又看了看他与家人的照片。

步行回家的路上,我告诉自己,生活就是我们在任何特定时刻做的事,而不是一些关键点的总和,不是你把它们总结成某种遥远的胜利或空洞的失败。好坏不论,生活就是生活。

■ 2018 年 1 月 1 日

早晨要做的事越来越烦琐。我现在有了一套固定的程序,先照料爸爸,给他的脓疮(现在它们长得比脚趾还大)挤脓水,换敷料,把他从卫生间搀回床上,然后做好早餐给他端去,顺便看看妈妈的情况如何。等他们都吃过早餐,如果到中午都没发生什么状况,我会冲个澡,这样便是圆满的一天了。

日落之前,我会带妈妈在我们住的街区周围步履蹒跚地绕上一圈,虽然她走路的样子不太自然,但这点运动对她来说非常有必要。门前道路的坡度和开裂路面上生长的大片苔藓让我们的散步活动危险重重,甚至对我来说都是安全隐患。因为长期不出门，妈妈的脑子有点糊涂了，不过我也不知道自己有没有资格这样说她，毕竟以他们的标准来看，我是个抑郁症患者。这项活动会花上不少时间。我要是抱着她走这段路兴许还能快些、容易些，可那就没意义了。

我们距离我家前门只有一百米，但我感觉自己是在带她四处参观游览。我喜欢这样。这才是老年人该有的样子——呼吸着新鲜的空气，任回忆在脑海中翻涌，与亲人相互依靠。这样的照顾我能给。

我们转过街角，回到门前那条路上。前方的家中亮着温馨的灯光，但我却有种不祥的预感。在那个家里，什么事都可能发生，而且确实有不好的事即将发生，我感觉得到。那里一定会有突发事件或者骤然的改变，不然就是我自身会出问题。

在黄昏中，在光秃秃的树下，在我的想象力曾播下各种恐惧种子的地方，现在我感觉很安全。家门里的生活变得如此艰难，有时我宁愿待在家门外，做个局外人。

压力下的体面

■ 2018年1月2日

我们和片区护士约好了上门的时间，于是，我格外用心地保持着爸爸脚上敷料的整洁。如果这就是我现在的工作，那么我想听到专业人士的夸奖，希望得到认可。如果这就是我的人生，那至少要让别人觉得我过得游刃有余，或者说不算太糟糕，再或者有其他正面的评价。如果我游离于当下，就会发现那未知的未来、可悲的过去，都比现在发生的事情更糟糕。在这非我所愿的混乱中，我知道自己是谁，也知道有人需要我。我就像在超级英雄大会上迟到的人，眼看着所有酷炫的服装都被别人挑走了，只好穿上自己平常不会主动选择的制服，因为它好歹也代表着一种身份。

我告诉自己"我很棒",但其实我已经撑不下去,就要分崩离析了。在有些日子里,我得服药才能睡个好觉,喝酒才能保持清醒,而我住的地方恰好到处都是药和酒。比起我内心的崩溃,还是父亲的各项身体机能持续衰退得更厉害。他的脚看上去像是被火烧过一样。红肿的部分逐渐盖过了他的脚踝,开始向他的腿蔓延。我们坐在他的床沿上,仔细查看伤情。他现在会愿意去医院吗?

"不去。"他没好气地拒绝了我的提议。

我下楼去给他做早餐,看到报纸和电视正在轮番报道每年冬季医院里的病床短缺危机。手术纷纷取消,患者只能在走廊里等待。这种情况似乎有日益严重的趋势。也许爸爸现在根本不符合入院的标准,医生建议他住院治疗都好像是上辈子的事了。他惊恐无措,妈妈苦不堪言,我怒火中烧。脓毒症撕咬的是脚趾,恐惧吞噬的则是灵魂。

今天早晨,我楼上楼下地跑了好多趟,感觉自己都要抓狂了。我和爸爸都爱看《铁窗喋血》。有分析称,这部电影是献给固执倔强、魅力十足且有自毁倾向的反叛者的一首赞美诗。在影片中,残酷的狱警命令主人公卢克挖完坑再填、填完坑再挖,直到他体力不支,精神也接近崩溃。虽然,像反复挖填土坑一样再三表示拒绝、只为了逃避被他视为监狱的医院的是父亲,但在无休止的往返中快要崩溃的是我——他的贴身男仆。我崩溃过,所以知道那是什么感觉。我体内正警铃大作。

闲暇时间变得少之又少，有时候，我干脆站在一个地方不动，以这种方式休息。今天，我选择站在过道里，因为那儿是一个中介地带，介于餐厅（代表着可能的未来，我喜欢在这儿上网）、我的卧室（代表了旧日时光，我会在这儿细细查看塞满了少年时代破烂儿的抽屉）和这座房子里爸妈占据的其他房间之间。这时，前门传来了敲门声。

我吓了一跳，就好像那是意外响起的枪声。这种反应是我濒临崩溃的另一个征兆。我听见妈妈发出了"啊"的一声，这意味着她正在努力从坐的地方站起来，或者正在搬什么重物。不过，现在她就连拿起提包来都会发出这种动静。那声"啊"介于精神亢奋的詹姆斯·布朗和情绪暴躁的死亡金属音乐家之间。对于她这种身材的女人来说，能发出这样的声音这是件了不起的事，但如果你听到了，不妨把它当成一种战斗号令。

"我来开门。"我喊道，然后打开了门。

是片区护士。虽然她并不是我认识的那个团队中的一员，但我也很欢迎她的到来。踏进我家门槛的专业医护人员我见得多了，非常清楚自己不该把他们当成偶像去崇拜。他们和我们其他人一样容易陷入情绪的旋涡，一样会做出疯狂而愚蠢的事。考虑到他们的职业，他们很可能比我们的状况更糟糕。但不管怎样，看到这位年轻的姑娘亲切地望着我，我立刻平静下来，甚至有了一些信心。也许，我终于不必全靠自己应付这一切了。

"您父亲呢?"她问。

我喜欢她语气里的戏剧性。我们现在可以在任何一部电影里当主演了。我带她上了楼,一口气把爸爸的症状讲了一遍,还描绘了当时的场景。

我介绍了情况,他也说了自己的感觉。护士在一旁点头聆听。我希望她能注意到我有多用心地包扎了他的脚,但她麻利地将绷带解开了,看来她有自己的节奏。

她用棉签抹去伤口流出的脓液,手轻轻滑过正在向爸爸的大腿蔓延的红肿。他的脚是紫褐色的。我给她看了爸爸吃的抗生素和给药方案中的其余细节,复述了一遍我们上次和医生之间的对话。然后她说了句特别令人开心的话。

"您得去医院。"

爸爸开始使出宁死不从的劲儿做抵抗,可这位护士姑娘做事很有一套。爸爸抗议说:"医生说过……"但她温柔而坚定地缴了他的械。我做好了支持她的准备,就像我们陪另一个人上断头台时那样,通过漫无目的地说些加油鼓劲的话来支持她。但我看得出,他已经技穷了,而且还满怀恐惧。

他待在家里毫无意义。为了照顾他,我们所有人的活力都要被榨干了。可他就是认为去医院是个糟糕的选择。他坚定地相信"进了医院就出不来了"这类无稽之谈。我指出,今年他已经进了四次医院,每次都出来了,比猫王回归舞台的次数都多,尽管他并不想像猫王一样死去。现在,"拉斯韦加斯"再次发出召唤,可是我们的猫王觉得自己胜算不高。

"不去。"他说。

"爸……"我说。

妈妈在楼下叫我,护士示意我下去看看。我忘了妈妈叫我做什么了,可能只是要提醒我她之前说过的什么话或者对那句话做一点补充。我处理完之后,再次上楼的时候,感觉自己被这沉重的一切狠狠打了一闷棍。就像一只困在钟表里的老鼠被钟摆敲打着。

平常本就像没头苍蝇一样乱撞的"振动状态"忽然加速,成了超越外部声音和内部情感的存在。分子的移动阻止我靠近父亲的卧室,就好像现在情感现实化为了某种物理障碍。我在楼梯上尽可能地蹲下身子。暖气管道有条不紊地继续发出当啷当啷的声响,除此之外,在所有其他的感知层面上,时间都是静止的。

我那间旧卧室的灯光透过窗口,斑斑点点地洒在楼梯的地毯上。从这光影图案中升华出某样东西,卸下了我的绝望。这时,只要你愿意,体面就会走进你的世界。

然后我就明白了,不是通常懂得一个道理的那种"明白",是那种带有解脱感的、从根儿上悟到的"明白",不管接下来发生什么,我做或没做什么,最终这些都不重要。这次领悟给了我足够的能量站起来走回去,放弃怨恨和指责,回到卧室里。都过去了,没事了。护士抬起头来,看着我说——

"他会去的。"

爸爸去医院要带的行李我们向来都是准备好的,里面有他的睡衣、现金、手机和充电器,还有书、牙刷、梳子和收音机。我把包取来。因为还没从"缓刑"带来的震惊中回过神来,我感觉自己走路像梦游一样。我不会认为任何发生在我身上的好事都是理所应当的。他是要去做检查,而非住院治疗,所以我们可能连一晚上的休息都得不到。

"医院没有床位。"他念叨着从报纸上看到的话。

"这恰恰说明了你的病情有多严重、你有多重要。"我补充道,"没人做这事是为了好玩儿。"

把他送进医院需要经过相当多的步骤,看到护士娴熟地处理各项事宜,我对她的尊敬变成了全然的惊奇。她在同一时间与全科医师、医院的微生物科、救护车服务站和医院的入院处展开了多次沟通。

她在我家厨房的餐桌上建起了办公总部,又是填写纸质文件,又是通过我们的座机拨打电话;与此同时,她还要做到对自己的手机视而不见——只要她没在用那部手机拨打电话,它就会不断振铃。她解释说,是上级在催促她去做下一项工作。她的举止始终平静而稳重。等这些事务告一段落,她隔着桌子看向我,问我过得怎么样。

一个简单的问题让我瞬间破防，我拼命忍着才没让泪水决堤。要不是我靠着厨房的台子，很可能就出溜到地上了。她点点头，就好像一眼看穿了我的内心，知道我为自己编织的谎言和父亲脚趾的恶臭一样，显而易见，却持续不了多长时间。我过得怎么样？这种问题已经有好久没人问过了，更不用说出自拯救我的恩人之口。她出其不意地来到我家，像圣徒一样为患者答疑解惑、排忧解难，也将这份福祉分给了我。

"照顾好自己，"她说，"这么重的担子你不能一个人扛。找人来帮忙吧，不然光靠你是没法子的。"

我还是想跪倒在地，不过这次是想要表示感谢和哀求。

等一切就绪、订好了救护车，她解释说，爸爸不用去急诊部，这让他松了口气。她还说，稍后全科医师会来电确认他的收治事宜。我一时间不知该怎样表达自己的宽慰之情。就在我要开口道谢的时候，她出门去和上级通话了，我听见他们隔着手机喋喋不休地倾诉着对彼此的怨恨。她已经在这儿待了一个多小时了。

医生来电话了——或许就是那天陪爸爸"练拳击"的那位，她的声音中透着焦虑。她说爸爸将被送到门诊部门进行评估。我能听出来，她想赶快挂断电话，但我不喜欢她的安排。

"去门诊意味着他得走路，"我指出，"可他走不了路。"

"不会，情况并不像你想的那样。"她说。

只可惜，接她电话的是个想紧紧抱住自由不撒手的、咬文嚼字的书呆子。

"去门诊意味着他得走路，"我重复了一遍，"可他走不了路。他需要一张床。"

我就差直说"老天保佑，就让他在医院过夜吧"这种话了。

"我们会评估他的状况。"她只回了我这么一句。

于是，我们开始等待救护车到来。我跟妈妈讲了事情的进展，她显然松了口气，就像我告诉爸爸一切都会好起来之后，他显然表现出不安一样。

遇上害怕的事时，爸爸会像受惊的驴一样尥蹶子，可一旦知道事情无法避免，他倒是能很快适应新变化。护理人员随救护车赶到时，他已经变得坚忍而友善了。他们把他放到可折叠的担架上，将他抬下了楼。我把卫生间那面小镜子塞进了他的随身行李包里，然后跟妈妈吻别，关上了门。

这次，我们没进 ICU，也没进堪比 ICU "护城河"的乱糟糟的急诊部，我们没去见识那些地方的高科技奇观，而是从容地走进了一块新地盘——门诊部。这里有六张床位供等待评估或者接受各种临时处置措施的病人使用。

尽管各大报纸的新闻标题描绘的是另一番景象，我们来的这家医院还是一派风平浪静。医院用棉签擦拭了爸爸的伤口，还给他扎针抽血、拍 X 光片。他的脚看起来糟透了。我敢说，那些无意间瞧见他伤口的人都会先愣住，过一会儿才能做出反应。我再次为爸爸感到骄傲。人这种生物可真是了不起。两小时前，我还处在精神崩溃或神经错乱的边缘，现在我却考虑起该在生病的父亲身边卖票。

接下来就是等待检查结果了。即便结果迟迟未出，我也觉得心情平静。我告诉爸爸有事就给我打电话，我出去走走。然后，我开始像跟老朋友打招呼一样问候熟悉的走廊。早上好，急诊科。新年快乐，心内科。

———————

排队买咖啡的时候，我意识到了我所处的环境，医院的特色环境。在这间咖啡厅里等着的都是数一数二的不幸者——正在接受化疗的孩子和身患痴呆症的老年人，跟他们一比，所有的烦恼都算不得什么了。当然，如果你苦恼的是自己的病，那就是另外一回事了。总之，对我们其余人来说，人间处处是祝福。

这儿有一款三明治我很爱吃。今天三明治的味道简直像天堂。虽然我没有这家店的会员卡，但我比去任何一家餐厅吃饭都要开心。身边有人在哭泣，但那有什么关系呢？又不是我把他们惹哭的。我给爸爸也买了一杯咖啡，然后悄无声息地穿过人群，向门诊部走去。

医生回来了。不管在爸爸脚里捣乱的是什么东西，只有通过静脉注射抗生素才能把它们干掉。也就是说，爸爸得住院。我没有朝着空气打上两拳,也没做出别的不体面行为,但我打心底松了口气。

"我接受。"爸爸说。

我对此表示由衷的感激。尽管我似乎受到了某种超自然力量的触动,但如果再进一步与之对抗,我就会化为液体,而他们就可以把我的精气神儿和身体无法容纳的东西一起倒进水槽。

尽管老爷子有着种种担心与害怕,但只要权威人士发了言,他就会乖乖听话,而他现在面对的正是一位权威感十足的医生。医生对病人的态度就像喜剧从业者表现幽默时的节奏,失之毫厘,差之千里,风险极高。感觉对了,皆大欢喜;要是感觉不对,我可是见过爸爸对某些医生积怨已久的样子。同样,他有时会很快把某些医生奉若神明。今天的执业医师就被他妥妥地分到了值得爱戴的医生那一类里。看到爸爸眉头舒展,似乎归于平静,我便离开了。至于我是怎么从医院回到家的,我毫无印象。

爸爸不在的六个小时里,家里收到了亚马逊发来的多个快递。我把它们稳稳当当地堆在一起,于是爸爸的椅子上就多了一座由乱七八糟东西垒成的纪念碑。接下来的几天,快递将会逐渐减少,最终会有一天,一个快递都没有了。我调低暖气温度,费力地打开起居室的窗户,吸入清冷的空气。每次因爸爸住院得来喘息的机会,我都会(大多数时候只是希望会)进行一次释放。但是,我们必须适应一些新的也许是加速的生活节奏,重新认识我们的世界。连保持稳定的生活都成问题时,即便是进步也让人感觉像一次始料未及的打击。妈妈下了楼,问我接下来会怎么样。我已经很久没法子回答这类问题了。

　　我只能说,该怎么样就怎么样。

手术刀下

■ 2018年1月4日

因为爸爸住进了医院,我入睡比以前轻松了许多。不过,白天的事依旧安排得满满当当,其中头等大事就是去医院探望他。如果借姐姐那辆小丑似的自行车骑到医院,只需要十五分钟。爸爸说过,他喜欢我家这座房子的原因之一就是它离医院很近,这体现了爸爸的实用主义,但同时也让我疑心他像恶魔般的领袖一样,早在四十年前就做出了这番变态的总规划。也许明智的选择就是这样吧,我无从得知。我只知道,至少眼下的日子和之前的大不相同,只这一点就让我精神抖擞。

我打算一天去看他两次。如果我到的时候正赶上医生查房,那就可以得到关于他病情的第一手情报。要是靠爸爸转述，免不了出现错误，造成我的困惑。在这种状况下，情报并不必然代表着权力，但它有利于我们保持精神健全。至少，它能提供一种解释。若是身边没有为他说话的人，爸爸就会不知所措，成为被机器唬住的幽灵。

爸爸住进了血管科的病房，他的脚难以愈合是基于两个同等重要的原因：其一，他足部血管状况不佳；其二，他的脚始终存在感染的可能。所以，爸爸预约了冠状动脉成形术。医生将会在他的一条血管中放入一个球囊，让充气后的球囊扩张血管，然后再放入支架保持血管扩张的状态。可麻烦的是，冬季里医院常常一床难求，手术很可能会临时取消。

在等待手术期间，爸爸的活力其实恢复了一些，因为他至少没有住进一直害怕的老年病房。他的病友们都比他年轻，很多人即将接受截肢手术或正在术后康复中。有些人比我都年轻。在这里大概率能遇到当过水手的人，考虑到我们这座城市的特点，这并不奇怪。

有个三十多岁的病友最近刚刚截掉一条腿，因为没人探望，他认定我是帮他买甜食和香烟的最佳人选。糟糕的饮食习惯和烟瘾对他产生的影响，恐怕数十年的兵役都比不上。在我看来，这种情况特别常见。一个人的健康问题往往被视为他自己造成的，但其实每一个自作自受的"自己"背后是不同方面的贫困：他们缺少的可能是经验、金钱、人际支持，抑或只是一点好运气。

■ 2018年1月7日

妈妈也开始痴迷于身心联结与自我诊断。

"我学到一个新词儿。"她说,"就是'精神压力'。"

爸爸不在的这些天,她一直在默默地自我重建,就像某种深度人工智能,或者某种刀枪不入的未知物种。现在她回来了,读起了报纸上讲精神压力的文章。

"我的问题就是有精神压力。"

只要她在新闻中读到了喜欢的内容,就会天天念叨,把那篇报道一遍又一遍印在她地方报纸似的头脑中。

"人们逐渐意识到,早餐得吃得像样点!"一天早晨,她举着报纸的头版冲我大喊。

她可能是在含蓄地抨击我的素食主义,更有可能是在驳斥现代饮食趋势。还有一次,她警告我不许再吃罂粟籽百吉饼,因为那会导致尿检中出现海洛因阳性的结果。诸如此类的事件不胜枚举。

但是,她的确意识到了精神压力是个严峻的问题,我单单待在这儿就能感受到它,更不用说退休后忙了四十年家务、还要为三个子女操心的妈妈了,我甚至无法想象她承受了多少精神压力。所以,我还是不想象为妙。为了让父亲安然度过一次次危急时刻,或者只是为了满足他待在家里的愿望,母亲牺牲了自己的健康和快乐,一想到这里我就无法接受。

我把妈妈、姐姐和哥哥叫到一起开了个会。在会上，我援引了那位片区护士说的话：我们需要给家里请一个专业的帮手。我发现，这其实是一段时间以来大家达成的共识，只是大家虽然对此有切实体会，想法却往往转瞬即逝。通过在家照顾父母，我可以在某种程度上否认某些现实状况，这些现实状况外面包裹的是我的自我否认。照料老人会产生某种相互依赖的关系。这种日子过不了多久，你就认不出自己了，反正这些方面的问题我都遇上了。

尽管我们很高兴得到了喘息的机会，但爸爸住院的根源（糖尿病的不良影响引发的痛风）还是在家庭成员中掀起了一些旧怨。尽管我深知指责他人时那种昙花一现的愉悦（我也确实有过这样的感受），但话说回来，此时此地，这对我们有什么好处呢？

每个人都会向他人释放自己的情绪。说得好听点儿叫"发泄"，但在我看来，这就像一场无止无休、令人痛苦的击鼓传花游戏，我们只是在游戏中传递自己的愤怒而已。和许多家庭一样，我们也是这样生活的。有一天，妈妈为爸爸大感焦虑，我不得不先把自己摘出来。

"别这样，"我夸张地说，"别把我当作你情绪的垃圾桶。"

我把那次对话告诉了姐姐。她说她真希望自己三十年前就说了这句话。事实证明，在这个散兵坑里你能学到很多东西。尽管如此，我们还是希望找到一个比这更好的办法。

我给爸爸更换了床单，整理了房间。那里仍然充斥着消毒剂的气味。习惯这种气味之后，我开始待在那儿查看那些对他来说很重要的事物。奇怪的纪念品，那封手写信，上面写着他无论如何都不希望自己的尸体被用于科学研究，我相信这个消息一定会让痛风博物馆的某些人心碎的。

趁爸爸不在，我好好看了看我们的家。我将他椅子上那座"亚马逊方尖碑"移开，坐了上去。很舒服。我终于明白他为什么讨厌从椅子上站起来了。

医院通知说近期诸如病毒肆虐，请患者家属取消不必要的探视，因此妈妈去看望爸爸的事就没有提上日程。虽然不能见面，但他们每晚都会打电话，只不过一个耳聋得厉害，另一个又基本上无话可说。

不过这种通话自有其甜蜜之处，两个人一起过了大半辈子，竟然还是会互道晚安。在我看来，在老年人生活的遥远行星上，在那个远离青春阳光的地方，以礼相待至关重要。

等候

■ 2018年1月9日

尽管爸爸住在医院，他依然非常擅长遥控我们做事情。我的手机摔坏了，所以我给医院打电话，让他们转告爸爸不要打我手机。他从来不接自己的手机电话，也不看短信，那东西对他来说完全就是供他使唤人的机器。晚上九点的时候，他打家里的座机找我。因为时间挺晚的，我做好了听到重大消息的心理准备。

"我需要一根圆珠笔。"

"现在？"

对面停顿了一下，他应该是在好好思考这个问题。

"明天。"

"好，明天我去医院给你买一根。"

"不行。从家里给我带一根。"

■ 2018年1月10日

"我要做输精管结扎手术了。"第二天早晨，他告诉我。当时他手里拿着一根钢笔，是他之前就有的笔。

他说的其实是血管外科手术[1]。我们都笑了，可做手术前，当他得知自己接受全身麻醉会有怎样的风险后，又变得严肃起来。我也听见了，心想这样死去倒也不错。也许他也是这么想的。不过，我们俩谁都没说话，所以真相也无从得知了。就这样，他们推着他往手术室走去，我则决定在周围走走。

当医院带来的新鲜感退去，我把大部分时间都花在了等待他苏醒、清洗身体或无奈地接受某些新手术上。结果，我开始像个幽灵似的在医院走廊中游荡，直到感觉自己需要找个地方窝起来。为此，我来到了医院的小教堂。在这么庞大的机构中，这里是唯一没标明科室名称、与医疗无关的地方。在医院，你要么待在病房，要么去室外和那些亡命徒一起抽烟。除了这两个地方，能驻足的恐怕就只有

---

[1] 在英文中，输精管结扎手术（vasectomy）与血管外科手术（vascular surgery）发音较为相近。

这座小教堂，或者赛百味了。

除了空间本身，此处还有一样利于患者康复的特别事物，那就是布告栏——人们将感谢和祈求神明帮助的话写在纸条上，再用大头针固定在布告栏上。纸条上的内容颇具启发性，同时也让人觉得苦乐参半。这么说不仅是因为其中有些人的经历比你还惨，还因为你会看到一些性格单纯、满怀爱心的人竟然要在与病魔的残酷战斗中面对极大概率的失败。我渴望得到救赎，但似乎我得先过了羞耻心这一关。

"请守护我的父亲，保佑他安然无恙……"

"请保佑我们家挨过这段艰难的日子……守护我的爸爸，给予他力量，让他拥有比我更长的寿命。"

我越看越觉得羞愧，因为这些话打死我也说不出来。于是，我决定把它们大声读一遍。虽说这是借来的情感，但我将其宣之于口时，它一点儿也不比出借方的虚假。读完之后，我感觉好多了。但若是重来一次，我无论如何都不会去看这片伤心事汇成的湖泊。

还有一张字条上写着，"请聆听我对健全心智的祈求……"

这我认同。

几个小时后，他回到了病房，神志清醒、心情愉悦。他大腿上的切口小得不可思议，医生们就是通过那里施展了显微手术的魔法。另外，他们还把他脚趾上巨大的赘生物切除了。那只脚看起来已经接近正常了,尽管它看上去依然像是行走了一个世纪之久,但至少没那么像 H.R. 吉格[1]会设计出的那种霍比特人式噩梦了。

吗啡给他带来了一点不易察觉的副作用,那就是让他变得比以前更偏激了。他通过床头的电视看了一个关于乔治·萧伯纳的节目,看完之后滔滔不绝。然后,他还给我看报纸上一名工党议员的资料,说她看起来不错。他以前可不是这个样子。

他进入了一种半梦半醒的状态,这在服用阿片类止痛药的病人中很常见。这种药还有一种著名的副作用,它会让人便秘。因此,爸爸围绕他是否拉了一泡屎讲了个长达十分钟的段子。

"结果我没拉,那只是一场梦。"最后他揭晓了答案。

听到这么一个不是故事的故事中令人瞠目结舌的尺度与细节,我实在不知该说什么好。

"这事儿你可以写进剧本里。"他热心地说。

我上次为一部成功的电影写剧本已经是十年前的事了,可要论他对市场的把握之坚定,只有他那紧抓粪便不放的肠道可与之媲美。

---

[1] 汉斯·鲁道夫·吉格:瑞士艺术家,曾任科幻惊悚片《异形》的美术设计。

边际收益

■ 2018年1月12日

对于喜静的人来说，住院相当难熬。仪器没完没了的哔哔声、迟迟无人理会的警报声、神志不清的患者的喊叫和神志清醒的患者的哭号，这一切全部叠加在一起，使得爸爸难以入眠。妈妈在家也睡不好，还因此变得烦躁易怒。我们全都在为同一个问题而苦恼。

他什么时候回家？

爸爸刚做完手术，而且没有出现其他新问题，所以康复事宜就交到了医院理疗医生的手中。他什么时候可以出院，都归他们说了算。就像战争接近尾声时，军医会被迫批准身体条件不合格的应征者上战场，现在他们把准许病人出院的条件也放得很宽，仿佛这是件十万火急的事。换作是你，也会这么做。

尽管现在爸爸没准儿都能被一脚好球送走，但他还是很快得到了"身体健康，准许出院"的评估结果。直到去年，康复疗养院都还能为父母的朋友提供从医院到家的过渡，可现在它们都关张了，是国家取缔的。

我有过这样的经历。就算你不支持家人匆忙出院，医生也会带着一脸祝贺的微笑，正式宣布你的家人康复了。其效果更像是餐厅为你上了一道用银盘盛着的菜，掀开盖子，你却发现盘中是一只被车撞死的动物。于是，你就会想，我该拿它怎么办？

到现在为止，病人享受过围着他转的专家团的照顾，也领略过"民兵组织"那不掺杂个人感情的粗放型照顾，现在轮到你照顾了。咱们这位老人身体虚弱，需求颇多；他的妻子不仅孱弱，还总是条件反射般地迎合他人的需求；他的小儿子，距离精神病患者仅有一步之遥，为了不让他像高空抛物一样重重砸在妻子与小儿子身上，恐怕要由后者游说一番了。讽刺的是，我得表现得比实际情况还不稳定才能起到效果。

头号任务是，直白地道出我们这个复杂局面中无可辩驳的真相。如果他出院回家，凡事都依赖妈妈，那最后的结果就是，他们两个都得进医院。

"你不是在家住吗？"这是我接下来要面对的问题，也是个很难回答的问题。我在家住，但是要照顾好你，我依然需要许多帮助，这是一种回答。不过，我实际的回答是，我不可能时时刻刻都在家。这两种说法都是实话。

要想知道他回家后，我们会过上什么样的日子，得弄清楚两件事：其一，他能不能独自去卫生间？其二，他能不能上下楼？若你以为这是两件简单的小事，那你就错了。两个问题的答案都得仰仗爸爸的主观判断。所以，我决定单刀直入地问他——

"你能去卫生间吗？"

他不置可否地耸耸肩，于是我又问了护士们——

"他上厕所时是不是自己去的卫生间？"

遗憾的是护士长不在，她"忙碌"的样子总让人产生她乐意回答任何问题的错觉。爸爸自己去上厕所的时候，没人看见过。那么，他能自如行动要么是个谣言，要么很罕见，罕见程度介于目睹雪怪和获月[1]之间。于是，我像野生动物摄影师一样，开始耐心等待大自然自由发挥。

终于，老爷子的肠道活泛起来了，他叫我给他拿便盆。

"所以你不去卫生间上厕所？我是说，你不用下床，自己走去卫生间吗？"

他又耸了耸肩。

"我怕摔倒。"

建立了这个基础目标后，我找到了理疗医生，把"能

---

1 获月：秋分前后的满月。

自己去卫生间上厕所"设为一个康复目标。我了解我爸，就像驯象师了解他的大象一样。如果他根本不相信自己能做到一件事，那他压根儿就不会去做。对理疗医生来说，患者偶尔的表现并不能证明其行动能力。如果说我们家是一座剧院，爸爸是明星，那么除非他能连演多场，否则我们请他来肯定不划算。

如今我看明白了，一个人住了院，就意味着他会全方位、快速地失去技能。这对于照护者和被照护者而言，都是宽容和能力方面的大出血。当二者又要生活在同一个屋檐下时，情况会变得非常混乱。离我们而去的不是照护人的技能，我们依然能照护他，只是我们缺少这种照护行为的情感支撑。这才是折磨人的地方。这可能就是我们说的"应付"的真正含义。

久处危机之中，你以为的常态其实维持难度在不断升级。我们就像一个勤勉而团结的乐队，每个人都在努力演奏好自己的乐器；可不管什么乐器，等你把它放下一段时间，就会觉得再把它拿起来难得令人生畏，甚至是不可能的事。你会感觉自己像大提琴前的一条狗。有时，你只有崩溃后才知道自己一直以来都扛着怎样的重担。

我们每丢下一项技能，爸爸也会随之失去一项，因为他趴在医院的床上就能得偿所愿，只消按个按钮，就有人来问他需要什么帮助。随着住院的日子一天天过去，行走的能力，还有独立生活的其他技能，他都退化得差不多了。

■ 2018年1月14日

过了两周自由生活后,妈妈还是彻夜难眠,焦虑且困惑,但是有一件事她很清楚,她应付不了想象中那个未来里的每一件事。我向她保证,只要她不想,就不需要去应付。不过,就像我一直说的那样,我们得找人帮忙。她勉强默许了,也就是说,其实她一点都不同意,但愿意忍受这个决定带来的不适。

"我生下来可不是为了受这种折磨的。"她再次说出这句话。最近,她承受不住的折磨似乎有点多。

他们常说担心"有外人在家"不方便。可如果不请外人来照顾,恐怕我就得把他们中的一个,或者两个一起送到养老院去。当然了,不管怎样,我都会待在家,要多久有多久,甚至可能是永远。

既然已经为爸爸出院回家定好了需要达到的身体指标,我们现在必须为其建立起一个社会化框架。因为之前的住院经历,我们了解到了一个叫"紧急护理"的组织,它是本地政府和国家医疗服务体系共同组建的护理精英小队,他们会一直关注被"假释"的病人的需求,直到这些病人突然学会踢踏舞、去世或者需要更长久的照料。

这个系统会把救人于水火的英雄送上门。虽然这些员工的背景五花八门、酬不抵劳、档期极满,但从根儿上说,他们都很善良,而且可以提供必要的帮助。他们可以提供长达六周的帮助，至少以前是这样。六周之后就是你自己的事了，当然了，这取决于你的经济状况和你家里病人的健康状况。值得一提的是，在整个评估过程中，人人都向我们保证，我们不会孤立无援。

但父亲的举动让事情变得复杂了，他为了回家什么话都说，比如"我妻子会照顾我"（在某种程度上，这是真的，只不过不具有可持续性），还有"我儿子和我们一起住"（听到这句我发出无声的尖叫）。他还发表过的一个经典冷血言论，"某人（可能是我、妈妈或者任何一个不在场的人，总之是会配合他达成某个未来康复目标的人）不会介意的"。或许全人类都应该在自己家的冰箱上贴这么一张便利贴：

> 有些人做事时未发牢骚，但这并不代表他们不介意，也不代表他应该或可以将这件事永远做下去。

我希望尽量避免让过去的精神创伤重现，哪怕只是为了我自己；因为我还在为他上次长期住院的事感到愧疚。当时他急于回家，可身体状况不佳。医院认定他可以出院，但我和妈妈感觉还不行。一位顾问医生告诉他可以回家了，我却对理疗医生游说了一番，我单方面怀疑他们认同了我的看法，所以又让父亲在医院里多住了两天。

他本来已经准备好离开那儿了，结果我却告诉他还不能走，他立刻就抽抽搭搭地哭了起来。那一刻，我感觉他就像个孩子，而我成了他的家长。我觉得自己真是铁石心肠、自私自利，可当时那么做是对的。现在我明白了，做正确的事仍然会带来糟糕的感觉。努力让自己感觉好受些并且照常生活会让你崩溃。我们内心都会有这么一个角落，为了能撑过艰难时期，它需要封闭情感。那个角落只想要一切都"好起来"。

城市画卷

■ 2018 年 1 月 18 日

既然理疗医生与我们的目标一致，医院中那些各执一词的小集团也和我们家达成了共识，我终于可以逃离这个地方去过周末了。一个好朋友去度假了，他把在伦敦的公寓借给了我。期待让我晕乎乎的，但等我进了伦敦市，我的感觉只剩下了头晕目眩。街道、人群，甚至广告都让我觉得混乱，还产生了一种奇怪的痛苦。直到我走进那间公寓坐下来，很长时间以来头一次感觉到房子里只剩下我一个人的绝妙事实，那些感觉才消失。

没人大声叫我，没人需要我去照顾，也完全不用去赴什么约，我的体内有什么东西融化了。听着收音机泡澡的时候，我似乎真的融化了。我躺在浴缸里，动弹不了，也不想动，就那么待了近两个小时。然后，我没吃助眠药就睡着了，睡了足足八个小时，中间只醒了一次，因为我以为有人在叫我的名字，不过后来我想起了自己在哪儿、不在哪儿，翻身又睡了过去。

讽刺的是，要想形容这种感觉，我只能把自己比作住了好长时间医院后终于出院的人，或者在国外出差好几个月后终于回到家的人。总之，就是感觉生活突然起了变化，却不知该做些什么。

■ 2018年1月19日

我和几个月没见的一位朋友吃了早餐。咖啡馆里放着我很喜欢但好多年没听过的一首歌。我跟他讲了最近发生的事，将压力通通释放出来，心中再次充满了自信。能有一个新的证人，或者说能向一个这么久都没聊过近况的人倒倒苦水，感觉棒极了。有人能听我分享自己的全部经历，真好。

"听上去你好像做得不错嘛。"他说。

也许吧。我觉得自己重生了。或许我不知道自己要去向何方，但我开始记起曾经和现在的自己了。

然后，我收到了哥哥发来的一条信息。

信息里说他们明天就让爸爸出院了，问我他能回家一趟吗？当然能，但还没等我回复，愤怒和沮丧就占领了我。重生的我突然就变成了一个早产儿。虽然眼下我过得有滋有味，但获胜的终将是旧世界。这样一来，此次出逃让我感觉更糟了，因为我知道了生活还可以过成什么样。

于是，我去喝了一杯，可满脑子都是接下来要面对的事情，酒精也无法撼动我的真实感受。迷茫中，我又被拽回到不知自己是否能忍耐下去的情形中。旧日的怨愤像未消化的饭菜一样涌上喉头，真真切切地堵在那里，让我既惊讶，又羞愧。这是……什么感觉？我为什么会有这样的感觉？我怀疑这不是因为父亲，而是因为所有人、一切事，包括——尤其可能包括我自己。

谚语有云，"明天永远不会到来[1]"，但事实正相反，明天就要来了。

---

1 这句谚语的意思与"明日复明日，明日何其多"类似。——编者注

第三部分

2018年1月20日
|
2018年9月5日

爱贵在细节到位,
不在场面宏大。
爱是长久地在场,
不是路过的游行队伍。

回家

■ 2018年1月20日

我带着不祥的预感去和家人会合。我动作机械地找到医院,和医院的员工及父亲交涉,就好像本打算周末去撒欢儿却被突然召回家的终结者。

哥哥是个有很强同理心的人,不过他的同理心只是偶尔显灵。这次,我们把老爷子接回家,进屋时,哥哥显然感觉到了我的情绪,递给我一个"我都懂"的眼神。过去有几次接爸爸出院,一上出租车,看到爸爸欣慰的眼神,我顿觉精神振奋。一路上,我们充满了希望,感觉着实不错。但这次不同。我心中某种纯良的品质,或者仅仅是宽让,消失了。

爸爸坐回到了他的椅子上,妈妈也只能尽力满足他的种种需求。老年人护理服务协调员利亚姆来了,我们坐在厨房,共同探讨照护事宜。利亚姆将几本活页笔记簿、覆着塑料皮的文件和宣传册子在身前展开,像是拿着一把有防御功能的资料扇子,那架势如同21点扑克游戏中的发牌员。他说,机构会派人一天来两次,一次在早上,伺候爸爸起床淋浴,给他穿好衣服;另一次是在晚上,伺候爸爸脱掉衣服,上床睡觉。这和他上次需要帮助时的情况一样,所以我们清楚这个流程。我知道我要问的下一个问题的答案,但我还是问了。

"他们都什么时间到?"

"我们会尽力赶来。"利亚姆耸耸肩,"不过,我们不提供那种卡点儿的服务。"

令人遗憾的是,我本就脆弱的神经受不了语言上轻微的不规范,今天的我恰好处在情绪爆发的边缘。不说"有具体时间要求",却说"卡点儿",这种不严谨尤其让我烦躁。我认为,这么说话的人就是在挑衅,看看你会不会对此提出意见。鉴于在这儿手握一把好牌的是"不卡点儿"的利亚姆,不是我,我只能隐忍不发。可他还没完没了起来。

"我们没法儿提供时间卡特死的服务。"

老天爷,救救我吧。这个系统在时间安排上的多变倒是没什么，我更介意的是他们员工的用词。我接受这类制度的短板，也真心实意为有人能来帮忙表示感激。我都来不及想自己有多宽容，就听到了更多令人心烦意乱的消息。利亚姆问我爸爸是否还有存款，还问这座房子是否在他名下。这两个问题的答案都是肯定的。

"那么，两周后，你们就得找新的护理人员了，如果他还需要这种服务的话。"

"我们肯定需要啊。"我确认道。

利亚姆向我推来几张宣传页。就像收银员把筹码换的现金推给赌客，示意赌客可以离开赌场，他这是在提醒我就此打住，别再问了。

"你们是不是可以提供七周的服务吗？"

"不，两周。"

"去年是七周来着。"

"现在是两周。"利亚姆说完又补充了一句，"放心，你们不会孤立无援的。"

我把这些告诉了妈妈和爸爸。他们纠结的是，以后会有人不定时地来家里。我把"他们没法儿卡点儿来"这话重复了好几遍，在争论中将这事变成了一个玩笑。可妈妈是认真的。

"那我怎么知道该什么时候做好准备？"

"你什么准备都不用做。"我说，"他们来就是为了让你省事儿的。再说了，还有我呢。"

"我都不知道该什么时候起床。"她表示抗议,"而且我还不怎么睡得着觉。"

那天晚上,一名护工来了,他浑身散发着烟味儿。因为我儿时生活在一个吞云吐雾的年代[1],所以闻见这气味只让我觉得安心。不过,他们的同情心甚至盖过了烟草味儿。这些烟不离手的大救星为这座城市默默工作着,在人们即将失去希望时从一辆辆小车中走下来。妈妈给他起了个昵称,"冒烟的比利"。他也因为这个习惯把自己的身体搞坏了,这一点和我父亲一样。他们花了不少时间才一起走上楼梯。根据医院的说法,爸爸"康复到了可以爬楼梯的程度"。果然,他像个年迈的体操运动员,拖着自己的身子,艰难地一步步登上两侧都有扶手的楼梯。我走在爸爸身后,比利则在他前方提供帮助。

后来,我们才知道,比利也有慢阻肺的毛病。我们合作得很愉快。我们像登山者一样,沿途会停下来,建立大本营,休整之后再次启程。虽然比利的肺功能有所欠缺,但他真的很用心,很快就成了护工名单上最受我家欢迎的那个。不过,其实没有什么名单。哪个护工来了,我们就得用哪个。

---

[1] 英国的公共场所开始实施全面禁烟政策是在 2005 年之后。——编者注

恐惧的泪

■ 2018 年 1 月 21 日

凌晨四点,我突然醒来。不是因为什么外部的刺激,而是因为一种纯粹而本能的悲痛,那感觉就像有什么东西压在我的胃上。醒了就意味着要面对现实,那两位婴儿似的、绝望的老年人还在等着我起床去给他们做饭。其实助眠的口服液就在手边,可我不想服药后继续睡觉了。我想做点不一样的事情。于是,我起床坐到一把椅子上,想看看自己接下来会怎样。悲伤,来啊,随便你怎么样。然后,巨大的哀伤像洪水一样穿心而过。从某种意义上讲,我这辈子感受过的所有哀伤都在其中。

我知道情况在四点二十分时很糟糕,因为我当时拍的照片上有时间。眼泪已经不算什么了,重点是我呕出了一股股灵质[1]般的黏液。黏液像小瀑布一般扑在了我那条浅灰色运动裤上。到最后，我看上去好像失禁或洒了饮料一样。我气恼急了，可同时又忍不住想，怎么自己体内竟然能产生这么多液体？就是因为这个想法，我用手机把污渍拍了下来。我告诉自己，这个观察行为说明我还没疯，我的精神并未遭到致命的打击，也没有受到什么不可挽回的影响。我眼看着自己第一千次试着去思考这些伤痛。如果我身体里那个衰弱却理性的观察者能把事情记录下来，那么也许这些事是有意义的。它们好似悲伤又贪得无厌的孩子，渐渐离我远去，我的胸口突然一轻，思想上也没了包袱。它们集结在阴影中，好像在等待一次裁决。摆脱这些令人恼火的精灵后，也许我能得出一个结论了。

既然对已经发生的事情无能为力，也就没有什么值得思考的问题了。我没有力气，漫无目的。我在和自己谈判。

你觉得可怕。好，我听见了。然后呢？

十二月份的时候，我朋友说的那句话是对的。我确实该多写写这些经历，再不然就等着被囚在家里吧。

到了白天，我怎么也想不明白之前在黑暗中发生的事。为什么是昨夜，而不是别的夜晚？这些夸张的内心冲突到底从何而来？虽然这些感受突然冒出来似乎毫无道理，但是我了解它们。毕竟我拍了照片，像是乘坐什么疯狂的游

---

[1] 灵质：传说中灵媒在施展降灵术的过程中会产生的代谢废物。

乐设施之后获得的纪念品。也许爱与绝望有什么共同点，不管你处在爱中，还是在绝望中，都会对自己的前路感到迷茫。鉴于我的内心已经乱成了一锅粥，我决定暂时放下一切，去听收音机。

在这段充满未知的旅程中，音乐充当着治愈人心的角色，因此我们一定要向它致敬。流行音乐曾经是我生活的动力，是源起于这座房子之中的一段情事。但后来我年纪渐长，发现流行音乐中到处是糟糕透顶的人生建议。因此，我决定换台，开始听一个古典音乐台。在这个特殊的早晨，那个电台播放了一首1530年的歌。我胸中顿时充满了"人类是一个连续统一体"的感觉，这是二十世纪八十年代执拗的青少年叛逆期无法带来的。就这样，我下楼去给来上早班的护工开门，然后回到厨房继续做早餐。

"让这些鸡蛋看看你的厉害。"妈妈边看我做早餐边说。

有时候，我们需要的只是一个见证人和一段歌曲。

■ 2018年1月22日

如果今天是一部电影，我们或许可以看到剪接在一起的以下场景：护工进门；爸爸起床；我在笔记本电脑前坐下，准备边吃早餐边做事。比赛开始了。专业人员在场的时候，我就会变得动力十足，甚至有点疯癫。要是能找到可以一直照顾爸爸的人，我就能脱身了。离开这儿之后去干什么、去哪里，这都不是问题。现在，我有了一个计划。长久以来，我都没什么计划可言，所以眼下的这点想法够我忙活的了。我刚想起来，自己可是个活生生的人。行动吧。

我洗漱完毕，开始跟今天早晨来的护工聊天，诉说我觉得照顾老人有多难。她也打开了话匣子，开始讲她的家事。她讲了许多，在分配给爸爸的护理时间中，这次聊天占了足足二十分钟。她说，她发现照顾患上痴呆症的陌生人比照顾自己的妈妈容易多了。这句话我记在了心上。

几个片区护士来查看爸爸的恢复情况，并且让他放心，说出院并不代表他会失去医护的关注。离开时，他们问爸爸还有没有别的需要帮助的地方。

"全天都陪在我身边吧。"他用我从未亲耳听过的恳求的语气说。

护士们说："哦。"然后握住他的一只手。

我拼命忍住，才没大声说出"坏老头"！

我给利亚姆打了电话。他依然"卡点儿"似的坚持只能提供两周上门护理服务的说法，"但是你们不会孤立无援的。"然后他向我推荐了一个机构。这事儿总算有点进展了。护理行业是个非常典型的卖方市场，总之，需要服务的人太多了，能提供服务的人却严重不足。但凡像样点的机构都在满负荷运转。对我而言，接到任何相关人士的回电都是一次小小的胜利，哪怕对方把你看作"死亡医生"哈罗德·希普曼[1]的理想目标，或是操着不屑一顾的态度。就算他们有能力提供服务，也得上门评估情况，我们也同样要考察他们。这件事不仅需要时间，还需要我下定决心。实际上，这就像你放弃了父母的"抚养权"，为他们找领养家庭。

去年爸爸犯心脏病之后，我在医疗质量委员会的网站（对老年人来说这就像一个高风险版的猫途鹰[2]）上泡了好几天，所以我了解情况，知道向哪些本地公司咨询不会白费工夫。今天，我一整个上午都在打电话。两周的时间可不够我把这事办成的。

我给一家慈善机构写了封电子邮件，询问他们相关规定和办事指南，因为这部分信息我无法在网上查到。如果你是一个老年人，身边没有复仇心切、口才优秀，又恰好有时间的子女，你要怎么办到这一切呢？我反正是无法想象。

我在专门的网站上发了一则招聘启事：寻找一名不任职于机构的、任劳任怨的护工。我们在墙上挂了把钥匙，好让护工在不必打扰"原住民"的前提下来去自如。这是一大步。过去，出于安全方面的考虑，再加上父母认为他们可以独立自主——或许这些都没错，我们一直没有做出

1　哈罗德·希普曼：英国家庭医生、连环杀手。
2　猫途鹰：一个旅游点评网站。

这个颠覆性的决定。现在，变化来了。情况变糟时，人会备感艰难，但也会松一口气，因为大家终于没有必要再围绕某些需求吵架了。痛苦帮助我们省去了争执。

这天快要过完的时候，全国各地甚至更远的地方都收到了我的电子邮件、电话和短信。这么久以来，我还是第一次感觉自己做成了一件事，产生了一些影响。我还发现，我的笔记、记录和回忆或许可以汇聚在一起，组成一个故事。虽然其实什么事都还没有发生，但这个世界正在运转，我也没有之前那么恶心想吐了。

■ 2018年1月23日

早晨，我收到了一封来自"关爱老年人慈善机构"的电子邮件，他们的邮件比我从医院或者议会拿到的任何宣传单都说得清楚。但他们说的并非我特别想听到的消息。

如果这份介绍资料我没看错，在我们当地，所谓的"紧急护理"服务其实更多被称为"中期护理"。慈善机构解释说："'中期护理'容易被大家误以为是病人出院后便有权利得到的一段时期的免费护理。其实不是。"

利亚姆没错。他只是实话实说罢了。显然，"中期护理"的对象是那些"健康状况有进一步改善潜力"的人。因此，这里有灵活变通的空间。市政服务机构的护工是来

"帮助您达到目标"的,可我怀疑,我们的目标并不一致。有时候,我都不清楚爸爸在恢复健康方面到底有没有目标。

■ 2018年1月24日

是时候解决交通工具的问题了。我需要一辆自行车。姐姐有个本事,她总能在我最需要自行车的时候把她的那辆车取回去,所以我只好一次次步行去她家借。去的路上八成会下雨,骑回来的路上又难免碰上车掉链子。于是我打给了我们家财务方面状况最好的人,我哥。他给了我买自行车的钱。

我乘公交车去了市中心,那里有许多搞冬季特价促销的自行车店,然后买了一辆高兴地骑回了家。我仿佛回到了十六岁。到了家门口,我从房门前骑了过去,在周围的街道上继续骑,直到天黑。眼下是一月份,所以我没有在外面骑太久,但是感觉很棒。

护工继续每天上门服务,虽然服务水平参差不齐,但他们都很善良。按照我们家的人口统计学特征,他们算得上"现代化突击部队"。他们佩戴着五花八门的现代饰品,其中一个甚至穿了鼻环,惹得妈妈感慨:"他的脸让我挪不开眼!"对爸妈来说,这些护工就像是从电视机里走出来的人物。

■ 2018年1月25日

我有个朋友叫马克,生活在外国,特别了解能源问题。他发来了一封电子邮件鼓励我:

> 电学上有个术语叫"甩负荷"。它有利于稳定供电。总之是个专业名词。我希望你也能这么做。

他说得有道理。于是,我去了趟伦敦,甩掉了一些负荷,写了点东西,还做了反思和告解。

重重倒下

■ 2018 年 1 月 28 日

在我这次短暂缺席期间,我那耳聋的妈妈和多疑的姐姐竟然建立起了有效的合作,展开了一次联合监视行动,取代了我之前那种温和的,甚至可以说是死气沉沉的家庭管理模式。在回家的火车上,我收到姐姐的一封电子邮件,里面事无巨细地写了我不在的这四十八小时里发生的事情。信很长,但也很有启发性。在这件事上,从谁的角度来看问题是很重要的。你需要听听其他的声音。也许你要听的不只是他们说话的内容。姐姐汇报了最近片区护士来看望父亲的情况:

> 我听见她说爸爸需要"老老实实地坚持吃有利于

恢复健康的饭菜"，得多摄入蛋白质。我问她，我们能做些什么？她还是强调在饮食方面得多注意。我问她能不能让爸爸在晚上吃饼干？她说不行；我又问了喝酒的事，她也说不行……起码感染没好的时候不能喝。她不喜欢爸爸脚的那副样子。

除非是做特效化装行当的人，否则任谁也不会喜欢他的脚那副鬼样子。出院后，他的伤口并没有如医生所愿逐渐愈合，苏格兰威士忌和黄油酥饼也没有起什么积极作用。不过，这是老问题了，他干别的不行，喝酒和吃点心倒是从来没见他耽误过。姐姐邮件里关于妈妈的内容才更让人担心：

> 妈妈说她"受不了了"，因为"像我现在这样都不能去见朋友了"。我们去博姿药妆店买东西，妈妈无法从她刚买的东西中找出哪个是瓶装水。

这让人很难接受，但也有可能妈妈的思维退化是她在吃的药造成的。我当然希望是这样。

姐姐还说了一件事，引起了我的注意。她说家里收到一件快递，因为箱子太大，父母都拆不了，只能由她代劳。结果打开一看，里面是在亚马逊买的好几十双袜子。如果爸爸又开始给贝索斯捧场，那证明他一定是按捺不住内心的欲望，回归网购生活了。

■ 2018年1月29日

我给全科医生打了电话，对方同意妈妈在本周晚些时候去复诊之前停掉米氮平。他们说，她服用那药的时间不长，所以不会产生戒断反应。这种药似乎让她的平衡能力更差了，或许是她本身平衡能力就差，连药都救不了了。

"谢天谢地。"我告诉她可以停药后她说道。

"你还好吗？"我问。

"还好。"

"你跟你女儿可不是这么说的吧？"

受到这种盘问对质，她立刻对我怒目而视。可如果我们不在家里当"警察"，那就没别人当了，等着这个家的只能是一片混乱。

"如果你想寻求我们的帮助，那就得给我们统一的说法。如果你跟姐姐说的是一回事，告诉我的又是另一回事，那我们可没法为你解决问题。"

"说法前后一致"这种事可能早就逃离我家了，就连我妈也拖着脚步躲进了她自己的世界，但是面对这么多矛盾的证言，作为家庭警察的我无法立案，或者说我没法把她的事儿当真，进而采取行动。可我又必须行动起来，因为世界正在召唤我。

我收到一份来自伦敦的工作邀约,要我去那里担任几周的临时教职。算是白领,属于零工经济[1],我不接的话对方就找别人干了。这工作给的酬劳不多,甚至会被通勤的费用抵消掉,所以我得想法子住在伦敦。可这不是钱的事,这意味着我要离开父母,他们也要离开我。这是一个机会,可以看看这种模式能否持续下去,这需要大家一起努力。

为了省钱,也为了追逐太阳,我的一个摄影师朋友从伦敦逃去了非洲过冬,所以我可以住他的公寓。我只需要支付相关的水电费,帮他浇浇花草。我想去,命运也想让我去,所以我应该去。"卡点儿"利亚姆推荐的医护公司可以安排人手在早晚来照顾爸爸,他们准备跟我们面谈。

事情可能会很顺利呢。

我沏好茶,去安德鲁家找他一起看电视了。

———

晚上的足球赛我刚看了五分钟,手机就响了。是妈妈打来的,她叫我回家。

"他摔了一跤。"

有着丰富经验的我不会再凭直觉问出"为什么摔倒了"和"怎么摔倒的"这两个问题了。于是,我二话不说就骑

---

[1] 零工经济:指的是区别于传统"朝九晚五",时间短、灵活的工作形式。

着新自行车往家走。现在,这辆自行车只是达到目的的手段罢了。一月份的夜晚像地窖一样漆黑寒冷,钻进我的领口,侵入我的骨髓。

一进门,我仿佛看到了一副戏剧性的静态画面、生动形象的舞台布景,塞满了象征符号和参与者。

爸爸四仰八叉地躺在楼梯平台上。他说自己没什么不适,但看表情,他像个疯子一样。住在隔壁的男人和他的妻子都来了,他是个热心肠的人,正在擦拭楼梯地毯上的血渍。这两位近邻俨然我家的某种安全保障,是我不可或缺的帮手。

今天晚上来的护工我们以前没见过,这是常事。她一边慢吞吞地在爸爸旁边踱步,一边跟她的上级打电话。

"我扶不起来他,所以我没法儿跟在他身后,把他送上楼去。我来之前……他就摔倒了。"她解释道,听起来多少有点冷血,但我知道,她这么说没错。碰上客户上下楼时摔倒,护工失去工作的风险极高。在这样的情况下,若还有人愿意搀扶爸爸上楼,那简直是大方到了无视规范、有违人性的程度。之前,医院的评估中还说爸爸"康复到了可以爬楼梯的程度",如果把那评估结论比作橡胶轮胎,眼下它驶上了我们家用石砾铺就的现实之路,爆胎了。

与此同时,妈妈拨打了111,非急救医疗救助电话。她对着电话随意发出一些表示肯定的声音,那是她听不见对方说话时常做的事。于是,我把电话拿了过来。爸爸会在寒风中流一会儿血,事情可能并不像看上去那么糟糕。

排队等待接听的时候,我注意到,让爸爸滑倒的那节该死的楼梯正是我们家多年前死掉的那只猫喜欢磨爪子的地方。后来,爸爸带它去安乐死时说,他预见到了自己的死亡。一转眼,我们就到了今天。楼梯依旧,要面临死亡的却不是猫了。

我和邻居把爸爸搀起来,把他弄进卧室。然后邻居就回家了,那个冷血但没错的护工赶去为下一个客户服务了。于是,屋里只剩下我、爸爸,还有电话那头的声音了。

接线员向我提问,我把问题转述给父亲,他则编出一系列谎话作为回答,他以为这么说就不用住院了。有时候我以为他糊涂了,但到了关键时刻,他依然能掌控局势。

在这种事上,你可以求求情,让对方派辆救护车来(救护车不亮蓝灯的话,你还得等上好几个小时);你也可以说一些低调的谎言,掩盖情况的严重性,让病人待在家里碰碰运气。我选择后者。他应该休息一下。他刚从医院回来,才在家住了八天。他看上去,还好。我和他一样不想再等下去了。情况可能会变糟,但有时这正是你希望看到的。所以我们向这尘世的力量保证,今晚我们不需要他们介入,挂掉电话,把自己托付给了未知的力量。

■ 2018年1月30日

早上，他说他感觉好些了，但这将是他最后一次待在楼上了。跟他住了四十二年的卧室说再见，跟淋浴也道个别吧。我和早班护工一起护着他下了楼。走过那节带血的、猫喜欢挠的楼梯时，我不由得想，不知我的大限之期什么时候到。我完全可以想象得到，爸爸老年病成这样，我到时候也跑不了，因为这事儿会遗传。

我那杞人忧天的姐姐就像有远程雷达一样，早就侦测到了今日之事。多亏了她，我们早有准备。关于人生最后阶段会用到的昂贵物件，你若想淘到二手的就一定得多方打听。姐姐喜欢跟人聊家常，就像鲨鱼喜欢不断游动一样。她人脉甚广，认识许多患了重病的人，也就是因为认识人多，就免不了知道哪些人再也用不到哪些物件了。几年前，她一个朋友的母亲去世了，空出来一张医用款电动床。姐姐就把它买下来，放进了闲置的卧室。这可是一个大工程，为了放下这张床，她的朋友甚至拆了我家的一扇窗户，这些东西都沉得很。当时，我都没太留心这个。现在，我们所有的难题合并成了一堆不断跳动的麻烦，还要可笑地将它称为生活。

我必须把床搬到楼下，然后把我曾经当成静修室兼办公室的房间改成卧室。就在清理书桌的时候，我想到，一切都不会长久。我失去了这个空间——残酷的现实像汹涌的潮水般吞没了又一座自我的前哨岛屿，如果说过去那些让人泪流满面的场景和内心的痛苦教给了我什么道理，那就是"自我"不过是个概念上的东西。真正的问题,也就是此时此地实实在在出现的小麻烦——我不知道该如何拆掉一扇塑钢窗户。

最后,安德鲁救了我。干这种活儿他是个天才。他带着工具来我家帮忙。我说"帮忙"的意思是,他差不多包揽了一切。多亏了他使用电动起子的超凡技术,拢共不到一个小时,我们就拆掉了职业治疗团队安装在楼梯两侧的扶手,把一辆小车似的床搬到了楼下。结果我们发现,并没有拆窗户的必要。

趁他忙着把扶手重装回去,我重新布置了原有的家具,把之前留作举办庆祝晚宴的空间,就是那如同堆放法老陪葬品一样杂七杂八旧物的地方,改造成了一间卧室。我把烛台、餐具和铺在碗碟下面的小圆垫都换了个地方放,一时间搞得家里尘土飞扬。

要叫我自己说,这个房间看起来棒极了。不过,我这么想也许只是因为我累了。我躺在那张床上,一会儿坐起来,一会儿又躺下去,就好像在演《驱魔人》。妈妈瞧见了我在忙什么,她对眼前的一幕很满意。她在我新布置的房间里转了一圈,表示同意我的看法:现在,这座房子里最舒服的就是这个房间了。

我拍了张照片发给哥哥和姐姐。一种熟悉的感觉回来了,就是那种通常在失败前会有的感觉——骄傲。毕竟,骄兵必败,这是众所周知的名言。同往常一样,此时有一股宇宙的力量在聆听,它的脸上浮现出复仇的微笑。

求仁得仁

■ 2018 年 1 月 31 日

今天早晨醒来,我感觉到了一种不同寻常的自由,只有能畅通无阻去卫生间的人才明白。我优哉游哉地上了趟厕所,然后去给爸爸端了杯茶。

他的新卧室朝南。就算在这个浑浊的季节,清晨也会有阳光照进来。在我看来这很美妙。可看爸爸的表情,他对变化无常的天气和新卧室的布置没什么想说的,应该是身上有什么不爽利的地方。他感觉如何呢?

"不太妙,儿子。感觉不太妙啊。"

这句话常让我们这些在他身边伺候的人困惑,因为从轻微不适到濒临死亡,他无论在什么状态下都这么说。就个人而言,自私地说,我很恼火,因为他似乎不像我对这个房间那么满意。我觉得他没有看到我的付出,这种情绪可能在一定程度上导致了接下来发生的事。

一名护工来了。她问爸爸需要她做点什么。我离得近,听见爸爸对她说,他不想起来刷牙了。他说他必须卧床接受照顾,就像在医院里一样。用姐姐的话说,这种举动就是灾难性的滑坡,而爸爸似乎已经系好他的滑雪板了。于是,我走进屋里。

"你至少应该下床试试。"我说。

他连看都不看我一眼。面对一个虚弱的老年人,你会本能地对他产生同情;但当你发现此人一心认为整个世界都得围着他转,或者觉得整个世界都在跟他作对,在抱定这样的想法后任性地做出一系列决定,既不考虑后果,也不管周围的人会为之付出怎样的代价,你也会生出对他的怨恨。这种同情和怨恨共存的心情很难表达出来。

虽然我心中已是万马奔腾,但还是尽可能平心静气地跟他讲道理。要是扛上所有的童年心理包袱,我这头一心照顾父亲的骆驼恐怕脊梁都要被压弯了。面对曾经在你面前拥有绝对权力的人,你若意识到如今自己对他也有了绝对的权力,一种希望扳回一局的正义感就会油然而生。可我不需要那种义愤,光是普通的愤怒就够我受的了。我强迫自己保持冷静,一字一顿地对他说:

"两天前的晚上,我没送你去医院,是因为你发誓自己不需要去医院。昨天,我们为了让你在家住着更方便,费了好大力气重新布置了这个房间。现在,你却说希望在家能过上像住院一样的生活。可住在家里的不只你一个人,你的惬意靠的是一位八十九岁老太太的精心照顾,还有我们在生活中做出的妥协、承受的压力。更何况那位老太太自己的身心健康都被你每况愈下的身体状况拖累了。这样下去可不行。你必须尽力一试,下床活动。这张床可以升降,让你下床比以前更容易。如果你想得到更全面的照顾……恐怕得搬去能提供那种服务的地方,也就是养老院。"

就像是反转版的《洛奇》,一名强壮且年轻的拳击手为了训练他曾经的教练,不惜与之一战。这是我最后的法子了,希望能以此说服他"重回拳台"。但他不是在瞎胡闹,而是有个大主意。

"那我就去死。"

就这?在这颗行星上活了九十年,到头来他宁愿去死也不愿意努力站起来?其实,我连自己是怎么想的都拿不准,更不必说他的想法了。不过我清楚一件事:我们俩唇枪舌剑的时候,护工始终没闲着,她正在清理乱糟糟的导管。

我对她说抱歉。她的表情告诉我(或者说按照我的解读,她像是在告诉我),这种场面她见得多了,也听得多了。我心下稍安,这种对话看似极端,但其实相当正常。不管怎样,我还是请她先出去一下,让我和爸爸单独谈谈。她照做了。

爸爸再次开口——

"我想死。"

那一刻,我火冒三丈。有那么一瞬间,我可能真的产生了帮他遂了心愿的念头。

不知道这种事是否就是这样发生的,有的人就是这么上报纸的。报纸上的社会新闻似乎离你十万八千里,种种奇事让你百思不得其解,直到你突然成了其中的主角。看来,一个人从清白无辜到声名狼藉,只隔着几个决定。

现在我和他都非常清楚,为什么他的衣柜里藏着替马西泮和百加得。那是他的解脱计划。母亲和姐姐常常聊起爸爸囤积药品的毛病和酗酒的问题,但她们都不了解他的真实意图。我和爸爸很久之前就聊过此事,但我从未告诉过她们那场对话的内容。我记得我说过,要是真到了那一天,我会帮他的,他也确信我会说到做到。可现在,我的回答却是——

"你想干什么就去干吧。药在楼上。你现在就上楼去拿吧,我可以搀你过去。"

可我忘了,过去这一年里太多替马西泮被吃掉了,剩余的药片很难供人过量服用。它们顶多能让人好好睡上一觉,却无法让人长眠。所以说,就算在安乐死的议题上我们友好地达成了一致意见,也没有足够的货来圆满完成此事。

他没有驳斥我的气话,这让事情变得更糟了。最后,我只能做出新的威胁。

"要想死在养老院里,你就尽管躺着吧。要想留在家里，你就努力一下，多动动。"

为了让威胁见效，按说我应该有所行动，可我都不知道自己究竟在这件事里扮演着怎样的角色。我想干脆回卧室躺下，可这时妈妈半裸着，慢吞吞地走过楼梯平台。

"没什么事儿吧？"她语气轻快地问。

"没事儿。"我回答，但其实我的心情这辈子都没像现在这么糟糕过，说完我还加了一句——

"一切都好。"

"那就好。"她说。说明她这次可能听见我说的话了。

在大家担心的事中，妈妈的听力问题应该是排在最后的。应付好扑面而来的突发事件才是我们管理好这个家的宗旨。有时候，真相就像直视阳光，毫无意义。

躺平是不可能的。要想在这个家里躺下歇会儿，还不如去试试在烈火中打盹儿。我给哥哥去了个电话。除非有事发生，我可没有早上八点就联系他的习惯。他也感觉到情况不一般，于是在电话里耐心地听我讲述了早上的事。我说话的语气，就好像刚刚发生的是一起暴力袭击事件。只不过，我不知道自己算是行凶者，还是受害者。

可能是我或者家庭结构的原因，再或者是因为最近的经历和遥远的过去，我迫切地想把家里的大事小事统统搞定，成为家里的顶梁柱。要对我的手足、我的哥哥承认我搞不定，这感觉就像人们既需要警察，又憎恶警察。我已经无路可走了，却还想挣扎着继续前进，这已经让人相当崩溃了。而这时，我发现父亲身上显然具有一些令人烦恼的特质，或者说我发现他显然缺少一些品质，这一点使得一切雪上加霜。要是这周我还能赶去伦敦接受心理治疗，到时候和心理医生说起来一定挺有趣的。

现在，我无处可躲，躲进童年的卧室里尤不可取。等妈妈走到爸爸床边，一定会生气或者困惑，再或者既生气又困惑，我必须在这之前下楼去把问题解决了。也许我得道歉。总得有人道歉。

我走进厨房时，发现爸爸已经在餐桌前开吃了。护工走了。他下床是为了证明我错了还是对了？他是重新找回了力量，还是一直以来都在隐藏他的力量？突然间，我伤心极了，也羞愧极了。我在他身边坐下，看着他用勺子戳着碗里的粥，发出当啷当啷的声音。

我握住他的手。

"对不起。"我说，"我不知道还能怎么做。"

"没关系。"他告诉我。

然后我哭了，我又哭了。

"我小时候不能常常见到你。我想要一个可以依靠的榜样。我想要一段日后用得到、值得珍藏的记忆。我不知道在这里我是谁、该怎么生活下去。"

说着，我向房间里比画了一下，但其实我说的"这里"指的是这个世界。

"这是我们最后的机会。可别搞砸了。"

大妈群体

我还是想走。再有八天,我就该去伦敦开始新工作了。在刚刚过去的早晨,我们像正常人一样客客气气地坐在一起,完全看不出不久之前还用谋杀和自杀威胁过对方。我们见了护工公司的一名经理。

这家公司是我刚从"卡点儿"利亚姆那里打听到的。这名经理非常招人喜欢,所以我们推测,她的手下应该也一样。我还能做些什么呢?爸妈已经客气地默许了需要人持续照看的未来。这绝不是件容易的事。每天会有两个时段"有外人在家",也许会一直这样下去了。仅仅在几周前,想让他们接受这个现实还是痴人说梦。

"听我说,"大家都闲下来的时候,我对妈妈说,"这种状态不会持续很长时间的,你说对吧?"

我这句话的意思是,他还能有多长时间呢?可我们又凭什么为了满足自己的欲望,擅自判断这段时间的长短呢?这就是夜深人静时我们要扪心自问的问题了。

■ 2018年2月1日

在护工的协助下,爸爸利利索索地下了床,没有抱怨一句。妈妈出门了,先是去了合作商店,回来了一趟,又出门去附近的市镇了。我想过阻拦她,或者跟她一起去,可她走得很快。我知道她这样做是什么意思。她想趁我陪着爸爸的时候,尽可能多做些事情。我只好放她出门,就像人们说的那样,把一切交给老天爷。她回来的时候给自己买了新衣服,一副喜不自胜的模样。

"我现在属于大妈群体,"她宣布,同时举起一条裤子让我看,"不能买带拉链的裤子了,得买这种松紧腰的。"

一位片区护士到我家来,她一看到父亲的脚趾便龇牙咧嘴的,刚见识到这场面的人都是这副表情。

"看样子不乐观,"她说,"我感觉不太好。"

她给爸爸脚上那不但没有愈合反而开始溃烂的洞拍了几张照片,就好像在给犯罪现场或者受伤的名人拍照,然后我们清点了爸爸的抗生素。他摇摇晃晃地走进卫生间。我问护士,如果感染总是好不了,爸爸会怎么样。她说那就不是她能回答的问题了。这么说还是得去医院?也许吧。

我差点儿就为这事感到伤心了。我原本以为,只需我和他共同努力,再加上专业护理人员的帮助,他只要安心在家养着就行了。然后,护士走了。

"我拉肚子了。"爸爸在卫生间里宣布。

其实不管缩在家里的哪个角落,我都能得知此事。从住院开始,他就一直便秘,现在终于翻篇儿了。他的肠道仿佛从一个凄风凛凛的季节突然跳到了一个苦雨潇潇的季节。我感觉自己像是罗伯特·杜瓦尔,在赞美凝固汽油弹的味道[1],但这是个好消息。

---

1 在电影《现代启示录》中,罗伯特·杜瓦尔扮演的上校比尔有一句台词:"我喜欢清早凝固汽油弹的味道。"

内心世界

■ 2018年2月5日

　　如果我还想做成什么事，就得有一张书桌。也就是说，我得去趟市中心。我先去了姐姐家，在那儿泡了个澡。我十分怀念泡在浴缸里的感觉，可因为我极少去她家，忘了对于我这个身高的人来说，姐姐家的浴缸只不过是个深点儿的坐浴盆。我蜷着身子坐在里面，一直待到水凉了才出来。然后，我去了宜家。

　　宜家在这座城市开了有二十来年了，但此前我只来过一次，原因有很多，最主要的是我总喜欢让别人来管事儿。我记得，上次来的时候我才二十六岁，那是妻子为了诱使我走向成熟而做出的诸多尝试之一，当时我恨透了这里。结果，我竟然要以近五十岁的年纪重返宜家，我仿佛被踢到了要害。

对于在宜家怎么买东西,我完全摸不着头脑。看到人们热热闹闹地在这儿挑选家居用品,我感觉自己就像刚刚从外太空掉到地球上。

我时而小步疾走,时而惊慌失措,偶尔还会目瞪口呆地站在原地,和那部讲小猪进城的电影[1]里的情形一样。要是能有农场的小伙伴来帮帮我就好了。

几个小时之后,我终于找到了一张"书桌",但那其实是一张时髦且纤长的置物桌,它有个几乎全部由辅音字母组成的名字。我糊里糊涂地买下了它。结果我发现,如果你连车都没有,却还来宜家买家具,那就一定会感受到这个地方对你的恨意。如果把同侪压力比作一把插入我胸膛的匕首,当时的尴尬局面就像那把匕首在我体内的最后一拧。我只好拖着要由我自己组装的 SKTNA——管它叫什么呢,穿过多层停车场,就好像"神话萨迦"[2]中的一个矮人,拖着一把它自己都挥不动的、来自地狱的神圣武器。然后,我避过车流,踏上了无人问津的人行道。这里只有我、RKNHA 和在风中打旋的垃圾。就这样,我开始等出租车,心中奇怪地感到一种平静。

一路上,不断有载着一家人和家具的车从旁边缓缓驶

1 　此处指 1998 年上映的电影《小猪宝贝 2:小猪进城》。
2 　神话萨迦:古代北欧讲述冒险经历和英雄事迹的长篇故事。

过。作为从小在这儿长大的孩子，我少年时期性格傲慢、充满戒备，不想过和其他人一样的生活，现在我的愿望实现了。混合动力车上的无聊家伙们，你们无非过着一眼能望到头的家庭生活，现在，都好好看看车外潇洒的我吧。我边想边将 LNHGI 塞进了一辆出租车，一种陌生的自豪感油然而生。

理想世界

■ 2018 年 2 月 7 日

哥哥带妈妈去看了医生，医生给她开了阿米替林，她几年前吃过的一种药。效果立竿见影。她睡醒之后精力充沛，好像再次恢复了无所畏惧的样子。

我其实对长期服用精神类药物心存疑虑，但这次的药效好得惊人，而且她也很开心。她反复表达自己愉悦的心情。随着我一次次听到她这么说，难过的感觉渐渐消失了。

"你得离开这儿。"哥哥对我说，"住在这儿不利于你的健康。"

"我是要离开这儿。我找到了一份工作。"

我希望能在他脸上看到担忧的表情，因为这显然是个大新闻。没了我，他们怎么忙得过来？可他偏偏没有表现出担忧。

"那很好啊。"他说。

暖气管道吵得像火车头,我们只好再次请来几名管道工,希望他们能让家里安静下来。其中一个把我叫到一边,说我们家的整个管道系统都老化了,如果不全部换新,他们没办法彻底解决问题。这番话我听过,医生就是这么说我父亲的。只要在一个地方待得够久,你就会与周围的环境融为一体。

我喜欢新来的三个护工。他们干活儿特别仔细,也很善良。我发现自己又开始畅想,从此以后,一切都将顺顺利利。爸爸很快就打发走了一个护工,因为他嫌人家来得"太早",我愉快的畅想也随之变成了妄想。那个护工默默接受了爸爸的要求,等了一会儿才再次上门。他们签的都是零时工合同[1],路上的时间不算在工时里,因此爸爸这样做会给他造成经济损失。我想告诉爸爸,如果不善待照顾你的好心人,他们就会离你而去。要不是有着割不断的血缘关系,我早就逃之夭夭了。但我只是暗自想了想,终究还是没说出这句话,以免他反问我"你能逃去哪里"?我现在还回答不了这个问题。眼下已经是二月中旬了,我已经在家待十二个月了。如今,有了这些护工的帮助,我总算看到了

---

[1] 零时工合同:指雇主雇用员工却不保证为其安排工作的合同。员工只在有工作要求时干活,需随叫随到。

一个出口,尽管我还不知道自己的目的地在何方。

就在一切事情好转的当口儿,市政服务机构下令,将在下个月的夜间封闭通往我家的那条路。护工们要怎么来?下雪了怎么办?为了省钱竟然开始关闭路灯的市政服务机构会向大家保证:"我们会实施许可证制度。"没人相信。

"我们可能会陷入绝境。"

"没等饿死,你们就先被自己吓死了。"我说。

我本意是要鼓励他们,可一来老年人这个群体十分固执,二来谁也不知道以后还会遇上什么倒霉事,所以我只能留下了这么一句含糊不清、带些威胁意味的安慰。就这么反复念叨了好几次后——也不知道他们是否听得见,我溜去伦敦工作了。

■ 2018年2月15日

同往常一样,我逃到哪儿都躲不开姐姐的电子邮件。她跟我告状说,爸爸总是一动不动地坐在椅子上看西部片。妈妈呢?健康状况有所改善,还跟姐姐说"希望家里恢复原状",意思是想将爸爸目前睡的那个房间恢复成原来空闲的样子。这两件事我们都没法儿管。邮件里都是日常的抱怨。我们会尽职尽责地向彼此通传这些情况,仅此而已,并不用采取什么行动。毕竟,说到底,若是你的兄弟姐妹在照顾父母,你就侥幸逃过了一劫;若是你在照顾,轻松的就是他们。

姐姐说,有一次,她陪妈妈出门,回来的时候发现爸爸正在用微波炉热汤:

> 只见他立即坐下,吩咐妈妈帮他把汤端过去,我说他恢复得不错,他却骂我太不上心了,问我知不知道再晚回来五分钟,家里会发生什么事。

姐姐所谓的"善意询问"可能会惹得教皇候选人骂街,但她确实有所发现。这是爸爸最虚伪的一面。她还在邮件里写道:

> 他说:"在理想世界里,我应该可以成天在床上躺着!!"

我让她转告爸爸,如果他渴望成天在床上躺着,有的是地方能容下他这么做。但只要他还想和妈妈一起住在家里,那就不行。

她还说,家里热死了,从外面走进家门,就好像下飞机后一脚踏上了阿利坎特[1]。

我发现,只要家里的温控器没有调到最高温度,爸爸

---

1 阿利坎特:西班牙东南沿海的一个省份,属于地中海气候。

就会在不用助行架的情况下，不惜翻山越岭似的爬上楼梯，把它"纠正"过来。驱使爸爸出现这种体能大爆发的是他根植于心底的信念——屋里冷。正是这个举动带给了我们无尽的烦恼，不过几天之后，当外面真的天寒地冻、下起雪来，大家反倒有种松了口气的感觉。

■ 2018年2月27日

在整个国家受到严寒洗礼的时候，姐姐负责为爸妈采购日常所需，护工也都能及时上门帮忙。鉴于雪积得极厚，我家门前的路又是个坡，他们能如约而至绝对是件了不起的事。可有天早晨，他们没来，只好由妈妈伺候爸爸起床。

妈妈隔着电话回忆道："就跟给婴儿穿衣服似的，只不过婴儿的皮肤比他嫩多了。"面对未知时，想象力和实用主义永远是她的首要盟友。谈及吞下需要每晚服用的新药片时，她的语气相当欢快。

"如果我实在难以把它吞下去，"她告诉我，"我就会假装党卫军正在上楼，要来抓我了。"

我工作干得不错。学生们对我的教师身份十分尊敬，他们并不清楚我的过去或现在。于是，每天有那么几个小时，我可以施展一下工作能力，有人聆听，还能赚到钱。我终于感觉自己是这个世界的参与者，而不是干坐着的旁观者了，尽管上完课我就得去地铁上干坐着。到了晚上，我会把写过的片段补充完整，把它们梳理成更有条理的文章。我看着自己的文字，回想最近发生的那些事，笑了。之所以笑，是因为我感受到了从远处打量事情全貌的乐趣，还有独处的轻松惬意。可这一切转瞬即逝。快乐的时光终将结束，借来的公寓也要归还。

■ 2018年3月2日

我将旧物存放在位于伦敦与埃塞克斯郡交界处的一间小仓库里。去往库房，我与首都曾有过的那段脆弱而短暂的关系才渐渐立体起来。雪花穿过库房破损的玻璃顶落下来，我盯着那里的一箱箱东西，说实话，我都忘记里面是什么了。这地方实在冻得慌。我真想把那些东西一把火烧掉，这样既省事儿，又能取暖。可事实上，我只能把它们全部运回曾经生活的那个地方。

这对我的心灵和体力都是一种消耗，可谁叫它们都是我的东西呢？我只能硬着头皮开干。我想到了不打麻药就接受外科手术的水手，也许是因为爸爸心目中的英雄是纳尔逊[1]，而我从小就被这样的画面围绕着——在炮甲板上，男人们抱在一起，个个疼得龇牙咧嘴。奇怪，我的军事幻想竟然比妈妈的出生还要早上一个世纪。

1　霍雷肖·纳尔逊：英国十八世纪末至十九世纪初的著名海军将领及军事家。

■ 2018年3月11日

让我们看看家里的新情况。

爸爸勇敢地抛下了助行架,恢复了靠拐杖和扶着家具行走的日常状态,俨然一名平地上的登山家。总之,事情有进展。等母亲节的时候,估计爸妈都能去哥哥家吃午餐了。与此同时,我高高兴兴地将自己三十年前从这里搬出去的东西又搬了回来。

这件事大家都心知肚明,可我还是希望他们不要知道,或者说至少不想让他们看着我和侄子把积攒了几十年的破烂儿搬上阁楼、侧身避让,成为这件尴尬事儿的见证者。我注意到,这些破烂儿包括我最初离家时就已带走、到现在都没翻开的书,我原以为看了能让我增长智慧、生活平顺的书,可以让我离开浮躁、音乐、交际和酒吧的书。我并不觉得看了哪本书就能让我躲过现在的糟心事,可话又说回来,看了到底会怎样,谁又知道呢?

爸妈外出归来时,家里看上去跟他们出门前没什么两样,只不过阁楼横梁中央的凹陷程度严重了些,我的灵魂也平添了几分窘迫。我的进展(如果可以用这个词的话)和爸妈恢复健康的过程一样,忽快忽慢,无法预测。而考虑到他们的经历,"恢复健康"这个说法所能表达的也极为有限。总而言之,我又回来了。

阴影与尘埃

■ 2018 年 3 月 15 日

我在楼上和一位律师通电话，清点之前的生活留下的一片狼藉。时间点滴流逝，我眼看着这次计费咨询从几分钟拉长到几小时。这时，楼下传来了爸妈的争吵声。这座房子就像一支乐队，听它奏起一首熟悉的曲子，你才醒过神来，一时间不敢相信自己竟然还身处其中，或者不敢相信这竟是唯一向你敞开大门的地方。

爸妈家的固定电话像这里的其他物件一样，都和"现代"二字差了十万八千里。几只无线电话听筒很少放在各自匹配的听筒架上，被搞得一团糟，每只拿起来都能听到嘶嘶的背景音，好像电话那头是调频广播一样。我一定要把解决此事提上待办清单，只可惜我还没抽出时间来写这么个单子。电话那头律师所说的话,即使在四下安静时也很难懂,就像我小时候需要努力弄懂大人的话一样,而此刻,他的声音好似离我越发遥远,让位于父母的争吵。这回,让他们发生口角的是裤子。

妈妈怎么突然熨起衣服来,这事儿说来话长。但今天这场纠纷的重点在于,爸爸(我从来没见过他熨过衣服)坚称他的某条裤子上应该有裤线(其实他并不会穿那条裤子出门去哪儿或者见谁。从早到晚,他见的人只有我和妈妈,做的事也只有待在椅子上),可妈妈给他熨没了。

"棉布做的裤子没有裤线。"妈妈说。

爸爸用特别夸张的音量回应道——

"那是我特意做的裤线!"

这声音比妈妈能听见的音量还要高上几个等级,响彻整栋房子。考虑到他的体格和健康状况,能吼这么大声还真是个了不起的成就。人们推测,濒死之人保留着这样惊人的力量是为了发出绝望的恳求,或者发表最后的演讲,再或者是为了打个喷嚏。从衰老的身体中迸发出来的喷嚏好似原始的尖叫,能让窗户咯咯作响,相当震撼,就好像一只麻雀在高唱《重返黑暗》[1]的开头。

让爸爸怒吼的裤线其实是他用压裤机弄出来的。这件家用电器(如今放在楼上,他接触不到)说明了它的主人

---

1 《重返黑暗》:一首重金属摇滚歌曲。

做事严谨、自尊心强；同时，我（根据他参军的经历）推测，它也说明了这位主人不是不会用熨斗，而是不愿意用。此外，他还对周日报纸上的整版广告毫无抵抗力。如果你看见某样商品时想"谁会买这玩意儿呢"，我可以告诉你答案。

以妈妈的力量，她勉强能拎动熨斗；熨衣板比她还高，但除非被人限制了行动，否则她一定要把板子拖到合适的位置，然后一边熨衣物，一边唱歌。她开口唱歌会让人觉得妙极了，并非妈妈唱歌技巧有多高超——虽然她唱歌确实不跑调，而是妙在背后的意义，至少对我来说是如此。无论是小时候还是现在，我都会因妈妈的歌声留意到她的心情。无论是《我可以跳舞跳上一整晚》《溜冰圆舞曲》，还是其他曲目，你只需听她哼唱几个小节，就不会再担心她不高兴，只会为一个人能有如此开朗的性格惊叹。

我是个心烦时只会发牢骚、绝不会想起唱歌的人，所以妈妈这个习惯让我深受启发。我们总是为了日后可能出现的问题忽视当下的快乐，因此面对那些遇上困难也唱得出歌的人时，我们会自愧不如。我过去很喜欢一个说法，幸福其实是一种心态。事实会不会真的如此呢？

因歌声而放松下来的我脑海中飘过这些想法，这时，电话那头的律师对我表示了同情，并主动提出下次再联络。我同意了。我开始思考爸爸在衣着和形象上花的心思，思考要过多久他才会"准备好"再也不考虑这些问题。

■ 2018年3月16日

我们真要出门的话，风险就会随之升高。因为意识到这点，我们都变得十分紧张。出门前一晚，我们就会把要穿的衣服拿出来，检查两遍。不管是去医院还是去我哥家，每次出行都像是一次国事活动。我就当自己是在侍奉一个古老政体最后的王室成员，我觉得这么想是有好处的。

早晨起床那一系列事情做下来，我在帮爸爸提裤子或者梳头发的时候，借着照进来的阳光，会看到剥落的皮屑从爸爸的腿上和头皮上腾起，在光柱中翻卷沉浮。他身上掉落的皮屑多得惊人。

人们说，尘埃其实就是死皮，直到看见这一幕我才清楚，我们作为人的形态会持续不断地分解为这血肉之躯的组成成分，而这些成分将揭示我们最终的归宿。看懂这一层，你会感到极度不适，同时也能体会到一种美。不管观察什么东西，只要距离够近、时间够长，你都会感到惊奇。因此，急躁就成了感受的敌人。到最后，爱其实就是关注。

父亲的身体由一个个细胞聚集而成，它们总是不肯好好待在各自的岗位上。而我让这具躯体保持着基本良好的健康状况，为此颇有些自豪。这就像我在给一辆旧车抛光。车能不能开不重要，重要的是它可以锃亮地停在那儿。现在我不怎么给爸爸擦洗身体了，因为家里有了护工，不需要我操持此事。如果说和之前有什么区别的话，那就是我感觉自己现在像是被禁足了。我既害怕忘记怎么照顾爸爸，又害怕要一直照顾他。

如果光线恰到好处，就能看到爸爸身上的皮肤化成的碎屑在空中缓缓舞蹈，甚至能从中看出美妙。这一辈子，我老是听人说我想得太多，可像这种时候，想多点似乎能拯救自己。不知道爸爸是否有时候也这么看问题。我猜他会的。有时，我们之间唯一的不同，似乎是我找到了输出观点的渠道、表达感受的方式，尽管我的办法是把它们写成书，给陌生人看。就像他写明信片寄给亲人，我选择给整个世界写信。我们缺少面对面坦诚的交流。我希望以后我们能多聊聊，可是，那些未说出口的话仿佛一张毯子，我将它严严实实地裹在身上，不知道没了它我会是什么模样，也不知道该怎么把它放下。

■ 2018年3月17日

随着性命之忧渐渐远去，家中黎明已至，姐姐那猛禽般犀利的目光（也许是出于更深层次需求的驱使）不再紧盯着这栋房子的住户不放，而是投向了房子本身。有些我看不到的问题在她看来再明显不过了。这次，她看到的是灰尘。我在忙着思索尘埃的象征意义，她却对散布在各处的灰尘和更难处理的类似问题——严重的积灰采取了行动。

爸妈雇的清洁工性情温和，但缺少活力，因为她自己健康问题的困扰常常缺勤。爸妈却很喜欢她，她甚至还会反过来指挥他们干活儿。因此我提出让她别再来了，换成我自己尽心尽力打扫卫生，可姐姐却开始用更高的标准来要求大家，向这座房子和房子里面一个个被遗忘的角落发起了一系列进攻，都快让我窒息了。

她与那位清洁工的冲突让我想起了一件事，那是我在一次去伯利恒的旅途中了解到的。在马槽遗址上方的教堂中，不同的教派确实会为了谁来打扫、打扫哪里和为什么要打扫起争执。有时，修道士会拿着扫帚或手边的任何杂物打架，直到防暴警察介入才罢休。按照该地区的标准，这算不得什么大事，也许只是一种宣泄，小打小闹可以避免更大的冲突。家里的吸尘器就相当于修道士的扫帚。姐姐拿到了它，也就确立了她在这件事上的主导地位。那些挡姐姐路的人，有祸了。

搞卫生的时候，她像个全神贯注的疯子，就好像千万条性命都系于此事。姐姐曾咄咄逼人地教导我、演示给我看，什么叫有志者事竟成。于是，当难为情的我和姐姐一起完成某项保洁任务时，常常会竭尽全力，然后被劳动节奏之快搞得筋疲力尽。爸爸有藏饼干的习惯，又总是会忘记把饼干藏在哪儿了。对于爸爸的这些自杀式卡路里炸弹，姐姐单凭鼻子就能闻出来它们在哪儿，在这一点上她可以媲美警犬。她在家里转来转去，一边溜达一边说话。要不是我被她抓了壮丁，或许会为了看这一幕而购买门票，这像极了看一个人在水下呼吸。

姐姐在和我压根儿看不见的面包渣做斗争，我则去对付我看得见的垃圾，比如说堆成山的 DVD 光盘，还有摞成丘的旧数码产品、不知用途的小玩意儿。我有条不紊地把这些统统从家里清了出去。可以说，它们讲述了我这个时代的故事。我在清理的东西一度是我的珍宝，现在我把它们带回了这里，但它们显然不再是我曾经视为神圣的回忆了。我受到了路德宗式的启示。到头来，物就是物，物非我，我亦非物。我正在告别自己的一段人生，而我的父母，正像走钢索一样徘徊在他们人生的边缘。

■ 2018 年 3 月 18 日

对我这种大半辈子都居无定所的人来说，我的书实在太多了。我家门前这条路上有间卖二手货的小店，店家来挑拣了一番，很快就载着一后备厢的好书往上坡方向开去了。看到家里终于宽敞起来，我松了口气。可这轻松的感觉还没超过一分钟，药房的人就送来了鼓鼓囊囊的一大包东西，里面有药、敷料和导尿管。好在这些医疗用品不用再和五盘《祖鲁战争》的电影录像带、CD 随身听以及 1982 年产的儿童保温壶抢地盘了。

上楼

■ 2018 年 3 月 21 日

尽管我从小在这座房子里长大,因此不得已熟悉了这里的每一个角落、每一处橱柜,甚至还有我宁愿自己从来没见过的身体缝隙,但事实证明,这里仍有我不知道的事物。

这天晚上,护工取下爸爸身上的塑料管,给他戴上夜间所用的仪器,伺候他平平展展地躺到床上。这一切完成之后,妈妈宣布她要去楼上睡觉了。他们都睡着之后,除了供暖系统会发出不规律的砰砰声之外,家里可安静了。我可以自由活动了,但我也选择去睡觉。不过在妈妈上楼之前,我们必须帮她把她要的东西拿上去。

要是没人监督,她上楼时一定哪只手都不闲着。她可能要拿的有书、一个手提包(包口的一圈都磨烂了)、纸巾、老花镜和一杯牛奶。不知道你是否看过一部叫《徒手攀岩》的纪录片，讲的是一个登山者想在无绳索保护的条件下攀上酋长岩。妈妈上楼就跟那部电影里的情形似的，让人不敢去看。她拿着一堆七零八碎的东西，颤颤巍巍地走上楼梯。意外随时可能发生，就像孩子们玩"尥蹶子的骡子[1]"，或者拆弹专家一次又一次地去执行任务一样，最后肯定会出事。这种时候，你要么插手，要么干脆走开，别看了。

今晚我决定留下来，帮她把需要的东西拿上去。可这次她要的东西让我吃了一惊。

"彼得去哪儿了？"她问。

这并不是谁家的宠物或我认识的人的名字，所以我感到很困惑。我不想总是复习关于痴呆症的知识，可一旦发生由此导致的意外，它就会侵扰你的头脑，而这种意外每隔十分钟就会出现。她迈着沉重而缓慢的步伐离开了（此时此刻，我手上拿着她的所有东西，头一回觉得自己无能为力）。她不知从什么鬼地方找到一个旧娃娃的头，带着它又回来了。

原来，彼得是她孩提时代的玩具，是她从二十世纪二十年代喜欢至今的娃娃。它那和身子分家的小脑袋依然

---

[1] 这是孩之宝公司于1970年发售的一款玩具，内含带弹簧装置的塑料骡子和若干小道具。孩子们要轮流将小道具挂在骡背的鞍子上，如果动作太大，将骡子身上的小道具甩下去就输了。

能在她烦恼的时候提供支持与安慰。目前我回家住已经有十三个月了，此前与她一起生活也有十八年的时间，可我从来没听说过彼得，更没见过它。可它现在就在我眼前，长着一双黑眼睛，面色苍白如幽灵。母亲举着它给我看，就好像在演《哈姆雷特》。

"我就像他一样。"她宣布。

说着，彼得的陶瓷脑袋一斜，眼皮就落下了。

"我要躺下，然后闭上眼睛。"

说完她就上楼去了，胳膊底下夹着卡通幽灵般的彼得的头。我受到了触动。我想我是觉得难过。我担心会失去她。那一刻，我仿佛又回到了童年。有时候，父母会明显地表现出孩子般的状态，看到这样的他们，我就会想，在点滴积累的、无形的时间与期待之下，我们到底是谁？或许我们依旧是孩子，只不过身体被拉长了，也不如从前那么娇嫩，我们正在一场从未打算参加的赛跑中持续地迷惘着。

这才是我们自己

■ 2018 年 3 月 22 日

　　我用茶加威士忌的老花招诱使爸爸恢复了活动能力。如果他想喝茶，我就建议他和我一起沏上一壶，后来他便试着独自沏茶了。六点钟，爸爸体内的酒虫作祟时，我就告诉他，想倒酒喝也得自己来。于是，他不得不起身离开椅子，而且站起来的次数日渐增多。他会像举哑铃一样举起酒瓶。不过，这件事他会一直巧妙地瞒过治疗师，就像他每天看的西部片里的阿帕切人一样狡猾……总之，他一直在进步。

　　我看到他身上闪现出旧日的个性，有了人类该有的样子，不再只是一个焦头烂额的、衰老的家伙。他竟然还恰到好处地开了个很有意思的玩笑。

"你今天有什么计划?"一天早晨,我母亲问他。

"我得出去修剪草坪。"他回答。

他现在的体重很可能还没我家的割草机重。

他又开始用平板电脑购物了。他戳屏幕买回来的菜和我们家任何人习惯吃的东西都不沾边,也不在他应该遵守的饮食规定之列。于是,我们回到了原点,这比我们之前经历的好多了。

有件事可以视为家里情况有了很大改善的标志,不过它也可能预示着要出岔子了,那就是妈妈提起了开车。她有五个月没聊过这事了,我暗自希望她以后都不会再妄想开车。可冰雪融化时,她很快就按捺不住了,像埃尔顿·塞纳[1]或者电影《大逃亡》[2]里的史蒂夫·麦奎因一样,一边摆弄着车钥匙,一边渴望地盯着公路。

既然我不开车,那我就选择不参与关于此事的争论。如果哥哥参与进来,局势就紧张了。在他来看,不管怎样,行动都胜过语言。

嘚嘚的马蹄声盖过了车钥匙的嘎啦声,预示着姐姐驾着"灾难战车"赶到了。她开始长篇大论,劝妈妈应该趁着还没出事彻底放弃开车。我则建议妈妈去上一堂驾驶能力评估课。后来,有一天,哥哥干脆和她一起上了车,他

---

[1] 埃尔顿·塞纳:巴西赛车运动员,1994 年在圣马力诺大奖赛上意外丧生。
[2] 《大逃亡》:1963 年上映的电影,讲述"二战"期间,在德军的战俘营里,史蒂夫·麦奎因扮演的美国人希尔带领其他俘虏一同越狱的故事。

们围着街区在附近的路上绕了几圈，最后他宣布妈妈可以开车。

其实我更担心的是他人的安危。要是她开车上路撞了人，那后果恐怕是我们无法承受的。我在心中已经向被压扁的孩子的父母拟好了一封道歉信："对不起，可我只是她最小的孩子，所以这真不是我的错。此致敬礼，一个四十七岁的男人。"

妈妈第一次尝试开车时有点犹豫。我陪她一起坐在车上，这情形和去年她开车时很像。比起之前，她现在开得不算好，也不算差。她特别喜欢看飞机在空中留下的尾迹，喜欢到如果天上出现这东西，她就不再看路的程度。还有某些花花草草，也能吸引她的注意力。

"哎呀，木兰花！"她会大叫，然后就把车朝着错误的小路开过去。

去年，她在一条双行道上开车，为了强调一件事，她双手都离开了方向盘，转身对我说——

"我爱死这辆车了！"

"把你的手放到方向盘上！看路！"

她几乎总是发出泊车的信号，却又不会停车。除了上面说的这些，她开车没有其他问题了。对了，要想见识其他人有多狂躁，这世界上最管用的法子莫过于慢慢开车。

鉴于爸爸身体好多了，妈妈也能开车了，我又接了两周的教学工作，准备逃离这个摇摇欲坠的地方。

■ 2018年3月31日

我离开的那天，决定走前先让这个家运转起来。于是，我接待完到访的片区护士后才洗上了澡。这推迟的净化仪式有一种神圣感。如果我站在莲蓬头下，那通常说明一天中最难熬的部分已经过去了。就算接下来还有难题等着我，起码眼下这一刻是完完全全属于自己的。我已经让自己学会了，到了这里，就把所有的烦心事都抛到一边，单纯地欣赏淋浴间内洒在流水上的光。这也是一间明亮的南向房间。我打开音乐，看着镜子，告诉自己，我还能行，然后像十七岁那样做了几个鬼脸，亮一亮肱二头肌。今天早上，我要再次离开这个家了，尽管只是离开短短的两周，但我依然感觉自己散发出了蓬勃的朝气。这也是一项成就，算是我朝着某个目的地又迈进了一步。至少，我清楚自己这次还是要回来的，我也接受了这一点。不管是在做决定还是在别的什么事上，我都不再幻想有什么永久性可言了。"永久性"这东西已经像淋浴的水一样，消失在了下水道里。

我正努力充分利用这低压的水流好好洗澡，妈妈闯了进来。这种事倒不是没发生过，只是每次碰上这种情况，我都会大喊一声"我在洗澡呢"！然后她就不再往里走了。

但今天不一般。妈妈还在往里走，边走边反复念叨："紧急情况！紧急情况！"就像倒车时反复声明"倒车请注意！"一样。

显然，家里出了大事。我飞快地穿上衣服。

片区护士解释说，她刚刚取出了爸爸的旧导尿管，却插不进去那根新的。做这事儿需要技巧。我们以为插进去是轻而易举的，可事情真没这么简单。她所在的班组中目前没有别人能赶过来处理，所以我们不得不去看急诊。爸爸对此并不着急，可他的肾耽误不起。不去急诊的话，他可能会出现严重的肾脏问题。

护士告诉我们，到了急诊室就跟接待处说他有"尿潴留"的问题。我赶紧叫了辆出租车，沿着熟悉的路赶往医院。尽管他的情况很紧急，我们还是得和其他人一起排队等着，包括受伤的建筑工人、倒霉的孩子，还有"你也不知道他们是怎么了，但总之不想落得那般田地"的人。

尽管爸爸平日里是个不愿配合别人的主儿，但真遇上了困难，他倒是挺坚忍的。真是奇怪，一到了医院，我就开始钦佩他，可一回家，我就恨他恨得牙根痒痒。还有，到了这儿，我们的话就多了起来，好像冥冥中有一个更高的意志在推动我们交流。不管怎么说，现在我们的压力算是卸下了，因为迟早会有人过来，告诉我们接下来该怎么做。

还是那个更高的意志，它迫使我们等了大约一个小时，然后我才推着他穿过那摆满了高科技设备、到处都是医护人员忙碌身影的重症监护室走廊，来到一间病房。在这里，一个西班牙裔护士跟我们核对了一下病人的情况，问了一些问题。这位男护士手执导尿管，麻利又精准地将它插入了爸爸的身体，没给他带来丝毫痛楚。

"你应该去玩飞镖。"我对他说。

他没笑，也不必笑。在这个地方，大家需要的是专业。寻找温情是我自己不对。

不到两个小时，我们就回到了家，茶都还没凉。医疗体系好使的时候美好极了，一切都顺顺利利的。世上竟然有这么个体系，真是难以置信。我觉得，爸爸每次和这个体系接触，都能得到安抚。每一次，我们真实的体验都完胜报纸上的新闻标题。

整栋房子里都弥漫着"我们的问题可以迎刃而解"的轻松愉悦氛围，我们一起坐在起居室里，对即将面对的生活付之一笑。这种时候就是这样。他们感谢我：

"这次安排得真好。"

不知怎的，其他事情都不重要了，不管是目前的家庭状况、疾病、争吵还是各种糟心事儿……都不重要，双亲健在就是我的福祉了。这一刻，我只觉得幸运，别无他求。

战役过后转瞬即逝的满足与喜悦是难以言表的。也许，这与生活质量无关，而是与生活本身息息相关。从某个角度来说，这就像是童年的疯狂重现，像是一种你能记得更清楚的孩提时代。比起楼上相册中褪色的拍立得相纸所承载的回忆，眼下的一切离你更近。此刻似乎与过往相隔甚远，但不知怎的，二者又不分彼此。我们好似疲惫的斗士，在起居室中各踞一角，静静地休息。经历过那么多之后，聚在这儿的还是我们这些人。但凡我们中有两个以上的人还有力气站起来，此时此刻，我们一定已经抱作一团了。

"早点回来看望我们哦。"爸爸说。

这话说得好像我是偶尔登门，而不是已经在这儿住了一年有余。我想，他可能是对现在的情况有什么误会，也可能他是真的想放我自由。我与他们吻别，叫了一辆出租车。离家的时刻，我对他们两个的爱简直到了无以复加的程度。我真想知道，这是不是因为我和爸爸一样，都有一颗水手的心？这是水手的烦恼啊。他会不会也有过同样的感受？作为家人，我们深爱彼此，这没毛病，但为什么我们总在如此错误的时刻萌生出如此深刻的爱意？

司机载着我向山上驶去，广播里响起了皇后乐队和大卫·鲍伊的《压力之下》。那栋房子渐渐消失在我的视野中，但不知怎的，它留在了我的心底，正如歌里唱的那样："爱让我们改变关心自己的方式……这是我们的最后一支舞。这才是我们自己。"

要不是怕会因为弄脏车子交罚款，我可能直接就在车里痛哭流涕了。我克制着没让眼睛湿润起来，但心如潮水般汹涌，它一点都不听我的话，就像这个世界一样。

儿子照常起床

■ 2018 年 4 月 10 日

春天翩然而至,带来了种种不易察觉的变化。没在家照顾父母的日子里,我始终心怀愧疚,但今天的事让我停止了愧疚。我给他们打了个电话,发现他们正在吃饭。妈妈又开始下厨了,他俩都开心地吃上了正经的饭菜。我其实希望能听到他们再次对我表示感谢:"我们很好,真是多亏了你啊。"

可我没听到。我一直以为妈妈依赖我、需要我保护,可这次她竟然让我等他们吃完晚餐再打电话。这已经够让我吃惊了,但接着,妈妈没把电话放好,导致我听到了更令人吃惊的对话。他们竟然在抱怨我不该打这通电话。

"他想什么呢?"

"他明知道这时候咱们正忙活着。"

"我们正想好好吃顿饭呢。"爸爸说,好似他刚出斋月,而不是刚出起居室。

我不禁愕然,甚至有点气恼,但我继续听了下去,听他们一边嘟囔我,一边舞着刀叉,发出叮叮咣咣的动静,大口嚼着饭菜。这时,我突然悟到了一件事情。

他们脱离了我的帮助,也不靠哥哥和姐姐,有了他们自己的生活。我的认知中有着根深蒂固的盲点,我总是只看到痛苦和烦恼,看不到人。他们是只想安安静静吃顿饭、不被电话打扰的人啊。我的脑子终于转过来弯了。在这件事上,我没什么好委屈的,因为这分明是一个天大的好消息。

■ 2018 年 4 月 20 日

我再次借住在去非洲的那位朋友的公寓,也正因为此,我去见了他的冈比亚朋友哈苏姆。我们在一家酒店的酒吧碰了头,哈苏姆问我现在在做什么工作。我说我现在主要是在照顾父母。听到我这么说,英国人的标准回应总会透着同情或怜悯,我也习惯于对方这样反应。

可哈苏姆正相反,他看我的眼神就好像我刚刚升级做了父亲(这么打比方可能不太对),他跟我碰了碰拳,然后郑重其事地说——

"真是了不起!"

我惊讶于我们的文化如此不同。接着,他告诉我,他有十个孩子,总有一个靠得住,所以他以后肯定不愁找不到人照顾。他可能心态比我更乐观,但其实也是在碰运气——相信能有个孩子愿意照顾他。

■ 2018 年 4 月 26 日

家里传来新消息:爸爸得了带状疱疹,生在后背和眼睛上。就是这种病让妈妈数月卧床不起、被缠绵不去的神经痛长期折磨,所以我感觉这病也会让他很遭罪,至少会让他叫苦不迭。虽然很不情愿,但我意识到,自由的窗口可能要再次关闭了。

眼看爸爸要病倒了(同往常一样,这是爸妈最关键的区别:妈妈没那么容易倒下),我也做好了回家的准备,可爸爸这次与以往行事风格迥异,竟然没几天就康复了。我回到家时发现,虽然他的皮肤看起来很狰狞,但其实身体状况已经有所好转了。一如既往,这都是无法预料的事。如果这是赌场里的牌局,你可能早已离开了牌桌,囊空如洗、不可置信。然而,我们还在继续。

■ 2018年5月3日

你永远也猜不准一周后会发生什么。这几天都是大晴天,我家再次恢复了某种秩序。我继续过着来回跑的日子,在家住一个星期,再去伦敦工作一个星期。这似乎是一种易于掌控的平衡。我们彼此都不用彻底切断联系,独自面对自己。纸牌屋看似容易倾覆,实则自有其稳固的结构,我们的生活就是这样趋于稳定的。

■ 2018年5月17日

夏日将至的迹象触动了老爷子的心弦,他在网上订购了一身白色西服。衣服寄到的时候,他早忘了这回事。尽管姐姐把它退了,我还是要向爸爸网购时的那股心气儿致敬。不管他以为自己能换上这身行头去什么地方,这都是他数月前不曾有过的梦想。

至于妈妈,她依然保持着开车的习惯,哪怕只在附近开。现在,她不像以前那么频繁地打车去找朋友们了,但按照她自己的看法,她拥有充分的自由。但是,就像爸爸和他那些没穿过的衣服一样,她这个想法要比我们专横地要求对方面对现实更重要——尽管这些廉价的亚麻与汽油梦的背后,提供支持的是燃料和人力。

管道又坏了

■ 2018年6月5日

天气热起来了,差不多到了该关暖气的时候。真是令人兴奋的时节啊。我满心想着我家这栋房子,它时常吱嘎作响,好像在做伸展运动,要把冬天里那一身寒气甩掉。和它住户的身体一样,这宅子也已经承受了太多。

首先要属家里的排水系统。有时候,它会把所有东西都敛到一起,再通过抽水马桶一股脑回馈给房子,那是什么场面你完全可以想象得到。尽管在某些方面上,我有洁癖,甚至到了神经质的程度,但与父母同住了十五个月后,我先前用来对付下水道污物的精力都已经蒸发殆尽了。

住在上了年头的房子里,每天都会面临着先修什么地方的难题。就连换个新灯泡,我都忍不住想,这玩意儿到底能不能比它照亮的那些物件儿撑的时间长？老爷子签了《放弃急救同意书》，为身体下次"坏掉"提前做了安排，但对于大多数坏掉的东西，我并不会换掉它们，而是努力修复。现在，隔三岔五地疏通下水道成了我的专长。

如果我不每隔十二周撬开井盖，用花园里浇水的软管冲洗，下水道就会罢工。我甚至在手机上为此设置了日程提醒。就算这样，我有时还是会忘记。于是，在这个阳光灿烂的六月下午，房子的排水系统再次发生故障。

父母把我叫进起居室。

"马桶坏了。"

我完全懂这话的意思，但不知怎的，我就像被困在反复演出的剧目中的演员，还是将下面这段对话表演了一遍。

"马桶怎么了？"

"堵了。"

"怎么堵的？"

这个问题一出，他们两个会联起手来与我过招，双双否认。

"我可什么都没干。"

"我可什么都没干。"

"我们不知道怎么回事。"

很快，我就掌握了铁证——粪便、湿巾和卫生纸密密匝匝缠成了一团硬疙瘩。对付这玩意儿，你得假装自己看不见它有多恶心，再生生用锐物将它从下水道里"凿"出来,就好像你是个被诅咒的雕塑家。这还没完,就在我回去盘问他们这事儿究竟该怪谁、是谁上厕所这么不管不顾的时候,我想到了我家一个令人震惊的真相——人人都是大骗子。我们三个加起来都有二百多岁了,可我们还要在"马桶堵了"这种小事上扯谎。

我第一次看破他们的骗局是去年夏天,当时我想追查是谁在偷吃黄油酥饼,父母在我展开的侦察行动面前输得一败涂地。在老爷子那一身毛病中,糖尿病根本排不上号儿,可毕竟他有这个病,还有其他特定的合并症。用这种饼干替代"正经餐食",对治疗他的这些病都没好处。再说了,既然你的屎都要由我来收拾,在你吃什么这个问题上,或许我应该有发言权。

尽管我从来没买过黄油酥饼,但这东西总是出现在我家,这自然说明有人在买。尽管他们都特别爱吃这东西,却都记不住它的名字。所以,他们管它叫"苏格兰饼干",就好像迷信的演员害怕说出他们出演剧目的名字[1]。

他们每个人都说是对方买的饼干,把吃饼干的罪名扣到对方头上。直到有一天,我和妈妈一起逛商场,眼看着她把饼干塞进了手推车。我问她是给谁买的,顺便指出爸爸正在住院,没在家,可她只是耸耸肩,继续蹒跚着去拿

---

[1] 西方戏剧行业有个不成文的规定,排练和演出《麦克白》期间,大家不能在剧场内提该剧的名字,而是称之为"苏格兰戏",否则就会发生不幸。

鸡蛋了。从那时起，我就知道了这个不幸的真相：他们俩都在偷吃这种饼干，也都在撒谎。至于我，在这部关于饼干的黑色电影中，就像一个注定要失败的侦探，对现实的否认和对揭开真相的渴望在心中交织着，永远迷茫，永远无法把握大局。

话说回来，在下水道堵塞这件事上，我也是如此。

"不是我。"一个人说。

"我从来不干这种事。"另一个人辩白道。

"是护工把那些玩意儿扔进去的。"他们异口同声地主张。

一天之中，我们不知会为此激烈地争吵多少回。有时候，经过评估，大脑会告诉我，甭管我怪谁，都将一无所获，所以大家索性都别揪着这事不放了。

这件事可以不管，但不管下水道的话它就会一直堵着。如果我不在家，他们就要花 300 英镑才能解决问题。不仅要花钱，家门口还会停着迪诺-罗德公司[1]的车，实在是"丢人现眼"（这是妈妈说的，不是我）。

"门前竟然有那么扎眼的亮橙色玩意儿！"她一想起那场面就会激动得发抖。

我并没有妈妈那些忧虑，但看到她如此忧虑，我感觉麻烦应该不是她惹的。我非常清楚谁是这背后的罪魁祸首。但同时，知道这个元凶能走到卫生间，而且是独自上厕所，

---

[1] 迪诺-罗德公司：英国专业管道疏通公司。

我很欣慰。所以，处理"堆肥"只是我要付出的一个很小的代价。

再说，这会让我觉得家里的事还得靠我，我是个有用的人。在这里，我是个动手解决问题的人，不是个空想家。一个人从头到尾做完一件事，在这个过程中，你的眼中就只有这一件事。于是，哪怕在无人注意的角落，甚至包括常常堵塞的下水道，你都会感受到一种奇异的自由。

解决完堵塞难题，我用水管冲着污迹斑斑的靴子。妈妈在一旁看着。

"你小时候可是得过不少童子军徽章。"她思索着。

其实我只得过两枚，是"阅读"和"点篝火"的徽章。那两次都是我珍贵的回忆。

"这次我有徽章可得吗？"

"嗯，应该给你发一枚。"

光明的未来

■ 2018年6月17日

大晴天越来越多。和冬天时相比,我家的房子和花园像是变了个样子。妈妈欣赏着她的花,陷入了沉思。

"现在回头看看六个月前,那时候过得真是差劲。"她说。

她说的是去年圣诞节,我们带他俩走出家门进行了一系列活动,我以为那天算是一个小小的胜利。可她却说感觉很难过,因为在去哥哥家的路上,她一直在心里祈祷不要碰上红灯,这样就可以快去快回,早点回家。当时,我沉浸在自己的忧虑中,对她的心理活动毫无觉察。

"我觉得我应该提醒人们。"妈妈说起老年生活,这样表示。

"你就好好地活着、健康地活着,给他们树个榜样吧。"

我的语速有点快。

也许,与其说我是在跟她说话,倒不如说是在自我安慰。

■ 2018 年 6 月 27 日

世界杯唤醒了尘封已久的恩仇。父母年纪大了,所以只要看到德国人输球,他们就特别高兴,这次的足球赛恰好满足了他们的愿望。与此同时,我们攀着马斯洛需求层次的金字塔一跃而上,从"只要活着就好"的层次跳到了"还要美好生活"的层次,所以我们请人来清理露台。

"他有种从美国进口的化学清洁剂。"妈妈反复念叨。

"从美国进口的化学清洁剂。"

在我看来,那玩意儿与氯气无异。花园里顿时云山雾罩,蒸汽都漫进了房子。爸妈毫无反应,我却呼吸困难,直淌眼泪。我赶紧跑到外面,或许躺在草坪上死掉才应景儿,就像第一次世界大战中一位诗人见证的那样[1]。

我为了正常呼吸夸张地挣扎着,这时,妈妈从房子里走了出来。她对我不闻不问,倒是欣赏起已经被漂白一新的露台来。

"不可思议。"她说。

---

[1] 在第一次世界大战中,交战各国屡屡通过毒气战来制敌。英国一位士兵诗人威尔弗莱德·欧文曾在诗歌《为国捐躯》中描绘了当时的惨状。

那些长霉的石头一直是她的一块心病,都自顾不暇了,她还忘不了为这事儿发愁。我不知道她是怎么突然想起这件事的,我只知道,她并不准备搭理她那快要被呛死的儿子。

"这种效果能持续多久?"她问拿着美国进口化学清洁剂(氯气)的男人。

"四年。"他说。

"四年,"她兴奋地对爸爸说,"我们这四年都不用愁了!"

她甚至都没想过他们能否活那么长。我剧烈咳嗽起来,把更多的毒气吸进肺里。世事难料啊,我想。

■ 2018年7月3日

我从露台的"帕斯尚尔战役"[1]中幸存下来后,有个朋友邀请我一起去城里逛逛,我给予了他比以往更为积极的日耳曼式回应。城里有座旧百货大楼,改建成了一座新美术馆,这崭新的建筑让这个城市为之骄傲,也提振了我的精神。我一直热爱艺术,也理解人们会担心政府在这方面投入了过多的公共开支,但我可以这么说,这些抽象的图案与我的现实的现实生活相隔甚远,也正是因为这一点,

---

1 帕斯尚尔战役:又称"第三次伊普尔战役",是"一战"期间的一场著名战役,其中氯气造成了大量伤亡。

我感觉自己灵魂深处有什么东西轻盈地浮了起来,就为了与它们相遇。这是个治愈的过程。

我们还参观了城里的旧美术馆。从我出生到现在,那里挂的都是同一批画,但每次去看,它们都能给我一些新的感受。欣赏艺术是另一种了解自己的方式。艺术的力量抚慰了我脆弱的心灵,让我愉快而自信地回到了家。这下,父母凌乱的家在我眼中已是又一番天地了。他们一定从这里——他们生活的美术馆中获得了充沛的力量。

■ 2018 年 7 月 5 日

爸爸的八十八岁寿诞将至。凡是他在广告上见过的东西,他都买了个遍,所以我们要想给他挑一件可心的礼物,着实有些难度。于是,我想着送他一个与他老家有关的物件。有一次我上网发现,他长大的地方挨着当时欧洲最高的工业烟囱,"奥德利垃圾焚化炉"。在照片里看,这烟囱高得惊人,特别不真实,把周围的车和人都衬得格外小。它比自由女神像都高。

三百多英尺[1]高。

我问他那烟囱看着是什么感觉。因为在我的想象中,

---

1 1 英尺 ≈ 0.3048 米。——编者注

它应该会给人留下不可磨灭的印象。既然我在网上看它的照片都激动不已,那它在爸爸的童年回忆中也一定是了不得的存在吧。

结果他说:"老家的确有那么根烟囱。至于什么样,就是立在那儿呗。"

价值观是把双刃剑。爸爸喜欢反复提及的有两件事,而我能做的就是耐着性子听他反复提。其中之一是壁炉架上方的一幅画,画着约克郡荒原的风景,那是他在八十年代中期自驾旅行途中买的。当年的我被异国旅行惯坏了,再加上荷尔蒙躁动,所以觉得驱车穿越约克郡没什么意思。

"你知道那幅画吗?"他以这句话开头。

是啊,我知道那幅画。然后他要么会夸那幅画,要么会赞美那次度假,再不然就是扬扬得意地说起我家的起居室——一座乱糟糟的万神殿,堆满了往昔的纪念品。从某种程度上说,那生着闷气听他唠叨的少年还在。

"是,我知道那幅该死的画!"我想大声告诉他,但开口之后,这句话就变成了小声嘟囔。

抱歉,不好意思。我们重新开始。

类似的情况还发生在一张餐垫上。这张餐垫上画着一家兰开夏郡的酒店,多年前,我们的大家族会在那里聚会。我们家里有许多家庭聚会的照片,可里面的人、当时的时髦装扮和雪茄早就不知哪里去了。

晚餐后,他拿起那张餐垫,说道——

"你一定想不起来这个地方了……"

其实我想得起来,我想忘都忘不了,可现在,他好像觉得很有必要再提醒我一遍。这种事发生过太多次了。

"我们上周刚聊过,你知道吧?"我过去常会这么说。

他似乎听懂了我话里告诫的意味,但我很难判断,什么时候该听之任之,什么时候该多说两句。我不想让他们就此变成脑子一团糨糊的老糊涂。我的耐心耗尽时,多少就是靠着这个念头才和他们继续聊下去的。情况好的时候,我还会告诉他那家酒店的名字。

"哦,"听他的语气,可以说他对这个问题毫不关心,"原来这家酒店叫这个名字啊。"

关于美好的旧日时光,心情与感受远比事实细节更重要。长久以来,我总是把这点记反。

通信不畅

■ 2018年7月6日

为一个想法心醉神迷或许并不是什么坏事,我和哥哥、姐姐就酝酿了一个计划。等到七月中旬,姐姐就六十岁了,她准备去西班牙和朋友们聚聚。如果我们都走了,那么这将是近两年来我们头一回都离开父母,没有一个子女留在他们身边待命。应该没问题的,爸爸有护工照料,妈妈开车开得很稳,而且身体康健,部分原因就在于她还在坚持开车。他们脖子上都挂着紧急呼叫的按钮。街坊邻居们也都很关注他们俩的状况。姐姐借给我一些钱,我订好了机票。我需要度个假。可以说,在我家,百分之八十的人都会支持我,成为我在暴风雨中的避风港(或者说度假胜地)。

就在一切都安排妥当的时候,我们遇上了大麻烦,爸妈的固定电话打不通了。有些人家已经不再用这种过时的通信网络,可在我们家,对爸妈来说,它就像脊梁一样重要。我家的紧急呼叫系统是通过固话线路接进来的,宽带也一样,所以两者现在都用不了了。其实他们俩都有基础款手机,但是谁都不喜欢用,也都不太明白怎么用。另外,我家的手机信号特别差。我们不能在他们无法顺畅联系外界的情况下离开。

你可能会以为,电话公司总不能丢下客户不管,但他们真敢这么做。我们在努力重新连入通信网络,电话公司却无视客户弱势群体的身份,用虚假信息糊弄他们,表现出骨子里的漠不关心,打心理战似的扯一堆废话。总之,他们花活儿一套一套的,仿佛在唱巴洛克歌剧。

我们首先联系的是一家位于海外的客服中心。这通电话并非针对他们,可他们还是选择欺骗我们。此举显然源于那家电话公司的默许,还有削减成本的目的——这也是该海外客服中心存在的原因。

"整条街的固话线路都断了。"一位客服告诉我,他跟我保证,在亟待解决的问题中,这种大规模故障的优先级是最高的。

我去了趟邻居家,发现人家的电话好好的。于是,我又给他们打了过去。这回接电话的是另一位客服,他解释了十分钟,把刚才那套谎言又搬了出来(我是忍着差劲的信号,通过手机听他讲这番屁话的)。

"这次故障波及了您那边的一大片区域!"听语气,客服像是为通信中断的规模感到万分惶恐。

"没有的事儿。"我说,"我去邻居家看过了。"

"那您一定是搞错了。"

"我没搞错。"听到我这么说,对方竟然把电话挂断了。

此时,我的怒火简直能给一整只冷冻火鸡解冻。

我连着深呼吸了好几次,又徒劳地冲厨房桌子踢了几脚,这才压住了内心的"切尔诺贝利"。他们的这些初期对策只不过掩饰了一个更深层的问题。想到这种公然的浑蛋行径现在成了我们生活中绕不过去的坎儿,想到越往后越容易碰上这类事儿……我怎么都无法消气。也许这愤怒正是我写作的原因,也是我再次拿起手机打电话的原因。

戳穿谎言 A 之后,我现在要面对谎言 B 了。

"是挖掘工程带来的问题。"

在七月的暑气中,附近的街坊四邻异常安静,就算有人用勺子在半熟的鸡蛋上敲一下,我也能听得到,哪怕我正在耳鸣。所以,这里并没有什么挖掘工程。

"你说的挖掘工程在哪儿?"我问。

他们不知道。

"我有辆自行车,也有充足的时间。你告诉我挖掘工程在哪儿,我去给工人们送壶茶。"

"整片区域的固话线路都断了。"

"没有这么回事。"

他们让我稍等，然后我的手机就没信号了。

如此反复多次。关于爸妈的弱势群体身份，我跟他们强调过了，没用。他们也给了我许多线路中断的理由，没有一条立得住。

"您能给我们发电子邮件说明此事吗？"客服中心的某个工作人员说。

"不能。"我重申，"因为我家现在连不上宽带，信号全断了。"

"这样啊。"他们说，就好像这让他们挺惊讶的一样。

■ 2018年7月9日

如果不算被他们中途挂断的电话，同时抛开我打到一半手机没信号的情况，每一通打了也白打的电话，通话时长都在十五分钟左右。这种电话我一天打五到十次，已经打了两天。今天，我开始在一个与我父母完全隔绝的世界——社交媒体上抱怨此事。我面向大众网友的诉说稍有夸张，但是立即就收到了回应。

终于有坐标在英国的人给我打电话了。他们感到非常抱歉。因为爸妈没有通过邮件向医生申请，认证弱势群体身份，所以还不能得到相应的服务。

"所以，除非你们的客户属于弱势群体，否则就得不到像样的服务?"

一个简单的请求就能让人全面见识到当代企业的种种弊病,而在老年人日常碰到的愤怒事情中,这不过是冰山一角。我必须再次反思并时刻铭记,如果没有像我这样时间充裕、较真到变态的人为他们撑腰,他们,还有像他们这样的人就完蛋了。于是,趁爸妈在起居室坐着,我就自己的所思所想跟他们大发了一通感慨,首先,这些想法和他们有关;其次,还有谁能听我絮叨呢?

"他这是在说什么呢?"我说完之后,妈妈问爸爸。

他一语未发,只是耸了耸肩。

2018年7月14日

我们过了八天与世隔绝的日子,也忍受了八天的欺骗。再这么下去,恐怕我的度假计划就泡汤了。就在这时,一位工程师登门了。在要么被客服中心敷衍,要么遭系统性冷落的世界里,真人上门服务就好像沙漠中的水。考虑到眼下酷热的天气,这个比喻就更传神了。他开始用喷枪在晒得发亮的车道上喷符号。妈妈在一旁看得入了迷。

"这拨儿才是真男人,"她宣布,"上一拨儿不过是几个毛头小子。"

"什么上一拨儿?"

"哦，对了，几天前你不在家的时候来了几个人。我没想着要告诉你。"

原来我一直在罔顾事实瞎喊冤，真是尴尬。不过也没关系。那个真男人带着另外几个真男人回来了。一个小时后，他们就把固话线路修好了。

■ 2018 年 7 月 15 日

电话公司打来电话做回访，问我对他们的服务是否满意。我只希望他们记下了我反映的问题；另外，如果以后还是会发生线路中断的情况，我希望次数少一点。

"当然，您反映的问题我们记录了。"

"那你给我念一遍都记了什么。"

"因为此前您未提出信息自由的请求，我们无法满足您的要求。"

我果断放弃沟通，去了西班牙。

假期，庆祝

■ 2018年7月18日

旅行进入第三天，哥哥在度假别墅对面向我挥手示意，就像在派对上招呼某个朋友，又不想让其他人注意到似的。只不过，他叫我过去是要告诉我家里的消息。

爸爸摔了，摔断了股骨，于是，他又去住院了。当时妈妈叫了辆救护车，安德鲁补了我们的缺，将一切安排妥当。整体来看，这次突发状况并没有失控，我们没必要立刻飞回家，也没必要告诉姐姐。她可以不被这个消息打扰，尽情地庆祝生日。这个星期剩下的日子里，姐姐经常念叨的"摔断髋骨，在床上躺着直到失智，最后死掉"恐怕要一直在我脑海里转悠了。原本一切都是那么顺利。

我在海滩上看着蓝色的天际线，从未像现在这样清楚地意识到，命运认认真真地把我们的计划揉成了一个球，抛到空中，还没等落地，就把它一脚踢进了垃圾桶。为了不再让自己乱想，我租了一辆昂贵的山地车。那真是一台令人惊讶的机械设备，是我骑过的最好的单车。

"你打算骑着它去哪儿？"把它租给我的老板问。

"只要能离我家里人远点儿，骑去哪儿都行。"我说。

我们都哈哈大笑起来。

■ 2018年7月21日

今天早晨，我该去还车了。我把车锁好，放在外面，回去拿钱包，过程也就三十秒，但当我从房间的阳台往下看时，发现车已经没了。我连忙跑到街上，那辆山地车还是无影无踪，我的真实感也一并消失了。我伤心透了，这件事比爸爸摔骨折及其对我们共同未来的影响更让我伤心。或许是我对未来生活的恐惧借由这件事释放了出来。

我把最后的希望寄托在车行老板身上，结果他告诉我，这并不是他的恶作剧。这回我们没有再哈哈大笑。我不禁直接对上帝说，我明白你的意思了。结果老板又告诉我，我没买保险。我没时间去警察局了，因为我得赶去机场。到了机场，我们反复登上登下要乘坐的那架飞机，像是在做一个群体精神病实验。

我看着候机大家庭中其余的人一个个通过登机口的玻璃墙，顺利地离开，而我自己只能在登机口前继续等待，直到我的航班被取消。虽然最后我只在机场耽搁了几个小时，但感觉像是过了好几天。我都开始把阿利坎特机场当成家了。

■ 2018 年 7 月 23 日

在我真正的家里，大家再次陷入了平静与懊悔并存的熟悉状态，每次老爷子住院后我们都会这样。我们无限期地暂停了护工的服务，妈妈似乎对她处理紧急情况的能力非常得意，她也的确应该如此。至于爸爸，他也出奇地乐观。他入院后，医生立即给他动了手术，将金属材料和伽马钉填入了他的大腿与股骨，这样就不必置换整个髋关节了。他们说他以后还能走路，可他骨折前甚至都不怎么愿意走路。以后怎样，我们再看吧。

同往常一样，最近这个意外转折的结果（将其视为倒退意味着一种进步，就像我从西班牙之旅中学到的那样，这是傻瓜的做法）会给我们的世界带来极大的影响。如果他从此不能走路了，以后该怎么办？他还患上了医院获得性肺炎[1]。不过，在我们看来，这并不算什么大事，这种看

---

1 医院获得性肺炎：指患者入院 48 小时后感染了肺炎。

法从侧面体现了我们是怎样的人,也说明了我们的境况。

我再次回家与父母同住,坦然接受这个现实。我把重返社会的失败尝试完全怪在那个偷车贼身上,这个理由足够我扔下沙滩巾,捡起家庭湿巾了。再说,这里阳光灿烂,我最喜欢在这儿度过夏天了,反正我本来也是要在一年中的这个时节回家,坐在花园中欣赏美景的。什么人生发展、雄心壮志、社会认可的自尊,都见鬼去吧。如果这个世界需要我,它不难找到我,我就在我家天井的露台上。

接着是熟悉的流程。理疗医生发表看法,然后我要再一次拿他们对父亲康复情况的评估意见和家里能接受的出院条件比较一下,努力弥合二者之间的差距。那是几周后的事了,眼下,他连站都站不起来呢。

继续尖叫

■ 2018 年 7 月 24 日

虽然医院里到处都是风扇,但仍然热得要命。只要空间容得下,我们就会往爸爸的病房里添风扇。同间病房的人都是因为骨折住进来的,而且脾气都挺大。有个年轻人是骑踏板车出了意外,他总是喊叫,说自己疼痛不已。病房里的其他人都是老年人,他们的同情心已经被那个年轻人的鬼哭狼嚎消耗殆尽了,他能收获的只剩下来自上一辈的集体鄙视。就连他母亲看上去都被他烦得不行。可我们凭什么去评判别人痛苦的尖叫呢?不管怎么样,只要他闭嘴,大家就感觉好多了。我头一回有了这样的思考,隔岸观火时人们总容易心存善念,身临其境时这善意又是多么容易烟消云散。

■ 2018 年 7 月 25 日

家里的情况是这样的。漫漫长夜，我和妈妈在露台上小口喝着酒，思考着花园、时光和晚年。靠近自然，心情便轻松了许多。弗洛伊德式的天堂回来了。妈妈获得了一些自主权，头一回将电视遥控器掌握在了自己手中。我们除了吃饭的时候碰面，其余时间里我来去自由。不过，就算出门，我十有八九也是去医院。

爸爸已经摆脱了肺炎，还说那个踏板车小子叫得他快疯掉了。这话他说得很大声，因为这是病房里所有人的共识。然后，他招手让我靠近些，看来是想跟我说点悄悄话。

"他们不肯给我替马西泮。"他说，"你给我从家里拿点儿。"

我去问了负责这间病房的护士，她看了配药清单之后说，一直以来爸爸都有拿到药。

于是我告诉爸爸："在医生不知情的情况下，我是不会给你另带药的。"

他服用每种药的剂量都是规定好的。他目前服用的药种类非常多，必须经过细致的考虑才能让它们取得平衡的效果，类似"鸡尾酒疗法"。

"他们给我的药都不对。"

"可他们说是对的。"

他直视着我，说出了一句前所未闻的话——

"相信你爸。"

我感觉这一幕好似出自一部我俩谁都没参演过,更遑论一起参演过的电影。坦白说,我并不相信他,尤其是在这方面。我要再说一遍,他住院的好处之一就是,我不用再纠结自己到底该做什么了。

医疗系统并不满足于把一个近九十岁的老人用钉子拼好,而是想要送给我们一个奇迹,尽管此举更像是搬起石头砸自己的脚。我们竟然得到通知,爸爸符合居家康复的条件,不过他可以先转到城市那头的一家小医院里。负责评估此事的理疗医生组中有一位成员是姐姐的邻居,我不知道这是不是他对我们的特殊优待——希望不是。领养老金的人就像烫手的山芋,大家你抛给我,我丢给他,像是在玩什么高风险的游戏,但这回社会没把他过早地塞给我们,这个循环终究是被打破了。

据我所知,一座人口超过二十五万的城市中仅有八个这样的康复床位,所以我们感觉跟彩票中奖了一样。我们以前不知曾多少次这样盼望过,现在,愿望终于实现了。医院将至少照顾爸爸三个星期,致力于让他恢复到可以独立行走的程度。我们可以指望爸爸回家的时候有自主行动的能力了,而且还能充分利用这个过渡期好好休息。爸爸很满意,但是我能看出来,这对他而言并非完全是个好消息。他其实一心想要早点回家。

■ 2018 年 8 月 4 日

新环境很安静，他的病房里再也没有疼得大叫或者因为失智而胡言乱语的人了。爸爸有电视看，还挨着一扇窗户。尽管这一切都很好，大大改善的条件却产生了意料之外却也在情理之中的结果。在几次让他上厕所（也就是使用瓷便壶）的过早尝试都以失望告终后，这里的理疗医生告知我们，似乎是他自己不愿意动弹分毫。

"他们已经看穿他了。"姐姐说，语气中充斥着无谓的肯定，就像她早就有这个令人不适的猜想，今天终于得到了证实。

我想，这应该就像你为了供自己的孩子接受更高等的教育辛勤工作，结果却发现他大部分时间都赖在床上，或者在嗑药，再或者二者兼有。这么一想，可真够扎心的。果然，天道好轮回，苍天饶过谁。

■ 2018 年 8 月 15 日

爸爸盼着能获得更为全面的帮助，但医院的员工提醒他，这里"并不属于医院病房"，这让他有点恼火。我去探视他时总以为能看到他坐起来或者走路，可到头来几乎每次都只看到他平躺在床上。另外，我去看他，是希望能和他进行一场有益的或者有重要意义的对话,最后却发现这些都是我痴心妄想,迎接我的唯有他的沉默。

倒也不是回回都这样。有时候,他也会分享一些智慧格言。

"人啊,年轻的时候啊,"他对我说,"满脑子想的都是性事……"

我能感觉到,他马上就要说限制级的东西了。于是,我竖起耳朵、满心期待地等他说出后面的关键信息。

"可人老了吧……"关键的要来了,"成天操心的就是怎么排便了。"

说到底,不管是性事,还是排便,人都需要有个搭档。爸爸的冤家助手是个严肃的男护士,他应该也有六十岁了,但让人感觉他力大无穷,不管是生理还是心理层面。我猜测,他甚至能把我爸托在手掌心上送到卫生间,尽管他绝对不会这么干的。他们逐渐发展出了一种旷日持久的"敌对"关系,因为他会对我爸进行耐心刺激和鼓励,让他自己的事情自己做。

爸爸恨透了这套把戏,想让我投诉他,但我不肯。我只觉得这位男护士是个英雄,是我藏在心底最深处欲望的回响。他仿佛是在替我们用这种冷漠而坚定的态度对待爸爸。我不知道尼采所说的"权力意志"的反面是什么,躺平意志?还是饼干意志?反正我爸就是"权力意志"反面的化身,而这个化身正在逐步被推翻。再一次,这个名场面简直需要通过音乐和剪辑来展示。再一次,我们迎来了进展。

复古商店

■ 2018 年 8 月 17 日

我打了辆出租车,把妈妈送到了医院,她和爸爸终于坐在了一起。这种时候,他们会交流些什么,我实在不得而知,因为他们就像某种古老信仰的最后两个信徒,就像某种鲜有人知的无声语言最后的传人。他们的爱——如果这就是爱的话——是理性分析无法破解的谜。这是他们之间的事。所以,我留下他们两个,去端茶,或者在医院里散步。

我曾是这里的病人,在此处住过数月。现在回想起来,那像是上辈子的事了。当时,妈妈并不常来看我,我想那是因为她来的时候看到我情况不好,就会十分忧虑痛苦;而爸爸几乎每天都来。我妻子也是。那次长期监禁般的经历带来的痛苦如今已经消失得无影无踪，就像在那之后我体验过的种种快乐一样。我想，如果连自己在那些重要日子里的感受都留不住，那该由什么来定义我们呢？我们一定不仅仅等同于过去发生的事，甚至应该超越那些事带给我们的感受。

隔壁病房的一个女人苦于痴呆症的折磨，时常大声问别人早年的事。可有时候，她又像我渴盼的那样归于平静安详。这是因为她终于记起了过去的事，还是已经不在意了？

这栋楼承载着厚重的回忆。妈妈曾在这里做志愿者，那时我十几岁，有一次来这儿治病，为了不让她看到，索性跪在地上，爬过了大厅。因为这儿还是市里的精神病中心医院，所以就算在地上爬来爬去也基本不会有人过多关注。

■ 2018年8月18日

爸爸不在家有个好处，妈妈的朋友们又可以来家里做客了。之前，因为爸爸总是占着那把椅子，周围的一圈就变成了"禁区"，也导致妈妈的朋友们对我家望而却步。有位阿姨来了，和妈妈在花园里聊了好长时间。我没想偷听她们的谈话，但聊天的声音实在太大了。后来话语的密度逐渐变得稀薄，在她们用"嗯""这样啊""哦""那么"等没什么实际意义的词交流了相当长一段时间后，对话终于结束了。

"行,就这样吧,我得去医院看他了。"最后妈妈说。

今天我已经去过了,稍后姐姐还要去探望他,所以她根本没必要去。我赶紧跑到门外提醒她,并且自以为是在做一件好事。

"妈,你今天不用去了。"

妈妈慌忙冲我摇头,动作幅度极小。我一开始还担心她是突然发生了痉挛,但紧接着我就意识到了是怎么回事。

因为她们俩都没别的地方要去,也没人催促她们,妈妈和朋友聊到了山穷水尽的地步,无话可说了,所以她准备收个尾,请朋友回家。这应该是老年人中的一个老大难问题。他们现在有了充裕的时间,想从社交中脱身时就没了像样的借口。于是,不管多无聊的话题,一聊起来就没有非结束不可的理由。这简直是一座隐蔽的地狱。这时我却戳穿了她的谎言,那感觉一定糟糕透了。于是,我用手机拨打了家里的固定电话,妈妈接起了电话。

"喂?"

"是我。"

"谁啊?"

"你的小儿子。"

"可你刚刚不是还在家吗?"

"我现在也在家呢。我用手机给你打的。"

"为什么要这么做?"

"好让你假装有很重要的事去忙啊。"

"你说什么?"

"让你假装有重要的事忙!"

"啊。"

我喊过之后,她终于明白了我的意思,估计街坊四邻也都明白了。就这样,她的朋友告辞了。收工。

热天午后

■ 2018 年 8 月 21 日

康复病区的医护人员清楚爸爸确切的活动能力，对他坐在什么样的地方安全可靠、方便起身都有一定的考量，所以为了确保我家的条件与他们的期待一致，院方派人上门来做了全面的测量。他们对过去二十年中爸爸常坐的那把椅子，也就是他的权力宝座做了评估，认为它对恢复到如今这个程度的爸爸来说太危险了，因为靠上去时椅子会旋转。

安德鲁带着工具来到我家，我们设法让这把椅子不再转动。可事后我们却没时间庆祝，因为他的狗，那条杰克罗素梗，可以凭着直觉找到洞口，还有本事边挖土边往洞里钻。它先是从屋里跑进了花园，然后又逃出花园，冲到了院外。我们开始在附近转悠,一边呼唤它的名字,一边四处寻找,可迟迟不见它的踪影。于是,我们决定分头行动。

我翻过一道篱笆,跳进附近一座别墅的花园。我本以为那栋房子是空的,可我发现草坪上竟然有个年轻女子在晒日光浴。她旁边懒洋洋地趴着她的宠物犬,我想这倒是多少能消除我喊着另一只狗的名字闯进别人家的尴尬。她很乐意帮忙,也对我的行为表示理解,但她确实没看见有只杰克罗素梗经过。我发现她竟然不是我的幻觉,而是真实存在的人之后,简直惊呆了。因为在这片居民区的住户中,基本上没有四十岁以下的人了。我感觉自己像是进入了托尼·索普拉诺[1]的梦境。

这种如梦似幻的感觉一直伴随着我往山丘的更高处走去。我来到一片荒废的建筑工地,爬上一道墙。在这里,我能望见周围的一切,不过那位晒日光浴的邻居已经淡出了我的视野。我呼唤那条狗的名字,然后仔细聆听,并没有迹象显示它在附近。但是,在这一片寂静中,在一览无余的社区全貌前,一种不易察觉的奇妙感觉油然而生,我的心情开阔了许多。还记得那只整个冬天都在起居室的玻璃窗前与自己倒影做斗争的固执的鸟吗?我家的难题是否像它一样飞走了?还是说只是去度假了?

这貌似完美的一刻被一阵熟悉的动静撕得七零八落,

---

[1] 托尼·索普拉诺:美国电视剧《黑道家族》中的角色。

是妈妈和姐姐起了争执。因为这片区域奇怪的传声效果,也因为和我妈说话必须要用超大的音量,争吵声断断续续地传到了山坡上。

她们争吵的是,爸爸应该在医院穿哪种免熨衬衫、家里哪些衬衫是免熨的,还有妈妈是否应该做熨衣服的活儿。这是她们经久不衰的吵架主题,也是一个很好的例子,展示了家庭是如何轻而易举地将爱化为灾难,正如它轻而易举地将灾难化为爱。

其实爸爸穿什么都无所谓,不过就这方面问问他本人的意见还是挺好的。可一旦我们这么做了,大家便会为此事吵翻天,因为不管把什么衣服带给他,他都不会满意。这就像一部简单的三幕剧,眼下是第二幕戏第一百次响彻郊区。在此期间,灌木丛中发出一阵窸窣声,那条狗出现了。我给安德鲁打了个手势,我们围住它,给它套上皮带,领回了家中。此时,妈妈和姐姐终于就衬衫问题达成了一致意见,将选中的那件挂好,准备之后送到医院去。

这天晚上,我把衬衣捎去了医院。一如既往,我抱着拯救世界的愿景走进医院,希望能通过一番对话换得万事太平。一如既往,我的想法没有一个能实现。我想到了一句老生常谈的话:反复做同一件事却希望得到不同结果的人是疯子。我把衬衫给他看。

"这不是我要的那件。"爸爸说。

他虽然躺在床上,但他让我放心,说自己刚刚下床走动来着，状态介于克里斯·鲍宁顿[1]与复活的耶稣之间，还说要是我早来半个小时来就能看见了。我告诉他，我们修理好了他的椅子，他出院后可以继续坐在上面。快表扬我吧，我想。

"我能吃块饼干吗？"

我拖着沉重的步子前往医院餐厅，准备去兑现这份熟悉的点餐单。在餐厅，我看见一本《电视指南》杂志，封面上用星形框框着一行字："我杀了爸爸！"我用手机把它拍下来，发给哥哥姐姐，后面还加了一句"用饼干杀的"。换来了几个哈哈大笑、宣泄情绪的表情包。

回到爸爸床边，我把卡路里爆表的零食递给他。老爷子想起来他的新鲜事儿。

"我耳鸣了。"他郑重地说。

"不可能，我才耳鸣呢。"我像是在为自己辩驳。我不想让他患上耳鸣，那是我的病。

"我老是听见一种噪声。"他说。

"可能是电视的声音吧。"我告诉他。

一张扁平的电视屏幕悬挂在他床铺上方，像极了俯视他的医生。我站在底下都能听到里面传来的嗡嗡声。另外，他还是戴着耳机看电视的，这就更容易听到杂音了。我指出了这些因素，但他拒绝接受，非说自己出现了耳鸣，而

---

[1] 克里斯·鲍宁顿：英国登山家，曾四次挑战攀登珠穆朗玛峰。

且已经告诉了医生。现在医生正在为他安排问诊。

听他这么说,我打心眼儿里觉得自己应该赶紧滚蛋,因为这时我意识到了,那个傻瓜,那个始终盼着能发生点变化的人,从来都是我自己。爸爸就像电子游戏最终关卡里怎么都打不败的大 BOSS,再次使我暴露出弱点。我得多练练再来通关。所以,我准备回到起点,从头再来。我用手机录下了一条语音备忘,提醒自己到时候跟心理咨询师说说这些事,然后骑车回家了。这样的日子又过去了一天。

轻伤员

■ 2018年8月25日

尽管爸爸依然要面对日常的功能障碍，像患有疑病症的忍者一样活动，在二十一天的康复治疗后，他的身体甚至比摔跤前更健壮了，行动能力也比那时候强了许多。他现在能自己做不少事，取得了非凡的进步。不过，他似乎对此没什么感觉，只是在我们其他人看来，他的恢复情况非常棒。虽然爸爸又用上了助行架，但他走的距离更长，行进的路线更直，步伐也更有力了。这个过程简直可以和人类的进化相媲美。

这种进步，在家里是不可能发生的。如果接受治疗后他直接出院回家，现在他一定会在那把椅子上长坐不起，比以前更颓废。正如目前呈现在我们眼前的，如果爸爸愿意，他是个值得我们关心与照顾，也能好好配合的人。除了这件好事，我还迎来了一个令人开心的转机，就在爸爸即将出院的时候，我得到了一份教学工作。虽说这并不能许给我一个光明而崭新的未来，但至少可以让我回到伦敦，把弄丢那辆自行车的钱挣回来。更重要的是，我相信，没有我，他们也能应付得来。既然爸爸现在的情况不比一开始让护工照顾的时候差，那么我们可以继续请护工来帮忙。虽说我们现在都非常明白这点，但每次还是都得提醒自己，过渡期是最难熬的阶段。等到了稳定期，和平安宁的日子将自然来到。

"这种日子什么时候是个头啊？"今天早上我走的时候，妈妈有那么一刻似乎是感到了心灰意冷。

"嗯，会有尽头的。"我说。

2018年8月28日

哥哥去医院，将爸爸接回了家。我离家几天后，姐姐给我发来了电子邮件。

"他大声呼喊，非要吃葡萄干馅饼。"

数月来，家人的担心与忧虑、无法量化的专业治疗与护理、大家的耐心和国家承担的费用，这一切都化为了爸爸对甜食的呼唤。还是那个老问题。糖成了我们在家要警惕的塞壬海妖[1]。

■ 2018年9月5日

一周后,我回去了,重掌家中大权,开始料理家中事务。这时,约好看耳鸣的时间到了。他们打算用注射器清洗爸爸的耳朵,可这番操作没办法在家完成,所以我们必须把他带到全科医生那里,这应该不成问题。但我们遇上了另一个问题——事情发展的方向往往不尽如人意。

他的身体状况很好,而且我有一张单子,是医院为他出具的行动清单,上面写明了他能做什么、不能做什么,尽管如此,出租车来的时候,他还是拒不起身。他说他不去,他觉得自己的体力无法撑到医院。当时哥哥也在。

"听着,这回有我们俩一起帮你呢。你只要走到门口就行。以你的能力,没问题的。"

"不行,我做不到。"说着,他看向了别处。

我知道,他完全具备出这趟门的能力;而且,我认为,他压根没有得什么耳鸣。所以我几乎要爆发了。我压制住想尖叫的冲动,用平静的声音说——

---

[1] 塞壬海妖:古希腊神话中的女海妖,以美妙歌声诱使航海者驶向礁石或进入危险水域,也被用来代指"危险的诱惑"。

"事情将怎么发展,你自己心里清楚。大家都在想方设法地帮助你,你却不配合。再这样下去,迟早换成别人来照顾你,到时候就不是跟你有血缘关系的人了,你也没法儿再住在自己家了。"

他听了只是耸耸肩。哥哥给了我一个眼色,在我看来,他应该是提醒我不要火上浇油。于是,我转身去了另一个房间。这次不再有神意眷顾了。

我去跟出租车司机道歉,结果他告诉我,他爸也这样。我们都笑了起来。那一刻,我的怒火再次熄灭了。再一次,我扪心自问,为什么这些感受来的时候气势汹汹,却转瞬即逝呢?我指的不是在那些时刻感到的气恼,而是那种空前的愤怒,那种懊丧。那种状态下的我似乎可以做出任何事,把高楼大厦夷为平地,或者喷出火来。我想离开,这是为了我们所有人着想。那一定是更好的选择。

我本想付给司机一些钱,可他说没关系,不用了,就把车开走了。

我打开邮箱,发现里面有一张关于糖尿病的宣传单,上面写着警告:"静坐不动可导致过早死亡。"这道理跟一个八十八岁的老人怎么讲得通?父亲回到了床上,这段距离是他走到前门距离的两倍。他后来再也没提过耳鸣。

所以,从医学角度说,他好多了,但他心理方面的问题依然没有得到解决。也不知是接受的心理治疗起了作用,还是受到了郁结于心的挫败感的影响,我突然冒出来一个想法，或许一直以来我都找错了方向。

在楼上，我找到一张照片，还是孩子的我正在水边玩耍，爸爸专注地，甚至可以说是忧心忡忡地看着我。我得下楼去，找回这个男人，而不是继续面对现在这个爸爸的影子。我还有一张他在我非常年轻的时候寄给我的明信片，上面的落款是"爹地"，一个熟悉的称呼，一个我曾坚称我们从来不用的称呼。我这是在糊弄谁啊？我又为什么要自欺欺人呢？在我的诸多宝贝中，我还找到了一样东西，一张1992年的电影票根，那是我们上次一起去影院看的电影，《不可饶恕》。

第四部分

2018 年 9 月 10 日

有时候承诺

只是大声说出来的愿望。

如何死得其所？

■ 2018 年 9 月 10 日

我们渐渐地克服了自己的毛病。我的情绪稳定了下来，爸爸也终于和他的康复状况和解了。一天晚上，他盘子里的菜蹦出来，朝着妈妈滚过去。他用叉子指了指，说道——

"把那颗逃学的豌豆给我抓回来。"

她把豌豆朝他弹过去，他调皮地用叉子将它叉起，放进口中。他俩俨然一个双人喜剧组合。看上去，这件事很平常，但结合我家近期的情况看，可以说这是他们在向生活致意，是他们活得惬意的证据。看到这一幕，我仿佛见证了一支本就不该解散的乐队的回归。

■ 2018年9月15日

妈妈的九十大寿将至，我们将供她回顾旧日时光的卷宗统统拿了出来。她仔细端详着那些旧照片，陷入了沉思。

"我都没意识到，我以前那么漂亮。"

姐姐发给我一张照片，那是五十年代照的，爸爸在船上和大家一起跳康加舞，而且是领舞。我从未见过他跳舞，不过，现在知道他会跳舞，感觉也挺好的。

■ 2018年9月21日

爸爸的身体似乎不喜欢乖乖地团聚，非要搞分裂。我又去伦敦教课了，姐姐给我打电话，告诉我爸爸又住院了。可他出院还不到一个月啊。他遭遇了三重打击：痛风发作、糖尿病加重和血液循环系统告急。雪上加霜的是，他的整个脚后跟突然恶化成了一个开放性伤口。

情况急转直下，爸爸身上竟然出现了四期压疮，医院不得不针对我们和护工提起了诉讼，这是为了保障老年人权益，以免出现疏于照顾老人的情况。我这个夏天的工作算是完蛋了，不管是精神上还是体力上的。爸爸能否保住那只脚、以后还能不能走路，还都没有定论。如果答案是否定的，那将是一个重磅消息。不过，我已经设法让自己的期待值几乎降到了零,只是"几乎"而已。

■ 2018年9月22日

赶到医院时,我只为自己再次回到这里而疲倦、悲哀和焦虑——为了他,为了我,也为了所有被卷进来的人。

同往常一样,不管有什么情绪,它们很快就会被现实掩埋。我以为我会看到爸爸一动不动地躺在床上,像个幽灵一样,结果完全不是这么回事。医院的人用病床推着他,正巧与我擦肩而过。爸爸乐呵呵的,话还挺多,可能是医生给他用了什么药。

"我肺部有湿啰音!"他大喊,"剩下的让艾米跟你说。"

一个护士朝我亲切地点点头。

他伸出胳膊,把他的手机递给我。

"给我充电话费。"

他抬头看向一个帮他推病床的勤杂工。

"佩德罗!"

那个勤杂工露出微笑。

"佩德罗,这是我儿子。"

来的路上,我以为这回是要和他做最后的告别了,结果却看到他跟周围的人熟到了称名不道姓的程度。似乎他是这地方的主宰,而不是等着挨刀的病患。这情形让我想起了以前那为数不多的去他工作的地方看他的几次经历。这说明什么呢？我带着一本书去了小教堂，劝自己保持清醒，告诉自己，这种问题不必非要"弄明白"。固执己见，这个世界就会给你上一课；保持开放，你或许还有机会。

水下逆流

■ 2018 年 9 月 23 日

爸爸热情洋溢的状态并没有持续多久。我第二次去看他时,他闭着眼、张着嘴,像死了一样。我见过的植物中都有比他呼吸更有力的。

我想起了岳母的死。她先是有了惊人的好转,但紧接着就不行了。她最后住的那家临终关怀医院的宣传册里写到,回光返照很常见。当时,万圣节前夜将至,来参加临终告别的几家人都打扮成了妖魔鬼怪,我们度过了相当难忘的一夜。

■ 2018年9月24日

　爸爸又患上了肺炎，这一回来得比其他病症都凶猛。他的头脑似乎不太灵光，记忆力也衰退了，就好像是因为病房墙壁与帘子的阻隔，他无法看见，也无法想起更广阔的世界。他几乎一句话都不说了。看他病情发展到如此地步，医生们纷纷皱起眉头、交换意见，但依然手足无措。谁也不知道该怎么做。

■ 2018年9月25日

　G区是老年病病区。我们来过这里。我想应该是去年他住院的时候，就躺在现在这张床上。那是一个酷热的下午，一名化着浓妆的竖琴演奏者推着她的乐器走进爸爸的病房，准备开一场独奏会，帮助大家放松心情。在那之前，我从未见过竖琴。这种乐器太大了。因为竖琴容易让人联想到天堂，而且这里的观众已经算是一只脚迈进了天堂，所以院方安排人来演奏它似乎有点奇怪。不过，她演奏时，很多观众都在昏迷之中。

　尽管乐声动人，但若是有病人被吵醒，一睁开眼看见这个穿得像凯尔特人、妆容好似日本艺伎的演奏者，一定会吓一跳，没准儿会被吓得直接撒手人寰。后来的场面就更奇怪了，医院的志愿者组织来送温暖，他们把茶水倒进瓷茶杯中，杯碟在老人颤巍巍的手中嘎啦作响。接着，他们还把盛着俗艳蛋糕的盘子分发给大家。这场面既刺激，又迷幻。

这回没看见竖琴的迹象，但病房中有其他"风景"可看。一个患上痴呆症的男人滔滔不绝地发出直白的谴责，还问了许多问题，大家都不知道他在跟谁说话。

"我变了吗？"他问道，"你爱我吗？吉姆可真是个优秀的人！优秀的工程师。他为马尔科姆赚了大钱。站在那儿的是他吗？他相貌堂堂，个子也高，喜欢男人，但更爱女人。我最好的朋友。伊莱恩心肠硬得很。她毁了两个人。我没爱过她。我的毁灭。"

这情形好像他的大脑正在焚毁他此生的所有秘密，但外人只能看见滚滚浓烟。

回到家，我们讨论起了未来。我们不知道未来确切的样子，但可以大胆推测接下来要发生的事。这没多难，首先可以肯定地说，楼上的房间爸爸是用不着了，淋浴也一样。哥哥非常支持为楼下增设一个淋浴间的方案，可妈妈不愿对房子进行大改造。不知道一个人是不是每失去一点官能，都可以改造一次房子，是不是每说出一个悲伤的字眼儿，都能添一块白色的新瓷砖。如果是的话，爸爸最后可能会死在泰姬陵里。

我们家的男人一向如此：沉默寡言、慷慨大方、不吝钱财。虽说有点迟，但现在我认识到了，爱有深有浅、程度不一，但从不是面子工程；爱贵在细节到位，不在场面宏大；爱是长久地在场，不是路过的游行队伍。

■ 2018年9月28日

我到医院一问，老爷子说他对以后可能洗不成淋浴的事儿根本不在乎。其实我也不在乎，比他还不在乎。他的倦怠传染了我，这比放弃个人卫生的任何一种后果都可怕。"为什么要费神做这件事呢？"这种想法冒出来的次数越来越多。话说回来，他早上会用肥皂和浴巾擦擦身体，似乎足够了。抛开那些五花八门的消化问题不谈，他的身上其实没什么异味，就像一只不会使人过敏的巨型宠物，只不过在社交媒体上没有网红潜质。

回到家，我发现电视上正在播放莱德杯高尔夫对抗赛的回顾集锦。妈妈盯着屏幕，但她的目光并没有追随屏幕上的高尔夫球。

"这些人都没有啤酒肚。"她评论道，"他们都在全力以赴地打高尔夫。"

这或许算是一句善意的评论，但我隐约知道她为什么会说这句话。爸爸没有哪个爱好涉及非必要的自发运动，这一点让妈妈耿耿于怀。我们的房子背靠市政高尔夫球场。

我相信,在他退休后,她一定劝过他去那儿打球。至于这背后的原因,可能妈妈是想获得几个小时的家庭支配权,也可能她预见到了爸爸的惰性会给他带来哪些疾病,再或者两者兼有。

"烂球!"母亲对着屏幕说。

确实是烂球。

在母亲向着百岁人生迈进之际,我和她一起坐在沙发上,看着爸爸买的大电视,评判着这个在上世纪一出生就失去至亲的男人,不管怎么说,这都不公平。有一次,我在医院里握着爸爸的手,以为他快死了,我问他是否想起过他未曾谋面的母亲,那个陌生却又十分重要的女人。他没有丝毫犹豫,只说了一句话:

"我没有一刻不在想她。"

充满同情心的"法外之徒"

■ 2018年10月1日

在大医院里拦下你想找的那个医生就像钓鱼，考验的是你的耐心、技巧，有时候还得看你求生的意志。在这方面，我经验丰富、时间充裕。另外，与去年相比，妈妈竟然奇迹般的可以独立生活了。鉴于此，我带上一本书，准备早早骑自行车赶到医院，等医生们查房。

这个办法是我认识了很多年的一位病房护士告诉我的。她总会自然而然地做许多超出她本职工作的事。爸爸快出院的时候，她会提前叫一辆出租车，先把药送到我们家，而如果我们自己临时叫车的话，则可能要等上好几个小时。除了这件事，她还做了不少改善我们这些患者家属体验的小事。就像我见过的许多她这个岗位的女人一样，她善于在一片混乱中见缝插针地安排时间,能够像魔术师一样凭空变出东西,就算帽子说:"这儿没有兔子,别痴心妄想了,回家去吧。"她也能从里面拽出一只只兔子。

总而言之,要想找到医生,你就得在这儿蹲守。心地宽厚的斯多葛派[1]是最易攻破的防线。通过经年累月的观察、受挫和重新振作(因为我那多灾多难的背部、嗡嗡作响的耳朵、充血的眼睛和躁动的大脑,我自己和国家医疗服务系统打交道的累计时间就很长),我可以肯定地宣布,从最严格的意义上说,这并不是一个只与金钱相关的经济体系。

让这个系统启动、运转和维持下去的不只是数字,还有出于关心的行为。考虑周到的病房护士、从不懈怠的理疗医生、关心我过得怎么样的片区护士,正是这一个个瞬间和结果让其余的一切成了可能,让人觉得日子还撑得下去,付出的努力也都值得。正是因为医院里和护工中有充满同情心的"法外之徒",他们肯打破规则、灵活调整日程安排,我们才有生活品质可言。

随着病房里逐渐热闹起来,这些思绪像火车一样隆隆地穿过我的脑海。病房护士安排我坐在一间用于员工开会和传达坏消息的屋子里。在这儿,我可以看到两条走廊的交汇处,还有四个病房的门。就这样,我像拦路打劫的土

---

[1] 斯多葛派:古希腊哲学学派,提倡对痛苦磨难泰然处之。

匪一样潜伏在这里，静待医生露面。

从这个位置一眼望去，你可以清楚地看到人口老龄化带来的局面。就连为了避免压疮、给病人（包括爸爸在内）翻身所涉及的协调工作都会让人焦头烂额。养老事宜山呼海啸般压过来，我们这些年轻人却不仅越来越靠不住，而且穷得叮当响；因此，是时候做出一些改变了。若把养老事宜交付那些给社会带来劳动力不足、监狱失控、食品银行和特许经营权战争的人，那无异于慢性自残。

这一点不仅在医院和家里（在这两个地方，我们和政府共同担负养老事务、分摊成本，它们事实上相当于国家医疗服务体系的前沿哨所）有明显体现，在我去过的任何地方都可以感觉得到。克里斯的爱人是一名助产士，工作就是护送人类的新成员来到这个世界。她需要轮班工作，所以有时候下班回家倒头就睡。

说完生命的开端，我们再来看看生命尽头的事情，在人生长路尽头的另一个角落里，住着我的好朋友马克的妈妈，帕梅拉，她已经到了癌症晚期。她曾是位医生，高级内科医生，还曾加入过医院的董事会，后来又失望地退出了。在人生余下的日子里，她把大部分时间都用在游说活动上，她想通过这个方式让人们，尤其是老年人求医问药时更便利。然后，她把剩下的时间用在了姑息治疗和获取药物上。她坚持自己在家做姑息治疗，至于药物，她得经过一系列复杂的操作才能拿到。要是没有对这个系统的基本了解，没有可观的养老金，任谁都拿不到那些药。这种情况下，换作你或我，早就撒手人寰了。

我偶尔会去陪她坐一会儿，跟她聊聊外面发生的事情。她会点点头表示认同，然后用嘶哑的嗓音告诉我，那些自私自利、唯利是图的人正在逐渐毁掉大家曾经珍视的宝贝。他们再也无法感受到我们的苦与乐，就连他们自己都变得没有人味儿了。

这些都是我在父亲身边伺候时想到的。父亲躺在医院的病床上，或是沉睡，或是呻吟。他不知道，他敬仰的那些政要其实更希望由他自己来支付这张病床的钱。

我看着一个系统艰难地运转，其实我自己的"系统"也不轻松。

父亲往往对医务人员怀有深切的信任，以至于一见到他们，他就精神抖擞。我能真真切切地看到他的这种突然振奋，然后不由得为之失落。我有个朋友，她的狗爱陌生人胜过爱她，也就是养它的主人。我想，她跟我的心情应该差不多吧。

随便哪个医生来查房，都会掀起爸爸无条件相信与服从的浪潮。可同样的话若是出自咱们凡人之口，比如由我说出来，那效果就大不相同了。鉴于此，我考虑雇个演员，让他打扮成医生的样子到我家来，把我想让我爸听进去的话原封不动地说一遍。

这次医生来后，情况却变了。爸爸好似神游天外，对医生的话完全提不起兴趣，而且不记得之前谁来看过他，也不知道自己为什么会在医院里。几位医生见此情形，把我请到一旁，跟我进一步了解情况。我坦言，他的精神状态的确变差了。他们又问了家里的情况，说完后，我从他们沉默的表现中察觉到了事情的严重性。不过，也许这只是我自己想法的投射。顾问医生列举出老爷子的并存疾病，听上去好像在念某个辞职者的简历，一条又一条，没完没了。目前来看，他一侧的脚后跟、脚和腿应该是要最先告别的。看来，血管科的人要做出重大决定了，他们也会来查房的，但是谁也不知道什么时候来。

我问，在治疗糖尿病方面，我们还应该做些什么。

"我得的是 2 型糖尿病！"爸爸条件反射似的说，"要注意饮食。"他像一个被俘虏的士兵，习惯了交代这两条信息，除此之外，也说不出别的什么了。

背地里藏着的酒与饼干似乎并不支持他的说法。都到这个节骨眼儿了，我们吃的东西还在影响我们的健康？医生用那种长者看年轻人的眼神看了我一眼，说道——

"在这个阶段，不管吃什么都要注意卡路里的问题。"

就好像故意赶巧一样，每天都会出现几次的巧克力和薯片贩售车向我们这间病房驶来，医生们纷纷让到一边。

在我看来，他们的潜台词就是，让这个将死之人再吃块饼干吧。这些零嘴儿向爸爸靠近时，他逐渐睁大了眼睛。

"您父亲告诉我们，他不想活了。"顾问医生说。此时，他提到的那个人刚刚咽下一块全麦消化饼干，然后耸了耸肩。

此时此刻，再没有什么潜台词了，一切都摆在了明面上。死神已经宽衣解带，大胆地从我们中间走过，好似在购物中心里闲逛的疯癫流浪汉。

如果说爸爸的思想和身体似乎已在原则上达成了一致，它们要多久才能真正将协议付诸实践？

"他说他没有抑郁，只是不想再回医院了。"医生继续说。

爸爸撕开第二块饼干的包装。我甚至无法理解医生的意思，但其实我能理解，只是不想理解。虽然他恨透了住院，但那对于我们在家的人来说是一次休息。如果在他那残破的脚后跟上动手术，接下来就是一番动弹不得的奇怪挣扎。他走不了路，我们也无处可逃。要想预防压疮，我们只能让他住到充气城堡里，除此之外，别无他法。

"别担心，"医生说，"回到家我们也有很多可以做的。"

迷失在超市

■ 2018 年 10 月 2 日

爸爸就要回来了,这也许是他最后一次出院返家。于是,我们依照惯例在家进行了一场假战[1]。妈妈在认真地看报纸,她从不畏惧积极投身于现代生活的洪流中。她抖了抖几乎和她一般大的报纸,不知道就什么新闻发表了总结:"有时候我觉得我能开一家快闪小吃店。"

后来,我们在晚间新闻上看到,附近发生了一起命案,她看着我说:"我们俩都在这儿。"

我问她,她的意思是我俩谁都没死,还是我俩都不是凶手?

---

1 假战:双方宣战,但并没有实际军事冲突的情况。

"两个意思都有，真的。"

■ 2018年10月3日

生活要继续，所以我们必须去购物了。出门前，妈妈要换条裤子、补补口红。

"谁知道出门会遇见谁呢？"

说得没错。另外，她这样一次次地往楼上跑，忙些有的没的，谁知道什么时候是个头呢？但我必须允许她这样做。她原先还能利利索索、毫无磕绊地上楼，如今一天不如一天了。面对这种情况，除了开直播，鼓励网友们拿这事儿打赌，我也没什么好做的。

能够自由地追求别人认为不明智的目标，是衡量一个人生活质量的标准。今天上午，她往楼上跑了十趟，好似一台境况欠佳但越挫越勇的仪器。她不屈不挠的那股劲头和老爷子听天由命的样子形成了鲜明的对比。

到了收银台，妈妈没等扫完她买的所有东西，就要把信用卡往机器里插，我只好拦着她。每次和妈妈购物都要如此这般，好似一个仪式。

"还不行呢！"

"现在呢？"几秒钟后，她问道，兴奋得像个孩子。

"现在可以了！"把最后一盒舒洁面巾纸放进最后一个

环保袋后,我说。

她开始输入密码。这时,我的手机响了,是一位顾问医生打来的。她是个善良但说话直接的人,打这通电话是想确保我明白现状,因为至少现状是我们可以牢牢把握的;可在我看来,在人生的低谷中,没有什么是我们能牢牢把握的。

"您应该知道,"她说,"我们会努力治疗您的父亲,但法子总有用尽的那一天。"

"我理解。"我立即回答。严格来说,这话是真的。我感谢她告诉我这些,但同时觉得自己像是被一种不太熟悉的感觉捅了一刀。

这是新的悲伤。某种古老而沉重的东西激荡着,像延时摄影镜头中的蓓蕾一样绽开。我内心的思绪突然发生了未曾预料的转变。在这个适合葬礼的天气里,我抱着满怀刚买的东西,被这感觉打了个措手不及。

以前,我在生活中就注意到了这一点。在社会规定的时刻里,我们很难调动起适当的情绪。残酷的话语背后流转着人的善念。痛苦总在我们坚称自己很好的时候来袭。于是,我用这些食物和生活用品隐藏巨大的悲恸。这迟滞、尖锐、无形的感觉让我想跪倒在地,可我手中还拿着很多鸡蛋,不能跪。

这里,在超市的收银台前,不是在什么失败的临终告别仪式上,也不是在救护车后座的临终交流中,我受到了即将失去一位至亲的打击,同时感受到的还有人类情感发展的扭曲本性。有些事光听到就令人悲伤不已,带来的痛苦与它们是否已经发生并无关系。

超市停车场有个负责回收购物车的女人,她常常一边干活一边唱歌,因此在我们当地小有名气。可今天,她安静得出奇。

"她平时都会唱歌啊,就是那个人。"妈妈说,"今天是怎么了?她吃错药了?"

到家后,我抖落一身伤感,像处理碎尸一样,将它们一块块埋起来,然后将买来的东西收拾好,就像数十亿人每天做的那样。我做晚餐的时候,爸爸来电话了。他要去照 X 光片,担心没有合适的衣服穿。

"我觉得拍 X 光片应该穿什么都无所谓,拍的是你身体内部的情况。"我说,"只要你没有穿铅衬里的裤子就没问题。"

"我需要拍 X 光片时穿的衣服。"他重复了一遍。

他会一直抱着这个想法说下去,并不会因为我同他讲道理而改变。于是,我去了医院,等我到的时候,X 光片已经照完了,他也忘了我们之前在电话里的沟通。

我说:"尽管你不想再来医院了——这我理解,但你要明白,我们无法在家里为你建一座医院。"

我忘记他说了什么,但我希望他能忘记我说的话。不过我说完之后,感觉自己心情好了一些,有时候这就够了。也许我们按下自己的大脑开关,就可以安然度过这段时光。

思考并不能解决现在的问题,这大概在相当长的一段时间里都是真理。

■ 2018年10月4日

第二天早晨,我拦下了一个血管科的人。她向我解释,他们倾向于不给爸爸做第二次手术。风险太高了。替代的治疗方案是,爸爸需要卧床,每天只能下地一个小时。事实上,他下地走路的日子已经结束了。如果脚位低,伤口迟迟不愈,那这只脚可能就保不住了,或许连带着整条腿,甚至他自己的性命。

她递给我一只像滑雪靴一样巨大的塑料鞋,那是给爸爸在床上穿的。他没办法坐在桌旁用餐,需要有人给他喂饭。

"这种状态要持续多长时间?"

"至少要几个月。"她说。

他已经没有什么留在这里等待康复的必要了。他即将以这种状态回归我们的照护,而此时距离他出院回家已经不远了。如果他除了上厕所,其余时间都无法下床,而且上厕所还需要人帮忙,那么这种程度的照顾已经超出了我们的能力范围,就算由护工来帮助他上下床和就寝,也一样不容易。

鉴于他现在比之前更健忘了,连什么时候吃药、有没有吃过药都容易忘掉，因此除非我准备把照顾爸爸当成自己的全职工作，否则就需要去寻求更多的帮助，这才合理，也很关键。何况经过十八个月的彩排、方法派表演和几次短暂地尝到自由的滋味，我并不情愿做这份全职工作。

我心里清楚，我在考虑为他延长专业护理服务的同时，也在谋划着自己的出逃，或者说至少在为这种可能性做努力。尽管我知道这有悖于父母自主生活，甚至相依为命的意愿，但他们若是有护工照顾，生活质量会高得多。

每一天，专业、善良且不带私人感情的护工上门服务，使得我们三个子女可以在一定程度上与照护父母的工作保持距离，也为我们能够精神健全、情绪稳定地度日做出了可贵的贡献。过去，我每每闭上眼睛，就感觉自己正挨着一台旋压车床生活和睡觉。有了护工之后，这种感觉便没那么强烈了。

各种可能性组成了一个脆弱易变的矩阵，我们的生活便是以此为基础构建的。只消一次跌倒或者一声咳嗽，矩阵往往就会坠入混乱。不过，外界的帮助巧妙地将其凝聚成一个稳固的整体。我认识的有些人的父母执意拒绝外人的帮助，居住环境变得越来越脏、越来越危险，而子女只能顺道去探望，或者无法插手、干脆旁观。爸爸迅速下滑的健康状况为我家排除了上述可能。所以说，这未必是一件彻头彻尾的坏事。不过，恐怕需要镊子和手电筒才能在其中找见幸运的痕迹。

所谓高尚情操

我告诉妈妈,爸爸需要护工每天上门四次,她听完抗拒地向后缩了缩。我解释说,如果他在家住的话,这是唯一的办法。我们不可能放任她干所有的活儿,包括掌控家里的一切、给爸爸做饭、把做好的饭端到他面前并搀扶他上厕所。否则,她的身体就会垮掉,然后家里的情况就会急转直下。

"咱们只能接受这个安排。"我说,"不然我就得一直住在这儿,包揽家里的一切事务,可就连我都没办法独自做好这一切。再不然,爸爸就得住进养老院,我们都不想看到这个结果,对吧?"

她点点头。我再次说出了我能想到的最安慰人的话。那是一句令人伤心的实话,在做出似乎会让自己良心有愧的决定时,我会对自己说这句话。我已经跟自己这样说了一年多了。那就是——

"这种日子过不了多久了。"

然后我就去做早餐了。妈妈在她即将归还图书馆的一本书里发现了我妻子写给她的一封短信,她曾用这封信当书签。尽管我正在办理离婚手续,但她还是将信大声读了出来。当然了,妈妈这么做是因为她没过脑子。我为了让自己不那么生气,开始拼命干活儿。我希望她就此打住,但我一语未发,去了厨房,因为这至少能避免这场来自过去的"布道"直接钻进我的耳朵里。

结果妈妈竟然跟了过来。她继续念信,我则集中注意力切素肠。那是一封措辞温和的信,想必没有提到我。

"希望您身体安康……爱您……"

但它还是触动了我。悔意如此轻易、自然而然地冒了出来,以至于我会对一切外部刺激做出过激的反应。

妈妈拖着脚走近我,像个疯疯癫癫的修女一样朗诵着那封信,就好像在念她的信条。厨房的布局让我无路可逃。就在我觉得自己要对妈妈说些不太中听的话时,她叹了口气,说:"算了……"然后撕掉了那封信,将碎片扔进了垃圾桶。原来她不是非要读给我听,而是来找垃圾桶的。就算我不在场,她也会这么做的。

这对我来说是一个教训,也是一个提醒。她扔东西之前总是要把它们撕碎。我小时候曾为她这个习惯难受了好久。不管是我的画、漫画书,还是其他我投入了时间、精力,但在她看来毫无价值的东西,她都会一撕了之。眼看着脚踏式垃圾桶的盖子慢慢合上,里面的碎片归于黑暗,我开始想,不知道这种自发撕毁东西的行为对她来说有什么意义。也许这代表她知道往事不可追,也是一种继续生活的仪式。

■ 2018 年 10 月 5 日

在等待爸爸出院的这些天里,我渐渐清楚了一件事,尽管我想离开,但我已经在这件事上投入了太多,如今无法轻易放手了。我会在电子邮件中写下心目中照顾爸爸的最佳方案,感觉像是在写辞职信。和那些失败的名人不同,我退居幕后是为了减少陪伴家人的时间。现在我认为自己才是家里"挑大梁"的人,我能感觉到自己很抗拒听哥哥姐姐说话,也不想把责任交给妈妈,让她独自操持家务。这些心理其实是愚蠢的,甚至可以说是不公平的。而且,从实际出发,这些都是妄想。

这不是一场可以打赢的战争,也不是一个可以修好的物件,所以我充其量只能努力把握和尊重事态的发展。一段时间之后,我的行为开始像是在跟黄蜂讲道理,给液体编写规则。不管你的初衷多么高尚,事情总有始料未及的一面。于是你那所谓的高尚情操就成了一件荒唐事,就像克努特大帝[1]向大海下令（他这样做好歹还是为了证明他权力有限）一样。你必须只付出点滴的心血，同时学会对很多事放手。无论是暴君专政与好意帮助，还是行动与表演，它们之间的界限都十分微妙。有时候，你以为的热情其实只是病态而已。

也许，就是因为我死死抓着这些不放，才无法坚定地迈向未来。

说起这个，我偶然看到了托妮·莫里森的一篇文章，写的是她还是个孩子的时候就开始为家里挣钱了。"成为父母所需要的人带给我极大的快乐。"她回忆，"我可不像民间故事里的孩子，成日累赘似的张嘴等着吃饭，动不动就给大人制造麻烦和难题，气得他们要把我遗弃在森林中。我有着光凭做日常家务无法获得的那种地位——它会让一个成年人缓缓绽放微笑、点头表示赞许。也是因为这个，他们认为我像个成熟的大人，而不是幼稚的孩子。"

在某些方面，我和她简直是天差地别，然而正如她提到的那样，这是一个原始、普遍的过程。一个人在家庭内部的权力意志，每个孩子都会有的对迷路和被遗弃的恐惧，这些都可以通过价值感得到缓解。不管在什么地方，都是这个道理，而且它不会过时。奇怪的是，即便人到中年，也

---

[1] 传说克努特大帝曾对大海下令，让潮水即刻退去，但潮水继续上涨。他对谄媚的朝臣表示，国王的权力是有限的，与全能的上帝相比微不足道。

逃不开这个定律,或者说这种情况比我们以为的要常见得多。也许,是我内心的那个孩子认为:他得留在这儿,他需要被需要。而作为成年人的我想的是:还是离开这儿为好。

从我们意识到最亲近的人会死开始,就竭尽所能去面对他们的死亡。不管怎么样,我们终究会对此习惯。不过,说起对父母的关心,我们关心他们将如何死去多过于他们会死这件事本身(鉴于我们无法提前、清晰地感受到他们离世带来的痛苦)。如果在他们走向死亡的过程中,我们陪在他们身边,那我们的生活就会被卷入这个旋涡之中。

回家照顾父母,同时认为家中曾经和现在的一切都得由自己来承担,这会让一个人的健康迅速垮掉。力所能及地帮家里减轻负担是好事,但前提必须是你舍得放手。所以,趁我还能放手,我必须抽身。

如果我要离开,那一定会彻彻底底地搬离,同时把一切都安排得妥妥当当。针对爸爸足疾的治疗挺复杂的,为了让他们清楚该怎么做,采取一致措施,我买了一台打印机。我震惊地发现,一台打印机竟然花27英镑就能买到。我知道以后还得在墨盒上花钱,但是同以往一样,对此我可以很谨慎地说,这种日子过不了太久的。反正也不用我掏钱。妈妈递给我现金,然后就把车停在文具用品店后面等我,她保持着高度警惕,让车保持着发动的状态。

"有些举止古怪的人在附近游荡。"等我回到车上时,她说,"所以我假装自己在看行驶记录。"

我飞快地为爸妈打出几份资料，供他们学习血管方面的新知识，了解治疗中必须遵守的标准。我给护工留了一份，还通过电子邮件将它发给了正面对这个复杂局面的所有人。哥哥偶有给大家带来便利的慷慨之举，这次，他给爸爸买了一把可以调节高度与靠背角度的扶手椅，上面有一些开关、传动装置和连接电源的插头。这把椅子能引导扶着助行架的爸爸坐下，还能辅助他从座位上站起来、扶住助行架。最后制订好的计划是，每天早晨，护工会来忙活一个小时；在一天余下的时间里，还会有三次半小时的上门服务，护工将给爸爸喂饭、换药、搀扶他上厕所。我们也希望这样的安排会让一切顺利。

　　最后，我又得到了两周的工作。大局已定，决定权不在我手上了。现在我不仅仅是想在他出院时逃离此地，而是必须得走了。如果这便是即将发生的事，那么，最后一幕剧的舞台已经搭好了。在卡路里编织的帷幕落下之前，等待他的将是"钢铁宝座"与善意的援手。在狂吃饼干中告别人生。这也许是人值得拥有的最后权利——放弃生命，按照自己的方式去死。但话又说回来，就连这一点也要取决于它对周围人的影响。当一个人死亡的方式深深影响着另一个人的生活质量，多长时间才算长呢？

"如果病情恶化"

■ 2018年10月21日

爸爸回家了,我也回来了。虽然家里依然照常运转,但大家远远谈不上开心。妈妈为护工上门的时间表焦虑不已,就好像她在管理一座小型机场,她非要拿着放大镜仔细研究每次上门的护工名字和时间,就是不能像我们希望的那样放松下来,顺其自然。这座房子是她的领地,如果这里将要发生什么事情,她希望自己是了解的。有些旧习惯很难改掉,有些则完全不会。她会自言自语:"一点钟,塔尼亚来。"然后会忘掉,过一会儿再说一遍:"一点钟,塔尼亚来。"周而复始,一遍又一遍。

爸爸要么睡觉,要么盯着地板发呆。在轮值表安排的护工的帮助下,他会从自动扶手椅上站起来,拖着步子去上厕所，但仅此而已。总之，爸妈如我所料，恢复到了之前的状态。一个勉力而为，一个自暴自弃；一个势不可当，一个一动不动。总之，直至最后，他们都保持着这种并立的姿态。

为了达到营养标准，爸爸会吃麦片、水果和处方蛋白奶昔。妈妈管这种奶昔叫"高能饮料"，让人联想到八十年代初纽约快节奏的奇幻场景——与我们的生活如此遥远的一个画面，以至于当她使用这个词时，我不禁暗自发笑。就像她念叨别的事一样，这个词她也要一天要重复很多次。

但面对老爷子我就笑不出来了。他的希望彻底幻灭了，所有的欢笑都不见了。连那些往日必须吃的高热量食物，他都不想吃了。

"他现在就连培根都不肯多看一眼。"妈妈说。

不管是建议他尝尝这个那个，或者去什么地方，我们得到的都是阴沉的拒绝。

"我开车带你去海边，怎么样？"哥哥提出。

"我这辈子看海早他妈的看够了。"

现在家里拿遥控器的是妈妈。在她收看喜欢的节目时，爸爸要么安安静静地坐在一旁，要么在睡觉。今天早晨，我问他感觉怎么样，他哭了起来，说道——

"我想死。"

我不知该作何反应。我说了些正能量的话，但其实并不知道这些话是说给谁听的，也不知道这些话是否发自真心。看他的神情，我觉得他好像在说："如果你变成我这个样子，你也会哭。"我对此毫不怀疑。我同样下定决心，我，以及未来的我，绝不要像这样。对于这个决定，生活其实已经成全了我大半。起码到那时候，我身边不会有忧虑不安的子女。

这可能是我和父亲之间最让人伤心的共同点了。我的妻子在妊娠早期失去了我们的孩子，他则从未见过他的母亲。我的孩子和他的母亲都是缺席的未知，但二者在我们生命中都有着相当重的分量。上帝禁止我们谈论这件事。

"别灰心。"我说，然后转身向厨房走去。

"门！"他说。意思是有穿堂风吹过，请我帮他把门关上。

他不能忍受门开着，就像我和妈妈每次都不记得关门一样；所以，这现在成了家里最常出现的重复乐章。他也许的确不想活着，但对于尚在人世时身边的事物有着固定不变的安排。

"门……门……饼干……门！"

我把嫌恶塞进了麻袋，它不甘地扭动着，和我硬憋回去的脏话及不雅手势一起翻腾着，活像一袋即将溺毙的猫。

■ 2018 年 10 月 22 日

医院的顾问医生特地来家里看望爸爸，但因为我们现在做的是之前他们负责的工作，这让我们有种苦乐参半的感觉。要不是这个原因，有专家上门还是挺好的。他们来的时候我没在，不过他们写下了许多笔记，告诉我们之后可能会发生什么事情。

"如果病情恶化，他（爸爸）即便生命垂危，也不想再进医院。因此，我建议届时将他交给'紧急响应机构'，方便临床检测、支持可能增加的护理需求。"

这可能是对这即将过去一年的轻描淡写。另外，关于这些，爸爸没有和妈妈讨论过任何事情，因此她很生气。这回医生上门是她头一次知道有"预立医疗自主计划"这回事。我开始尝试思考，在家中离世可能意味着什么。

■ 2018 年 10 月 23 日

有个片区护士非常了解爸爸的情况，她和我探讨了爸爸有哪些可选的治疗方案。鉴于他最常遇到的是血液循环问题，如果不去处理，也不治疗因此带来的开放性伤口，会发生什么呢？

"他会得败血症，然后不治而亡。"她不无沮丧地说。我觉得我见过这一幕活生生地上演。

"这个过程会有多久？"

"几周，几个月，都有可能。"她耸耸肩，"不过，会有人在这段时间里全力支持你们的。"

这毫无疑问,可我很想知道,当他说想死的时候,是否真的想过会这样死去。这个病情恶化后缓慢走向死亡的结局,和患者决定安乐死后的定局相比,还是有一定距离的。不管是对他,还是对即将见证这种结局的每个人来说,这种死亡方式都很残忍。

我在午餐的时候和妈妈聊了这件事。

"你觉得我们该怎么照顾爸爸?"

"这个嘛,"她的注意力都在水果拼盘上,"他刚刚吃了一根香蕉。"

终于,转机出现了。有位住在附近的女护工,在我家密集的轮值表上,她的班次占了大半。她挺有办法,只消耳语几句就能让老爷子听话,很快就成了母亲真诚的朋友。她们非常聊得来。我偶尔会听见她们在楼下哈哈大笑,这让我有点吃醋。

我有个朋友照顾过自己的爸爸,我还记得,她在我刚开始这段生活的时候跟我说:"你将会对自己有特别深入的了解。"她还告诉我这个过程是怎样的。自我一层层地蜕去外壳,里面的东西会让我们非常惊讶。过去这十八个月,我好像在被枪指着进行个人考古工作。是时候把破碎的"蛋头先生"[1]拼好,然后再次离开了。

1　蛋头先生:西方一款经典玩具,身上的手脚及五官可拆下并重新拼贴。

我把超级护工（这个称号她当之无愧）叫到一边，问她这种缓慢的死亡过程是怎样的。爸爸虚弱到有人搀扶也无法站起来时该怎么办？

"那就需要两个护工了。"她说，"有的人还会买移动吊机。"

那么，我们每天就得至少找八个人来帮忙了，同时还要准备机械工具。到时候，我家就要变成养老院了，可我想让家一直都只是家。晚上，我把这个想法归档（扔进垃圾桶），就像我对所有关于长远未来规划的想法一样，然后出门了，我要去的是一个有年轻人在的地方。

必败的绝望

克里斯只比我小三个月,但小三个月也是比我年轻。他的孩子就更年轻了,晚上出去玩,玩完了就回家,去楼上的房间睡觉。可是,在他家我也同样感觉到了老年生活的氛围。我窝在他的沙发里,一边喝酒,一边跟着他看电视,不管他看的是什么。

汤姆·克鲁斯再次拯救了世界。他的一些台词似乎尤其有先见之明。

"人皆有一死,"他指着一个外星生物大声说,"关键是要死得其所。"

摩根·弗里曼出现了,接着发生了一件让外星人惊恐的事情,一枚巨大的炸弹被引爆了。然后,按照科幻电影一贯的套路,场景切到了古迹,证明了台词里的这个观点。

"死得其所,莫过于直面必败的绝望,为守护祖先的遗骸与信仰之神的神殿而死。"汤姆在牺牲前说。

我知道这些台词是有出处的，所以在网上查了一下。它出自托马斯·巴宾顿·麦考莱在 1842 年写的《古罗马叙事诗》，诗中讲述了公元前 509 年贺雷修斯和其他罗马人在一座桥上共同抵御外敌入侵的故事。贺雷修斯没有在那场战役中身亡，但是麦考莱的诗并未因此逊色，它被用来振奋那些要面对几乎无法战胜困难的人。没错，我想到了父亲。

《如何死得其所》恰巧是他最喜欢的一本书，书中讲的是祖鲁战争[1]。那本书一直在爸爸椅子旁边那摞书里，最后被姐姐收拾走了。书被放起来，爸爸就会忘记他读过那本书，然后他会再订购一本，重新读一遍。他买的第二本《如何死得其所》还放在他身边，但直到这一刻，我坐在小城另一端的沙发上，才如此清晰地看到书名与现实有多贴合。

这才是事情真正的结局。不像我和爸爸在前厅共同或各自看的电影。现实中没有英雄壮举、装甲兵、酒吧的打斗或军事任务，只有逐步恶化，一个细胞接一个细胞地恶化；现实中没有震撼的音轨，只有不断增长且毫无意义的痛苦逐渐蚕食人的尊严与体面，只有长征一样漫长的过程。和电影不一样，爸爸的梦想不是拯救他的小队、他的行星或者和他的船共存亡，而是希望我们带他去卫生间，如果他成

---

[1] 祖鲁战争：十九世纪大英帝国与南非祖鲁王国之间的战争，也称作英祖战争，结果英国取得决定性胜利，祖鲁王国覆灭，是英国在该地区建立殖民主义统治的标志性事件。

功了，那就是一个奇迹。那么，人怎样才算死得其所呢？答案可能因人而异，但绝不是摆在父亲面前的这种死亡。

我骑车回家，满身酒气，心里都是没有具体指向的复仇情绪，但除了继续这样过下去，我别无他法。

■ 2018年11月5日

现在爸爸不能拆信了，我们做子女的得承担起家里的行政工作。为了尽可能长地凝视"互联网深渊"，我更改了家里的宽带套餐，但姐姐发现，账单显示这方面的消费依然过高。我仔细看了一下账单，推断出导致这个结果的部分原因是一部智能手机。手机是爸爸去年买的，但他玩不转，手机就闲置了，他却还在一直为它付费。

我给通信公司打了电话。上次与他们发生冲突是今年夏天，只过去了几个月而已，但我感觉那段经历已经和童年夏日的其他记忆一样褪色了，像是非常遥远的事情。电话那头的工作人员说，要终止这部手机的合约，得收取一笔费用。

"他真的病得很厉害。"我说。

"有多厉害？"他们问。

"快死了。"

在某种程度上，这是实话，但这是我第一次把这话说出来。电话公司免除了这笔费用。我竟为了节省一个月三十英镑的话费，直言父亲命不久矣，话出口的瞬间我猝不及防,感觉更难面对这件事了,就像当初我在超市接到那通电话时的感觉一样。

我坐在楼上,也就是父亲再也无法来的地方,任自己被悲伤的齿轮碾过。卧室窗子朝西,我在这儿隔着树木看过许多次日落,一直觉得透过冬日树木光秃秃的枝杈看到的日落更生动。我驱使自己进入一种不悲不喜的状态,但今天的日落一下子击中了我。

也许我和老爷子站在同一个舞台上,但他在导演他的电影,我在导演我的电影。也许我们的电影无法归于任何一种已知的类型,但这是我们的戏,是我们的时刻。这些房间、椅子和日复一日的郊区风景,化为了罗克渡口[1]和诺曼底登陆日。不管生命引你行至何地,那里都是你守望的地方,你的潜水艇电影,你的赫尔辛格、温布利和滑铁卢。

"这些人不是英雄。"姐姐看到高收入足球运动员的劣迹时,总是这样提醒我。

"我们都不是英雄。"这是我一贯的回答,眼下也是我认为适合说出这句话的场合之一。

然后我想明白了,那个一定要死得其所的人不是他,而是我自己那畏畏缩缩、质疑一切、一心复仇的化身。当你清楚地意识到,这个世界,以及与我们共享这个世界的人一如既往地不受我们的控制,你就会知道,你唯一能掌控的、可以改变的,就是你自己。

---

[1] 罗克渡口:祖鲁战争中的战役地点。

悲伤的故事最好留给冬天

■ 2018 年 11 月 29 日

"我都想明白了!"我对心理咨询师说。她耐心地看着我说:"别低估这件事,我是说你父亲的死亡。不要隐藏自己合理的感受,假装不会伤心。"

同以往一样,她又说到了点子上。那天晚上,在伦敦,我发现自己陷到了一种情绪里。委婉点说,这种情绪应该可以叫作忧郁。今夜和其他思绪纷乱的夜晚之间的区别就是,我头一回觉得这种情绪不是外界因素带来的。我不知道我把这种情绪当成外来闯入者有多久了,它像强盗一样身强力壮、满怀敌意、大摇大摆地把我种的好东西洗劫一空。可它并不是一个头戴黑帽、脚蹬骇人马刺、面有怒色的陌生人,它是我。既然它是我,那就应该由我来解决问题；很快就会有一天，我将找到自己可以做的事。

我在伦敦期间，姐姐代我留守家中。她给我发邮件、打电话，说家里"乱套了"。有时候跟我倾诉一番就是她的全部需求。

■ 2018年12月2日

爸爸的肠道开始积极地刷存在感，成了家中糟心事儿的主要来源。尽管护工上门的安排已经很周到了，但如果无人在场，麻烦就会来临。他会坐在或躺在有伤尊严的一片狼藉中。更糟糕的是，妈妈会掺和进来，尽力帮忙。这种情况我碰上过几次。有件奇怪的事，或许也不算奇怪，那就是清理粪便毋庸置疑是个非常基础的活儿，导致我已经不觉得这是我们不得不做的事里最讨厌的那一件了。我们收拾的时候甚至能笑出来。

"其他都还好吧？"我喜欢在每一次做卫生工作时这样问他。

今天早晨，我正在为他清理秽物——我真为自己骄傲，他那慢半拍的结肠好像知道我犯下了"沾沾自喜"这种不可饶恕的罪行，突然开辟了第二战场。我的脸中招了。

"我淌鼻涕水儿了。"爸爸说。当时他正面向挨着马桶的那面墙站着，赤身裸体，双手放在墙面上，像个犯罪嫌疑人。

我告诉他,得等会儿再帮他擦鼻子,因为我正忙着擦自己的鼻子。

事情可能有更好的解决方案,这一点让我备受折磨。看到有必要做出改变是一回事,感受到痛苦又是另一回事。目前的窘况导致我们要清洗大量的衣物和床上用品,单这一件事就要耗费许多时间和精力。家里只要是能挂东西的地方,都挂着洗过的床单和衣物。这种混乱的情况甚至蔓延到了地毯和地板上。这栋房子里又热又潮,有时候还会弥漫着让人无法忍受的味道。九十岁的母亲弯腰弓背、戴着橡胶手套收拾烂摊子,这是我回家后经常看到的一幕。

我们的超级护工和她的同事自然也为此付出了劳动。我觉得,爸爸其实更希望我们——他的家人,别干这些活儿。但有一点值得大家谨记,在这种情况下,不管谁责怪了谁,或者有了什么嫌隙,都不是他们的本意。

■ 2018 年 12 月 3 日

除了饼干、蛋白奶昔、香蕉和粥外,老爷子拒绝吃任何东西。我做了热乎乎的饭菜,努力打消他的顾虑,诱惑他恢复正常饮食,可做什么都没用。当别人"押送"他去卫生间,他的助行架就会在瓷砖地板上发出啪嗒啪嗒的声音,像军鼓一样,好似预示着什么。我不认为人该这么活着,也不相信"预立医疗自主计划"能解决什么问题。我只想更清楚地知道,如果情况急转直下,或者只是迟迟没有好转,我们该怎么应对。

我有个朋友平时会和他爸爸一起照料他妈妈。为了短暂地休息一下,他爸爸最近去度假了。我在电话里问他去哪儿度假了。

他答道:"奥斯威辛。"

他并没有开玩笑,但我们都哈哈大笑。

"他一直想去那儿看看。"

哪怕自己就陷在这番处境之中,他还是去了。

我看着饼干想,是否有一种饼干可以加速一切,让爸爸早日迎来一个幸福、甜蜜且势不可当的大结局。有的日子里,我感觉父亲就像天文现象中正在坍缩的恒星,把我们都向他拉去。

"那是因为你交给了他很大的权力。"我的心理咨询师指出。

她可真是站着说话不腰疼,可她说的也并非没有道理。

■ 2018年12月4日

我和妈妈坐在厨房里。今天她的听力水平比较正常,所以我们展开了一场畅快而真诚的对话,聊的就是人们根本无法知道该做什么事,好像做什么都"不对"。她发了一会儿呆,开始回顾过往,然后叹了口气。

"我觉得我爸就是个浑蛋。"她一反常态回忆起了她的父亲。之后又补充说:"家庭生活……"

"就像黑手党一样。"我说,"'你以为你退出了',"说着我做了个阿尔·帕西诺的经典手势,"'但他们会把你拉回去'。妈,如果我们是黑帮成员,那现在我们已经杀死对方了。"

"这么说,总有拨云见日的那一天喽?"她笑起来。

"恐怕这话只对西西里人管用。"我说。

■ 2018 年 12 月 18 日

圣诞节要到了,至于是期待还是回避,这取决于你的立场。我在伦敦的一个朋友给了我他家的钥匙,他和他青春期的孩子们正处在一种莎士比亚式的僵局中,这也是他家会空出来一个房间的原因。针对我们各自面对的进退两难的局面,包括一些有共通之处的两难抉择,我们互发了好多信息。后来,我发现自己开始问他,家庭真正的意义到底是什么。

"它还符合我们追求的意义吗?"我以谴责政府无能的方式提出了这个问题。

把这条信息发出去后,我自己也思考了一下。答案当然是,当然。但这完全取决于我们追求的是什么。

家庭生活的意义之一或许是它能带给我们压力。这种压力若是来自他处,我们肯定会将之消灭或者干脆逃开。但这种压力源于家庭生活,而且可能恰恰是我们需要的。为了帮助,甚至是为了在精神上远离与我们关系密切的家人,我们需要善行与宽容,而这两者是帮我们脱胎换骨的干细胞。也许是这样吧。同样,我知道有些家庭是需要逃离的。不过我认为我家不在其列,至少目前还不在。

我家那栋砖房子像是一个子宫,我回到那里,经过一番踢打和哭喊,缓慢而痛苦地重生了。而且从上述观点看,这一过程似乎并没有结束。之前我可能剪断了脐带,但现在,我必须得成长了。一旦接受了这一点,更奇怪的事情就会到来。

"他们把《只有傻瓜和马》[1]改编成了音乐剧。"妈妈告诉我。她一连说了三遍。

■ 2018 年 12 月 20 日

今天我和帕梅拉一起喝茶,就是那位只剩几个月生命

---

[1] 《只有傻瓜和马》:英国情景喜剧。

的医生,在座的还有她的另一个朋友。我们聊到了人的最后阶段。她的朋友说,他父母住在荷兰。

"他们曾跟我们说过,准备老了之后自杀。"

"他们是认真的?"我问。

"我和姐姐求他们不要那么做。之后,我们觉得他们应该是放弃了这个想法。可有一天,他们安排好了事宜,还是那么做了。我们发现他们干净整齐地一起死在了家中,身边放着一张单子,上面是他们的嘱托。"

有那么一瞬间,我觉得我有点嫉妒他,但紧接着他道出了自己的真实想法。

"他们剥夺了我照顾他们的机会。"他显然是受到了伤害,至今没有走出来。

喝完茶,我回家了,这次比以往都要更笃定些——这是一场打不赢的战争,但我只能积极地参战。我要放下过去的每一天,带着一份谅解,清清爽爽地开始新的一天。毕竟,比起为感情净化,清洗床单、屎尿都算不得什么。

当我们谈论爱时,我们在谈论什么呢?抛开诗歌和铺天盖地的宣传中的"爱"字不谈,在日常生活的不堪与琐碎中,爱是什么呢?我们翻来覆去地提到爱,就好像我们欠它似的,最后发现,其实是我们自己缺爱。我们需要给爱一个更好的定义,或者根本不需要给它下定义。这种感情涉及人类对清晰表达感受的无能。我们需要的是能让我们自由行动的爱,能让我们不再为不断失败而感到羞愧。

想到这里,我做出了一个决定。妈妈精疲力竭,对于在爸爸剩下的日子里如何照顾他,我们手足无措,如果这时候我们还不认真讨论把爸爸送去家庭式养老院的可能,似乎就太天真了,同时我们也是在刻意回避。哪怕只是拿它当临时方案商量一下也好。我想到了爸爸说过的睿智之语,"有时候,有些事,你就是无能为力"。当然了,我们也可以朝这句话的反方向努力。

有时候,有些事,你是可以做到的。

使命宣言

■ 2018 年 12 月 27 日

圣诞期间,我写了一封信。我把信发给了所有人,包括哥哥、姐姐、妈妈和爸爸。这是一段文字,它既可以绕过耳背给妈妈带来的不便,也无须让读者共处一室,因此省去了人员调度和做心理建设的麻烦。

……为了满足爸爸不断增长的护理需求,同时也为了给妈妈打造一个适宜的生活环境,我们能做的事其实非常有限。我们一定不能受感性支配,而是要以实事求是的态度面对现实。爸妈都好好活着是子女的一大幸事,可是你们是截然不同的两个人,你们的需求有时甚至相互矛盾。这意味着,住在同一屋檐下的你们，总有一天生活会无以为继，甚至还会碰到危险。放任你们这样过下去就是我们不负责任，结果只能适得其反。

也就是说，其实可以事先进行一些安排，好不必做出如此艰难的决定；我们可以有其他的选择，这样一来，或许也就不存在什么艰难的决定了。我们应该都还记得，我们曾以为请护工上门会给生活带来很多不便，可最后还是非常顺利地迈出了这一步。

我们未来的选择之一是，请一位住家护工，毕竟楼上有空余的房间，而且只要找到合适的人——显然这点我们可以做到，生活被侵扰的感觉肯定没有大家想象的那样严重。现在，如果护工还没上门，或者我不在家，我们就会担心爸妈遇到事情没人帮忙。如果选择了这个方案，至少我们做子女的可以不那么焦虑了。

也就是说，像前面说的那样，家里有人无法自理，就得找人居家照顾他，可能同时还得另请护工上门干些力气活儿。爸妈（尤其是妈妈）要面对的问题是，这样的现实状况你们能忍多久？到什么地步，我们才能将家庭式养老院和这个选择带来的后果拿到桌面上来谈？对大家来说，某一个人在某一刻想要什么，这的确很重要，但我们这个关系紧密的大集体的整体生活质量更重要……

我觉得我在信中已经把道理说透了。凭着良心，我没办法在信里写些无关痛痒的话。我建议大家花上一天的时间，多看几遍，好好消化一下信中内容，然后再一起商量。与此同时，我去了克里斯家。这回，我们看了汤姆·克鲁斯最新的那部《碟中谍》。在这个系列里，特工小组已经不是头一回使用全息投影技术让反派以为他们在别的地方了。如果真有这种技术，那倒是挺适合老年人的。如果你几乎无法与周边环境互动，而这个环境又对你至关重要，复刻该环境岂不是讨好你的最有效的办法？你完全可以身处干净整洁的专业护理机构，同时以为自己就待在你那凌乱的起居室中，而且永远看不出有什么问题。

■ 2018年12月28日

　　在车道边上挂着的半个椰子壳周围，每天都有鸟儿飞上飞下。妈妈打量着那里说道："有的鸟儿跳，有的鸟儿走，比如说这只，"她皱着眉头看着一只椋鸟，"它有点傲慢。我更喜欢跳着的那些鸟。"

　　我打断了她鉴赏鸟类，领她回到起居室。在这里，爸爸同往常一样待在老位置上，我们已经给他擦洗过，也喂过饭了。

　　"他现在午餐只吃一根香蕉了。"妈妈说。

"我知道。"

我们坐在多年来各自喜欢的位置上,但今天有些不同,我们有新田要锄,有新事要聊。

"写得有道理。"爸爸说,他的语气中透着伤感。是因为那封信。我简直不敢相信自己的耳朵。

"可我们不想让别人住在家里。"他们异口同声地说。

"不然,我会时时刻刻惦记他们,"妈妈说,"我会想他们在干什么,他们吃饭了没。"

"那家庭式养老院的方案怎么样?"

爸爸轻声说:"我可以去看看。"

我本以为这会是我们此生最艰难、最痛苦的一场对话,完全没想到爸爸答应得这么痛快。他愿意为了我们这个家、为了妈妈,也许还为了我做出牺牲。此刻,我大大地松了口气,心中充满了爱(或者说自我标榜的爱,其背后的心思不过是达到了自己的目的)与成功的喜悦。真是老天保佑。我,家里最小的孩子,竟然干了一件大人的事,完成了一个不可能完成的任务。我脑海中已经有画面了——我如何向父母卧床不起、因此手足无措的孩子们传授经验。我做的事就像把蹒跚学步的幼儿调教得格外听话,实在了不起,都够格改编成电视连续剧了。

姐姐评估了本地的家庭式养老院,找到了一家品质不错,但很难入住的。那地方就像一些受欢迎的公立学校,即便是暂时一住,也得提前申请。我把那本带着光环的宣传册递给爸爸。看册子上的描述,你不会觉得那地方像拘留中心,倒像是人人向往的目的地。就这样了。游戏即将结束。这对我是好事,对我们都是好事。

一时间,我感觉自己所向披靡。这件事算是告一段落了,我开始修花洒座,因为花洒有时候会掉下来,砸到妈妈的头。我把旧部件拆下来,去五金店买了一模一样的。可就在我刚刚开始安装的时候,问题出现了。我意识到,我根本不知道自己在干什么。于是,我打电话给安德鲁。他赶来后,没几分钟就把花洒座安好了。妈妈很开心,我也挺高兴。这世上就没有我们做不成的事。

我在楼上的小卧室里写东西,这些零散的记录和自白现在似乎有了条理,能连成篇章,甚至形成故事了。这时,妈妈拖着脚步走进来。

"我想给你一样东西。"

千万别是钱,我想,起码别现在给,别在我刚刚做了这些事之后给我钱。她拿过来一袋止咳糖,是一个护工推荐给她的,后来她也对这种糖赞不绝口。关于这些我早就听她说过不止一遍了。

"随身带着它。"她说,就像电影里的人交出了一个魔法物件,"你看着挺疲惫的。"

她走过来,给了我一个拥抱。我有近四十年的时间没投入这个怀抱了,但这间隙立刻消弭。我好像又回到了七岁,她依然是那个妈妈,我希望这对她也有好处。

前一天晚上,她看到我穿的衣服单薄,便提醒我:"天气凉了,你知道吧?"

"妈,天气如何我清楚得很。"

十分钟后,我骑自行车出门了,差点冻死。

2018 年 12 月 29 日

也许就是这样。这是一次电影的幕间休息。平凡的主角再也不逃避了,他鼓起勇气,治愈了现在,开始转头面向他永远也想象不到的未来。

我正扬扬自得,瞥见了午餐时段来帮忙的超级护工,她在过道里冲我点了点头,像是要跟我策划什么阴谋。

"你爸不开心了。"她说,"他说你要把他扔到养老院去。"

才不是这么回事。

"我知道。"她说,"但在他看来就是这么回事。"

"这事儿交给我吧。"我自信地往起居室走去。

"我哪儿都不去。"他宣布。

他不仅这么说,还和我对视了一眼,所以我清楚他是来真的。

"这是我家。我想死在这儿。"

"可你又不是马上就会死,不是吗?"我反驳道,"而且我们说的是,只让你在养老院待一周。"

"我不管，"他说，"我就是不去。"

我为他如此有决断力感到骄傲，但我不会为此牺牲掉大家商量好的健康规划。这是我一直以来希望他有的立场吗？我只是不希望他站到我的对立面。实际上，我明白，拥有一个明确而干净的未来只能是幻想，是即将破灭的幻想，但我尚未完全接受这件事。我并不感到愤怒或痛苦，但我敢肯定，它们就像弦上的箭一样，随时可能迸发。我继续平静地与爸爸说话。

"你跟护工说，是我强迫你的？"其实在这件事上，我的尴尬多过于恼火。

"你不能强迫我做任何事。"他说。

"我有作为你代理人的权力。"

"等我死了你才有。"他反驳道。

"不是这样的。"我说。

他开辟了第二战场。

"你妈妈不介意我待在家里。"

"她跟我可不是这么说的。"

"我们讨论过了。"

"什么时候的事？"我问。

然后我转念一想，算了，干脆让妈妈过来当面对质。妈妈正在厨房里，和出于好意多在我家留了一会儿的超级护工聊天，我把她从厨房请了过来。

在妈妈摆弄助听器的时候，爸爸连说了两三遍："你说过你不会介意的!"长久以来,在我看来,说"某某不会介意"就相当于是在说"我才不管你们介不介意"。

他的态度来了个一百八十度的转变。他之前看似在盯着地毯发呆,其实是织了一张结实的网,专门用来对付别人对他展开的宣传攻势。我突然感觉自己在和坚不可摧的领袖作战。

"我不知道你在说些什么。"最后,妈妈对爸爸说。

我突然意识到他行为背后的真正原因了,一股悲凉涌上心头。我脱口而出心中的想法。

"你不信任我,是吗?住院、出院,我们一起经历了那么多,你还是不信任我。我不会放任任何糟糕的事情发生。"

他一言不发。

"如果你病得更重了,我们该怎么办?"

"再多请几个护工!"他坚定地说。

"不管付出什么样的代价吗?"我看着妈妈,问她是怎么想的。

"你这是在欺负她。"他说。

够了。我心中的末日已经降临,末日四骑士疾驰而来。我及时察觉到自己的阴郁,克制了一下,免得街坊四邻被我的污言秽语和本能尖叫扯碎。

此时,我只剩下一个本能反应、一种由来已久的冲动,那就是说句特别在理的金句。我适时地想到了一句完美的、能激起共鸣的肥皂剧台词:"我这辈子一直盼着你回家,你却不怎么回来；现在，我想让你从家里搬出去，你却哪儿都不去了。"

如果说最近的经历和新兴的社交媒体让我学到了什么，那就是想出一句听上去很在理的金句，并不代表你非得把它说出来。我希望自己有充分的、基本的自知，不要为了追求更好的过去而严重破坏当下的关系。不管我当初求而不得的是什么，我早已错失了争取它的时机。所以这句驳斥我只留在了心底。

话虽留在心里，但我受不了再待在家里。有生以来，我头一回觉得自己非走不可。妈妈对我的伤心和苦恼一向很敏感。她比我更清楚，我们的角色不是想演就能演，想推辞就能推辞的。

"你准备怎么办？"她在厨房里问我。

我指着起居室的方向，还没能完全摆脱演一出苦情剧的冲动——

"我决不允许自己最后变成那样。"

我叫了辆出租车，礼貌地跟他们说再见，然后就去火车站了，多少存着些拦路抢劫或跳轨自杀的心思。只要能让我摆脱现在的难受劲儿，做什么都好。

弗洛伊德与拉金之外

当你不再指望自己感觉良好之后,生活就容易多了。抛却对幸福的幻想,你会突然觉得轻松自在起来。尽管我总是谈到接纳和内在改变,但此时我只有一个熟悉的感觉,大脑和肠胃也都感受到了,那是一种闷闷的停滞感。眼下,我就像是一枚塞满了懊悔和愤怒的贫铀弹。不如意的时候,人往往会突然涌上一股幼稚的劲头。愤怒如一箱炸药般召唤着我,这时,改变自己就像用一把折叠刀拆除金字塔。目前,我还在选择用这种方式一点点地拆。

在火车上,我给姐姐和哥哥敲了一封电子邮件。写邮件的过程中,我出奇地平静。邮件里关键的话有:"走的时候我保持了礼貌,但心里的情绪完全不同。""我相信事情都会好起来的。"我这么能扯淡,真应该去政府上班。我为了把父亲送进养老院发起了俄狄浦斯[1]式的冲锋。现在冲锋结束了,我决定下马,让旧的一年溜走。

■ 2019年1月10日

家里没人再公开提起这件事,这就是一种处理家庭矛盾的常用办法。不过,这也是因为后来的几个星期,事情有了奇迹般的好转。

爸爸的肠道终于不再造反了,因此他有了些底气,竟然主动提出想理发。这是自尊心的表现,也意味着我们鲜少看到的一件事发生了——爸爸自愿出门了。

哥哥一手操办此事,妈妈也跟去了。这天下着雨,哥哥发给我爸妈在门口躲雨的一张照片。我想,这应该是我头一回见他俩牵手。看着这两个共度六十年婚姻生活的盟友,我突然再次被触动了。也许他们之间的关系并不处处符合我的期待,但我知道,我肯定做不到像他们一样。

人类是一个谜,越是用自认为是逻辑的那一套东西来解释一切,我就越看不懂。还有,你可以帮忙,但别想掌控一切。于是,我退后一步,差不多有一个月都没去管家里的事。自从我住回爸妈家之后,这是两年来最长的一次了。

---

[1] 俄狄浦斯:希腊神话中杀父娶母的悲剧人物。

2019 年 1 月 27 日

尽管其他地方也向我敞开大门，但从小到大住的那栋房子是唯一让我有归属感的地方。我以前会自我怀疑，会想为什么非要回去；现在，在"是否回去"这件事上，我至少有的选了，别别扭扭的感觉也就消失了。"是我自愿回去的就好。"我现在都这么想。

家人还是没能直面某些问题，这总是让我如鲠在喉，但他们无条件的欢迎让我觉得，有些事还是不说为好。"到目前为止还好"，这像是从一栋高楼上掉下来、无视赫然迫近地面的人才会说的话。回家喽，回家喽，手舞足蹈地回家喽[1]。

爸爸更能吃了，体重见长。超级护工说爸爸吵架的功力也见长，她坚持说这是件好事。妈妈乐呵呵的，这说明一切顺利。只是，家里情况再好，也就只能好到现在这个程度。总之，情况还能维持，不用我插手。这里一切还是老样子，但外面的世界不会放过我们。

我们雇用护工的那家护理中介公司一直提供着价格实惠、专业高效的服务，稳定地输送给我们一个又一个善良的，有时甚至可以说像圣徒一样的帮手，可它被一家更大的公司接管了。事情就这么发生了，我们对此无能为力。

---
1 此句出自童谣《去赶集，去赶集》。

我们收到了一封信，上面承诺服务不会有任何变动，可紧接着变动就来了。我们遭遇的第一项缩水服务是，他们不会再给我们寄纸质版的轮班表了，只通过电子邮件的方式通知我们。要知道，妈妈可是把那张写明谁什么时候来的表格当成圣书在看。

于是，我给他们写了封电子邮件。许多客户都上了年纪或者体弱多病，不方便看电子邮件，这一点他们应该知道吧？结果他们毫无回应，我只好给他们打电话。过去，他们的客服说话情绪都很积极。现在，我从他们的声音中只听到了迷茫和沮丧。

我们能否多付一小笔费用，请你们继续寄纸质版的轮值表，就像银行寄对账单一样？

没人知道行不行。

如果我在家，我可以把表格打印出来，姐姐也能。只是，这一切给人带来了不好的体验。邮票本身就象征着那家公司所服务人群的年龄层，如果节省邮票费用成了他们的第一要务，那我们不免担心，未来一定还有更多错误的成本节约措施会被强加给客户。

■ 2019年1月30日

我之前给帕梅拉推荐了这家公司。公司被接管之后，她给我打了一个电话。

"简直是灾难。"她说。

她给我讲述了那家新公司的管理制度给员工带来了怎样的压力。承担帕梅拉大部分护理工作的护工是一个年轻的妈妈,她的丈夫因伤在家休养,没有病假工资。她签的是零时工合同,没有活儿干,便拿不到工时工资。这位女士住在城市的另一端,通勤的时间是不算薪水的,而且她经常要为其他临时不便上工的护理人员代班,所以常在工作时心不在焉。

新中介公司说他们无法提供(但之前可以提供)帕梅拉想要的服务,于是帕梅拉解雇了那家中介,联系了护工本人,私下里雇了她,还以现金的方式支付她工钱,比中介原来给她的报酬更高。帕梅拉的问题解决了,却让现在这个快被谋求利润(如果你喜欢,也可以用"高效"这个词)扼杀的系统的其余部分承受了更大的压力。

承诺和失信

■ 2019 年 2 月 20 日

从爸爸所需照护的程度来看,我以为这类波动应该不会给他带来特别大的不便,但我错了。受新制度影响,一个优秀的护工辞职了,接着整个系统都垮了。护工们要么不来,要么早来好几个小时,还坚持大白天让他躺在床上;还有的护工迟到,导致爸爸不得不在自己的排泄物中躺好久。对此,姐姐比爸妈更愤懑,爸妈偶尔会表现得特别隐忍,几乎达到了圣人才有的程度。

"我向他承诺过,这种事永远不会再发生。"姐姐说。

我想,有时候承诺只是大声说出来的愿望。在养老这个领域,你并不能保证万事如意,只能说竭尽所能,祈祷自己吃一堑,长一智。

这件事真正悲哀的是，那些按时来的护工其实都非常能干。这场混乱是一个自上而下的问题，根源在于中介公司想省钱，导致他们把声称要服务的人群重新交回到命运的手中。我又把这个难题交给了接到我们投诉电话的员工。

其中有个员工正直又尽责，甚至自己站出来帮我们联系解决困难。可尽管他看起来很积极，但最后还是无能为力，无法给我们提供任何有效的帮助。

不仅我们得到的上门服务安排被搅得稀碎，那些护工也都没有时间连贯的排班表。他们似乎签下了恐怖的劳动合同，而这一切只是为了掩盖公司系统上的错误。有时候，照料老人就像在做一场注定失败的生意，因为最后得到的从来就只有那一个结果。如果你为此向另一家公司求助，结果发现那家公司做得也很失败，你就会觉得心理上很难承受。这支"步兵队伍"的时薪仅有八英镑多一点，实在不可思议。于是，我支付了每分钟一英镑的价钱向心理咨询师讲述了这一切，然后再回家继续跟那家中介缠斗。

因为老爷子完全是自掏腰包购买的护工服务，所以我们大不了可以换一家中介。最后，流失客户的威胁似乎让他们的服务得到了足够的改善，至少让我家满意了，危机得到了缓解。但那些靠国家拨款享受服务的人家就只能忍气吞声了。不过，我们说要换中介其实也是在唬他们。我们并不想换，主要是因为我们特别舍不得那位超级护工，她对妈妈也很好。一天，我在车道上问她是否会离开那家中介。她说她不会,接着又补充了一句——

"我可不愿意再也见不到你妈妈。"

我知道那种情谊。

家庭式养老院的方案我们现在还是提都不能提,而提出请人来居家照料就会被一口回绝,所以我们只能将就着采用目前这个解决办法。当然,情况可能更糟。我们很清楚这点,因为我们见识过更糟糕的情况,也许以后还会遇上。

■ 2019年3月6日

"我头晕。"妈妈早上在楼梯平台上说,说话的时候她几乎要倒下了。

我看到她摇摇晃晃的,生活和未来的可能性仿佛也随着她向一边偏去。如果她现在倒下了,我们要怎么办?我扶住她,劝她去床上躺着。

"不行,我得干活儿。"她很坚持。

然后她就下楼去给爸爸端茶了。我把茶接过来端给爸爸,顺便把他房间的窗户打开。没一会儿,他就把我叫了回去。

"屋里有只苍蝇。"他告诉我。我说我打开窗户是因为屋里气味不好闻,他对此不屑一顾,只是说:"我冻得慌。"

■ 2019 年 3 月 7 日

我梦见自己让一个犯罪集团接手了爸爸的护理工作。爸爸的叫喊声使我从梦中惊醒，我半裸着迷迷瞪瞪地往楼下跑。稍微清醒点后，我想起在做过的另外一个梦里，爸爸成了一个古老部落的首领，比现在胖了不少，住在一个小屋里，脖子上戴着一条大纪念章似的项链。但在现实中，什么都没变。

"有人敲门。"他说。我打开门看了看，没人。

"你一定是做梦了。"我对他说。他好像在生自己的气。我说没关系，有事就该喊我。我注意到，他的被褥上有碎饼干，药盒里放着该吃的药——会不会是护工来了？这时，从门外进来两个人。他们之前敲过门，没人应，所以去保险箱里取了备用钥匙。爸爸没说错，做梦的人只有我。

我的潜意识在告诉我什么？我非常清楚；我无法正视悲伤。我总是被虚构作品中强大的男人吸引。詹姆斯·甘多菲尼[1]去世的时候，我非常难过。我们喜欢把无法言说的亲密感觉倾倒在陌生人身上。对有的人而言，这个对象是戴安娜王妃，对我而言则是托尼·索普拉诺。彼之王妃，吾之黑手党。

---

[1] 詹姆斯·甘多菲尼：美国演员，曾在《黑道家族》中扮演主角托尼·索普拉诺。

夺回掌控

■ 2019 年 4 月 22 日

姐姐对家中情况越来越密切的关注让我发现了一丝讽刺，这一点我在自己身上也有所察觉——她最担心妈妈的地方和她打妈妈小报告这件事，其实反映出了她俩的共同点。我和爸爸也是这样，所以我肩负着双重使命：爱他，同时不要变成他那种人。我的婚姻走向尽头的那个阶段就能体现出我和爸爸在婚姻生活中的相似点，反过来，也正是那些相似之处加速了我婚姻的死亡。那些点点滴滴的相似我既不能否认，也不能装作看不见。所以说，给你的父母做清洁工作就像是在擦一面镜子。

"妈妈对护工的轮值表着魔了。"姐姐着魔似的告诉我。

还有，姐姐总跟我抱怨，妈妈干了太多家务活儿了。

可她也不看看自己，手腕骨折，打着石膏，却非要给我们做饭，还要洗碗，对姐姐"让我来吧"的请求置若罔闻。从始至终，姐姐需要我做的主要就是倾听。

在伦敦的两天，我收到了关于爸爸那叛逆肠道的海量数据，数据的最新进度在护理中介公司、超级护工、全科医生、片区护士和哥哥之间来回传递。等他终于排便的时候，全世界都知道了。因为太多人心系此事，这个消息在英格兰南部的大部分地区掀起了一阵明显的情绪波动。

我回到家时，大家的目光已经从马桶回到了电视上。过去的几个月，爸爸一直对看电视兴趣寥寥；但今天，他突然问我们要电视遥控器，还就如何使用该工具上了堂进修课。

遥控器再次黏到了他的手上。眼看他完全忘记了如何使用它，我们十分不安，但看到他对用遥控器再次提起兴趣，我们又很欣慰。妈妈也许就没那么开心了，因为她失去了之前爸爸身体衰弱时她获得的看电视自由。尽管这可能意味着，我们以后每天早晨的第一件事就是看一遍《正午》，但我们还是决定不破坏他这突如其来的兴致。

我检查了一下遥控器，发现因为爸爸按得太频繁（妈妈喜欢看传统的电视频道，所以她没用到太多的按钮），有的按钮被磨白了，有的陷了进去。看来，爸爸不仅回来了，他还想要全面的数字电视控制权。

我试着按了两下按钮，电视没反应，只有用大拇指在按钮上施加捏碎核桃的力量电视才能有所反应。于是我在网上买了个新的遥控器。尽管爸爸的健康一落千丈，亚马逊网站的生意却依然欣欣向荣。不出几个小时，他们就把遥控器送来了，我开始教他怎么用。

"这个按钮是暂停……"

"我没印象了。"他实事求是地说。

"好吧，这个按钮——"

"你能写下来吗？"

我平静地默数了几秒，等待挫败感自行消失。原本我还在为自己得到了一个新遥控器开心，可就像许多其他成就一样，这个新成就马上就沉入了新问题（还有老问题）的沼泽。话说回来，今天我本应该出门的。

我打印出一张遥控器的图片，给每个按钮都画上指示线，在线的另一头写上按钮的功能。画说明图期间，我还帮爸爸取消了他不想去的糖尿病病人眼病诊疗预约。现在，他似乎宁肯失明也不愿意走出家门。最后，你一定会放弃质疑他的决定。已经走了这么远，没必要让我在到达旅程终点前死于沮丧。

我把说明图递给他，说已经帮他取消了预约。他眯着眼睛看看那张纸，再看看遥控器，说道："我什么都看不见啊。"

也许你应该去看看眼睛，我其实很想这么说，但我没有，而是带着他逐步熟悉纸上遥控器的按钮功能。

"我们是不是有预约要取消？"妈妈打断了我。

我决定去厨房冷静一下。从厨房回来时，我发现爸爸用遥控器看上了电视。至少,我在屏幕上看见了休·爱德华兹[1]的静止画面。

"怎么是他?"妈妈恼火地说,"现在又不是看新闻的时间。"

的确,爸爸暂停的是节目回放。我继续帮他解决问题。

"我们看过这节目了!"妈妈说。

她轻蔑地瞟了一眼电视屏幕。尽管她晚年喜欢一句话重复好多遍,但从来不喜欢同一个事物出现在她眼前两次。因此,她一直很抗拒电视录像机。上个世纪八十年代,当一些妇女扎营示威、反对核武器时,我母亲心目中要反对的可怕炸弹只有录像机。最后,这两个运动都没有成功。现在,我们立足于当下,再次审视过去。

"这和昨天的一模一样!"她表示。

谁说不是呢?

"我知道!"爸爸边说边把我画的说明图搁在一边,疯狂地戳遥控器上的按钮,但他的操作都是错的。我注意到,他刚吃下的苏格兰饼干的油脂已经洇透了那张纸。

"你的眼镜去哪儿了?"我问。既然我们不该怪新遥控器,那么眼镜似乎成了问题的关键。

"楼上?"他说,然后又补充道,"我也不知道。"

他已经将近一年没在楼上待过了。如果他的眼镜真在

---

[1] 休·爱德华兹:BBC(英国广播公司)记者、主持人和新闻播音员。

那里，那说明他压根不需要眼镜。我本打算出门，早就穿上了大衣，可没想到会在客厅耽搁这么长时间，我都快热晕了。休·爱德华兹在角落中闪着微光，仿佛海市蜃楼。

我跑出门去。外面在下雨，我穿过这座城镇去看一部电影，一部修复的西部片。就在我大口呼吸着新鲜空气和自由时，爸爸来电话了。

"我要按哪个按钮来着？"

"我看不见你按了什么，外面下雨呢。"我说。

"哦。"听语气，他似乎在暗示这不该影响他看电视。

我说等我回家再解决这个问题。

我明白刚才的遥控器事件是怎么回事。他已经有很多事不能做了，所以在这种特别小的事上获取掌控感对他来说是要命的诱惑。他对外面的世界漠不关心，只管坐在他的椅子上。他已经不大能指挥得动身体的细胞网络了，身边只剩下他精心挑选、为数不多的几个忠仆，听他发号施令，把饼干送到他嘴边。

我回到家，看到电视正常地播放着节目。他自己搞定了。

"我们能不能把看眼睛的预约取消掉？"他这话说过千万次了。

像往常一样，我必须取消的"预约"其实是自己的反应。真正的掌控感并不来自做一家之主或者一国之君，而是能治理好自己内心这一方天地。

苦尽甘来

■ 2019年7月6日

不知怎的,这个病入膏肓的系统竟然站住了脚。几周过去了,几个月过去了,事情没再起什么变化,对此我们很知足了。一切都很稳定,护理中介公司的服务也在恢复中,有了应对这局面的丰富经验,我们计划七月份带妈妈走出家门,在外面过夜,这可是两年来头一遭。契机是我们要去参加侄子的婚礼。通过我们集体熟练的操作和精心准备,这件事办得还算顺利。我学东西速度慢但很倔强,我允许自己认为,最近这次成功意味着人人都过得还算满意,日子可以平平安安地过下去。

■ 2019年7月27日

我在伦敦一个朋友的家中醒来。因为姐姐去度假了，我下午就得赶回家。这时，我突然看到手机上全是未接来电，是妈妈和哥哥打给我的。

"你爸服药过量了。"妈妈的消息说。

她叫了救护车。哥哥的消息说，他正在赶过去的路上。我麻木地胡乱穿上几件衣服，有点恶心想吐。回家需要两三个小时，可我完全不知道自己需要为这段路途准备些什么。

我动作很慢，什么简单的决定都做不了。起初的震惊过后，悲伤浮了上来，我想，他现在可能已经死了，要么就是处于弥留之际。不管迎接我的将是怎样的情形，我都尽力提醒自己不要忘记带上所有的日常用品。接着，悲伤变成了让人无法承受的无力感。

我吃惊地发现，我竟然对爸爸产生了钦佩。我想象了一下这件事的整个过程。他一定是等到我要回去的时候才做的，因为他相信我能面对此事，妥善地处理好此事的余波。也许从此刻起我就要真正长大了。这是他死后作为人父给予我的深刻教育。我发现自己竟然希望他能成功，希望他干净利落地去了，而不是被困在将死未死的状态，一直在那里徘徊，或者再次醒来，面对他再也不想看到的这个世界和这副身体。

哥哥来电话了。

"不用慌了。"他告诉我。

我以前从未慌张到整个人像停摆了一样。按我的理解，他的意思应该是爸爸没死。最后，我得知，他吃了四片替马西泮。这个量足够他睡上好一会儿，但还不足以把他送走。等救护车和哥哥到的时候，他已经醒了。这件事被当成意外记录在案了，但是……

"他跟我说，他选择了以懦夫的方式告别人世。"哥哥跟我汇报。

这么说他的确是故意的。多年前，我告诉爸爸，我也准备这么做——自杀。他说那是他这辈子最糟糕的一天。公道不公道，自有天知道。

是什么导致他做出这种事？是肉体的痛苦加剧、再次意志消沉，还是清醒的思考？

"都不是。"哥哥说，"他以为你回来之后要把他送进养老院。"

要不是挂了电话，我真不知该说什么好了。早在七个月前养老院的方案就搁置了，我们连提都不提了，他何至于此？我知道，我们早已过了期望父母的思想跟得上严峻现实的阶段，但这件事仍然超乎我的想象。

"我还以为他是算好了时间才动手的，好让我回去料理后事。"

"你还以为你是咱们家的大英雄呢！"哥哥大笑。

看来，我是什么都不可能是英雄。

"相信我,过不了几天就没人记得这件事了。"他说。

我会记得。一幕幕回忆漫上心头,太多太多的事情我无法忘怀。我想放弃、想撤退、想什么都不想。这也算是一种自我保护。

在火车上,我觉得筋疲力尽,怎么都想不通。我以为这是件严肃认真的事时,反倒更开心,结果这似乎只是没完没了的荒唐事中的一件。多年来,养老机构为了促成一个养老方案,花了成千上万个小时,雇了几十个、几百个员工参与其中。结果,你以为的方案受益人竟然会因为自己要被托付给这个方案而自杀。我必须接受,他有资格这么做。不管做什么,最后都控制不了局面。我提醒自己,心态放平,尽力而为。我彻底向这个结果投降了。

出租车驶过火葬场,向家的方向开去。此刻,我很难保持平静。我会不会很快就要坐着灵车拐去火葬场呢?进门的时候,我差点反复念诵《宁静祷文》[1]。

他的椅子是空的,这说明他还躺在床上。我再次想起了《现代启示录》。马丁·辛为寻找马龙·白兰度逆流而上,终于来到了这位将军最后表明他野蛮立场的寺庙。两句旁白突然浮现在我的脑海中,一句是"死亡的气息渐渐逼近",放在这儿感觉正好;另一句是"我看不到任何解决方法"。然后,我仿佛听到了出现在电影首尾的大门乐队插

---

[1] 《宁静祷文》:由神学家莱茵霍尔德·尼布尔撰写的祈祷文。

曲,《这就是结局……》。

还没等我见到爸爸,妈妈(相当于电影中的丹尼斯·霍珀扮演的摄影师)就在过道里拦下了我。

"是他吃错了药。"

我不知道她是想粉饰太平、自欺欺人,还是真的忘了我们之前说的。无所谓了。

似乎所有其他糟心事的重演和误解都源于这个无可挽回的局面——没等实话说出口,或者没等有人听到实话,"实话"就消失了。如果你认为某个所谓的事实很要紧,或者始终是事实,那你只会为自己带来新的痛苦。如今,我们都是活在当下的人。

旧的痛苦还在,它与愤怒为伍,久久不去。父亲的床边有太多的一次性玩意儿、医疗设备和彻头彻尾的破烂儿,谁也别想稳稳当当地坐在那里。我只好稍稍挨着床沿坐,感觉特别不舒服。无疑,我们两个都不舒服。

他躺在床上,周围是一圈饼干的残渣和包装袋的碎片。同往常一样,这里的光线很好。我们一年多前改造的这个房间看起来就像早期的现代主义大师作品。卡拉瓦乔笔下的饼干侧堂。我们的手用力地握在一起,他注视着我,药物带来的睡意只允许他的眼睛睁开一条缝,他说——

"别把我送去养老院。"

所以,在他心目中,想象中的事物(养老院)比未知的(死亡)更可怕。我们形成了怎样的想法,就会为之做出怎样的事情。真可怜。在这里,"可怜"指的是"引起怜悯,尤指脆弱或令人难过的事引起的怜悯",不是指"能力不足到了悲惨的地步"。同一个观察者竟然可以同时有这两种感受。这一个词充分体现了爱与评判之间的差别与相似。

哥哥说得没错。一个小时后,大家都把这件事抛到了脑后。一开始,妈妈在屋子里嘎啦嘎啦地来回踱步,仿佛碰到显示器边缘就回弹的屏保图案;现在,她在厨房里唱起歌来了。爸爸则在超级护工的搀扶下坐到了椅子上,然后吵着要电视节目预告表。突然,我又看到了未来,哪怕这个"未来"只是今晚的电视节目。

"海鸥的胆子越来越大了。"妈妈翻着报纸说道,"有只海鸥竟然叼走了一条吉娃娃。""越来越大",这话说得好像海鸥一直计划着做大胆的鸟,现在终于腾出空来做了似的。

不知道会不会有神话传说中的鸟飞来,把我或者老爷子叼去其他地方。这对于一个水手而言应该是个不错的结局,像《辛巴达历险记》一样。我拂去他双眼中的睡意,告诉他,我一心只想让他留在家里。

"我是个懦弱的人。"他其实是在道歉,但这话说出来像是一句声明。

"不,你不是。"我对他说。

你很强大,强大到足以主宰自己的人生,强大到你的故事足以成书。

可爱的伤口

■ 2019 年 7 月 28 日

第二天早晨，约定好的时间过去了一个半小时，护工还不见人影，这种事在周日可不常见。妈妈把它怪在护工个人身上，我则将其归咎于整个系统。一切照旧。只是我满脑子都还是昨天的插曲，憋屈得很，很想找人吵一架，发泄一下。最后护工来了，没给我跟他们公司吵架的机会。

"你永远不知道自己这一天会怎样度过。"护工走后，妈妈欢快地说。

这时，我意识到，她身上依然有值得我学习的品质。说到胸怀宽广，她比我强多了。不念过往，不负当下，就是这样吧。我问爸爸今天感觉怎么样，他迟疑了一下，或许是有些难为情。最后他说，感觉没事了。于是，我和妈妈去了商店。我还在路上，就接到了他的电话。

"洗手液。"他说完一句，又接着重复，"洗手液！洗手液！"就好像"洗手液"是驰骋在安特里赛马场上的一匹马，爸爸想让我在它身上下注。洗手液，五英镑一注。我下了几注（买了几瓶）。看来他的确没事了。我们安然无恙地回归常态，再次回到了各自的日常轨迹上。

只有我还没调整好。我依然为昨天的事心神不宁。我给一个有过相同经历——父母自杀未遂的朋友打了电话。我们聊到了"去技术化"，聊到老年人的世界是一个我们实在太陌生的地方，简直像另一个次元。你可以学会这里的语言，却无法一劳永逸地掌握它。每当你离开他们的世界，都会失去些什么。而再次回来时，你会发现他们用的是和之前不一样的字母表，他们会有新的神话、祈祷书和法律制度。每次往返你都会觉得自己像是周游世界的格列佛，只不过你会在同一个国度里觉得自己既高大又矮小。我们常常依恋和探讨的过去也会淹没我们。

我告诉他，我把这些经历都写了下来。他问我结尾怎么写的。我想了一下才给出答案：

"没有结尾。"

这不是神话故事，而是来自前线的战报。只能说，我一开始对它的想法和它后来呈现出的效果完全不同。

这种无法把握的事情才是常态。我们却误以为这种不确定性是一场灾难，就像自己走到了人生尽头一样。身份的形成与消解仿佛水中物或火中影。无论是孝顺的儿子、恶劣的父母，还是愤怒的哥哥，任何身份都不会永远与我们相称，或者适合我们日后面临的一切。我们的定义超越了我们自身的存在。如果你非要给"我们"画一条叙述弧[1]，它会耗尽你的所有精力。所以，随它去吧。

我想起了很久以前别人给我的建议——人是不会变的，只会越活越像自己。就连这句话也可以有不同的阐释。我们到底是什么，比会做梦的血肉之躯更高级一点吗？大家会变成什么？干涸的尘埃，还是人间的神祇？还是说二者不分彼此、同时存在？

"这件事没有终点。"我的朋友反思道，"就算他们去世也不是终点。"

我告诉他，这关乎故事本身的危险。事实可以剥开虚构之事的皮囊。

"听着像是贝克特的调调。"他说。

"我喜欢这个说法。"我回答。

在这条路上，我无法前进，但我会继续走下去，为下一次失败做更好的准备，进入终局。抱着与"温和"毫不相关的态度，走进那个良夜[2]。

---

[1] 叙述弧：指小说或故事中具有时间性的剧情结构。
[2] 此句源自英国诗人迪伦·托马斯创作于其父逝世前病危期间的一首诗歌，《不要温和地走进那个良夜》。

2019年7月29日

"他现在午餐只吃一根香蕉。"妈妈又说了一遍,就好像这是什么大新闻一样。

我看了眼日历。今天是爸爸第200次吃这样的午餐,可以说是"香蕉午餐200天纪念日"。与此同时,爸爸正在看F1大奖赛。电视开得很大声,让我感觉自己好像就在赛车现场。也许,屋里的噪声分贝比赛车现场都高。不知怎的,妈妈竟然能安安静静地坐在这种环境中看报纸。我看看他们,心想,如果没有了他们,我该怎么办?我会是谁?

在给爸妈养老这件事上,没有英雄,有的只是不那么坏的反派。但我们身边处处是英雄主义的细节,比如母亲蹒跚的步子、父亲艰难的喘息声,还有撞在起居室窗户玻璃上、努力飞出去的又一只苍蝇,与玻璃窗上自己的倒影较劲、拼命要飞进来的鸟儿。无论如何,这就是生命。这时传来片区护士的敲门声。

"肯定是助产士来了。"爸爸说,他对自己的错误毫无察觉。

护士乐呵呵地走进来,带着愉快的心情,演戏一样解开他脚上的绷带,说道——

"我们来看看你那可爱的伤口怎么样了。"

听到这句话,我在楼上敲下这行字,开始关照自己那可爱的伤口。